LA PRISONNIÈRE DE CASTILLAC

LES MYSTÈRES DE MOLLY SUTTON
TOME III

NELL GODDIN

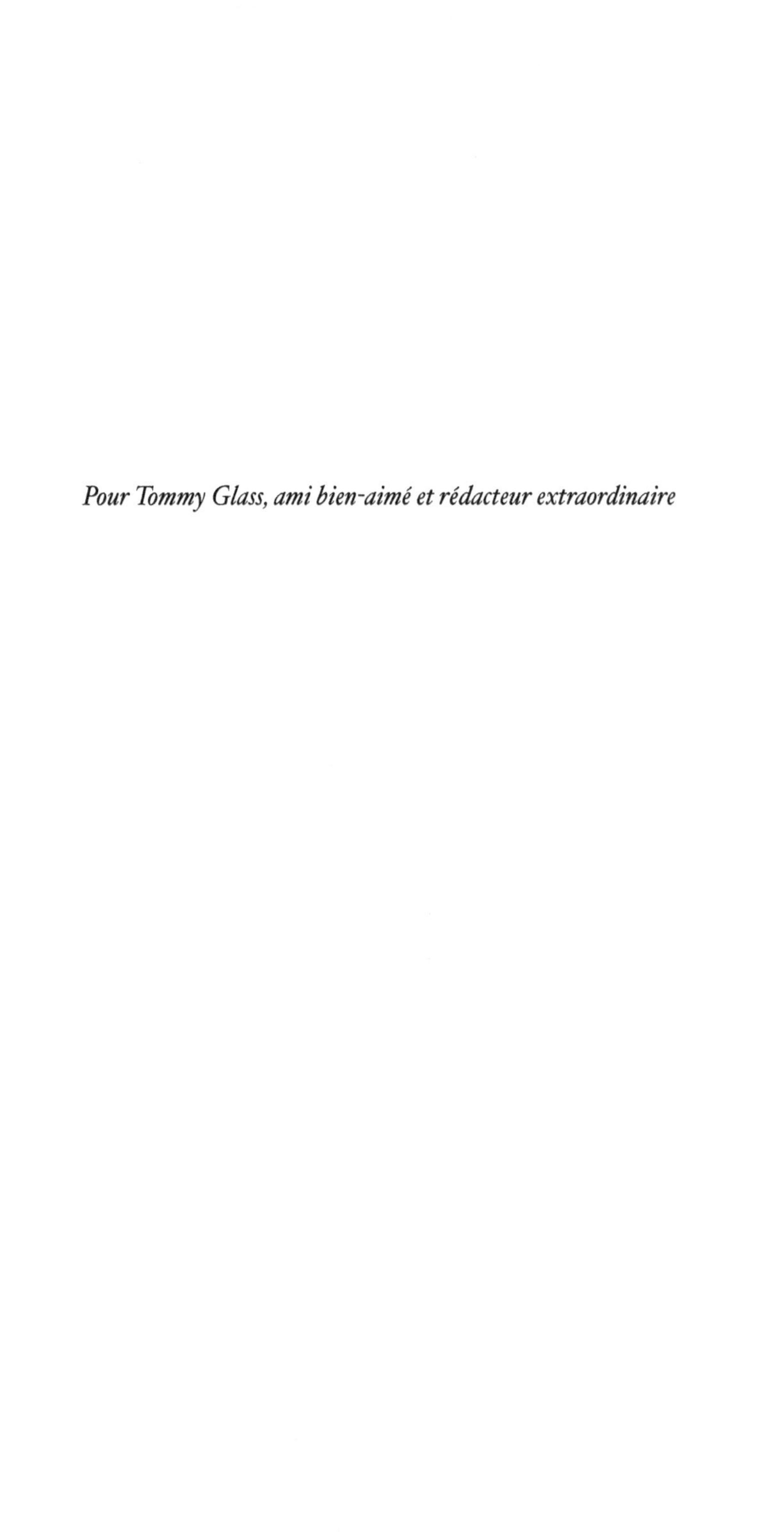

Pour Tommy Glass, ami bien-aimé et rédacteur extraordinaire

I

2006

Ses filles étaient anxieuses ce matin-là, se pressant contre la clôture et meuglant.

— Tu crois que je t'aurais oubliée ? dit Achille Labiche à celle qui avait une tache noire sur l'œil droit. Il tendit la main pour lui gratter derrière l'oreille. — Je suis là tous les matins, comme une horloge. Tu sais bien que je ne vous abandonnerais jamais, quoi qu'il arrive.

Son troupeau comptait trente-deux vaches, toutes des Holstein. Ce n'était pas grand-chose, comparé à d'autres troupeaux, mais c'était suffisant pour Achille et tout ce qu'il pouvait gérer seul. Avec davantage, il aurait dû embaucher de l'aide, ce qui était hors de question.

Il siffla Bourbon et le chien courut derrière les vaches pour les pousser à travers le portail. Elles avancèrent lourdement sur le sol en béton, entrant dans l'étable. L'odeur profonde et douce du fumier se mêlait à celle de la boue printanière et de toutes les plantes des pâturages et des bois qui reprenaient vie. Avant d'entrer pour la traite, Achille rejeta la tête en arrière et inspira profondément, un sourire illuminant son visage. C'était le genre d'homme qui, la plupart du temps, arborait une expression plutôt impassible — ni en colère, ni contrarié, mais implacable — et le sourire semblait maladroit sur son visage, comme si ses muscles faciaux étaient déconcertés.

Bourbon savait quoi faire, tout comme les filles. Elles se bousculaient, chaque vache voulant arriver la première aux postes de traite, et Achille descendait la rangée avec les griffes de traite, accrochant leurs trayons dans les gobelets trayeurs. Il avait contracté un prêt monstrueux pour payer la machine et l'étable qui l'abritait, mais c'était comme ça que l'agriculture fonctionnait de nos jours, et il sentait qu'il devait faire de son mieux pour suivre les dernières technologies laitières, même si dans son cœur, il aurait préféré traire encore toutes ses filles à la main et labourer les champs en conduisant un cheval de trait.

Achille vivait seul dans la petite ferme où il avait grandi. Ses parents étaient morts il y a près de dix ans, alors qu'il avait à peine vingt ans. Tous deux partis la même année, tous deux enterrés sous un chêne au milieu du champ de foin à l'arrière. Après leur mort, le problème central de la vie d'Achille, tel qu'il le voyait, était une solitude terrible et douloureuse. Et pourtant, il ne se risquait pas à aller dans le village de Castillac, le plus proche de sa ferme, pour chercher la compagnie des autres. Il était bien trop timide. Il s'imaginait que les étrangers parlaient de lui méchamment, ou faisaient des grimaces dans son dos. Il était certain qu'il ne trouverait jamais rien à dire s'il osait aller au marché le samedi matin et que quelqu'un le saluait ou lui demandait simplement quels artichauts il préférait.

Non, Achille préservait sa vie privée par-dessus tout. Et il aimait ses vaches et son chien qui lui apportaient beaucoup de réconfort. Le simple fait de marcher au milieu du troupeau, de se cogner contre leurs gros corps et de sentir leur odeur terreuse de vache — tout cela contribuait grandement à apaiser sa solitude.

Mais ce n'était pas suffisant. N'importe qui dirait la même chose, n'est-ce pas ?

LE MOIS de mai s'annonçait bien meilleur que l'hiver, avec les réservations pour le *gîte* de Molly Sutton à *La Baraque,* qui commençaient enfin à reprendre. Pendant les mois d'hiver peu fréquentés, sa peur d'être envoyée dans un hospice français avait été vive, même si elle était presque certaine que les hospices n'existaient plus. En ce moment, elle avait un couple australien et leur bébé qui séjournaient dans le cottage pour dix jours, et un homme plus âgé, célibataire, qui arrivait le jour du départ des Australiens. Son compte en banque était maigre mais pas vide, et bientôt le *pigeonnier* reconstruit serait également prêt à être loué.

Certes, la gestion d'un *gîte* impliquait plus de choses qu'elle ne l'avait prévu — surtout plus de paperasserie, et la nécessité d'avoir des nerfs d'acier quand le cottage restait vide pendant des mois entiers durant l'hiver froid — mais dans l'ensemble, cela s'avérait être presque ridiculement amusant. Elle adorait rencontrer ses invités et réfléchir à ce qu'elle pouvait faire pour rendre leurs vacances parfaites. Elle adorait ne pas aller au bureau tous les jours pendant huit heures ou plus. Elle n'avait même pas d'objection à faire des réparations, bien qu'il serait agréable que les choses ne tombent pas en panne aussi fréquemment.

Et voilà que le printemps glorieux était arrivé, et Molly pouvait enfin se consacrer à la création du jardin dont elle avait rêvé depuis qu'elle avait vu pour la première fois les photos de *La Baraque* en ligne il y a plus d'un an.

Elle en était à sa troisième tasse de café tout en vérifiant ses e-mails et en correspondant avec des clients potentiels lorsqu'elle entendit quelqu'un frapper à la porte.

— Bonjour Constance ! Je me doutais bien que c'était toi, dit-elle en souriant et en ouvrant la porte.

Constance se jeta dans les bras de Molly en sanglotant.

— Que se passe-t-il ? demanda Molly en l'entourant de ses bras.

Constance leva la tête et commença à parler, puis la laissa retomber lourdement sur l'épaule de Molly et continua à pleurer. Molly resta debout et la tint, pensant qu'il s'agissait probablement de problèmes avec son petit ami. Elle n'avait pas tort.

—Je croyais qu'il était *différent* ! réussit à dire Constance entre deux sanglots. Tu ne pensais pas ça aussi, Molly ? Thomas ne semblait-il pas... et puis elle repartit de plus belle, pleurant si fort que tout son corps tremblait.

Constance était l'aide-ménagère occasionnelle de Molly, une jeune femme pas particulièrement douée pour son travail mais que Molly appréciait beaucoup. Molly la conduisit au canapé et la fit asseoir. — Raconte-moi ce qui s'est passé, dit-elle.

— Eh bien, tu connais Simone Guyanet ? On ne s'est jamais aimées, elle est comme ma pire ennemie, tu vois ? Même depuis le CP. C'est le genre qui doit toujours gagner en tout, tu vois ce que je veux dire ?

Molly hocha la tête.

— Et je te jure qu'elle m'a piqué Thomas juste pour me battre encore une fois ! J'ai la même sensation de nausée dans l'estomac que j'avais sur le terrain de jeu quand j'avais neuf ans ! Une nouvelle vague de larmes la submergea et Molly lui serra le bras avant de se lever pour chercher des mouchoirs.

— Tiens, dit-elle en lui en donnant un. Allez, calme-toi un moment. Raconte-moi l'histoire.

— Eh bien, il y a quelques semaines, Thomas a commencé à agir

un peu drôle. Tu sais, ne pas répondre à mes messages et ne pas dire grand-chose quand on était ensemble. Et je te le dis, une des choses qui fait que Thomas et moi on s'entend si bien, c'est qu'il est bavard. Je ne supporte pas le genre silencieux, tu vois ? Et

Thomas n'est pas comme ça. Il peut parler de tout en plus, c'est presque comme avoir une copine. Mais avec des avantages, a-t-elle ajouté, avant d'éclater en sanglots à nouveau.

Finalement, après une tasse de thé, des sandwichs et pas mal d'autres crises de larmes, Molly a réussi à lui faire raconter toute l'histoire. Une vieille histoire, certes : son petit ami Thomas avait commencé à être moins attentionné et moins disponible, et Constance a fini par découvrir qu'il voyait Simone Guyanet en cachette.

— Mais pourquoi n'a-t-il pas simplement rompu avec toi avant de sortir avec Simone ? a demandé Molly.

— Les mecs ne font presque jamais ça, hein. Pas ceux avec qui je finis. Au lieu de simplement dire les choses, ils commencent à se comporter comme des crétins pour que *je* rompe avec *eux*.

— Chicken-hearted weasel-pigs, a dit Molly en anglais.

— Hein ? a fait Constance, qui avait appris l'anglais à l'école mais ne connaissait qu'une demi-douzaine de mots.

— Je ne suis pas sûre de la traduction, a dit Molly, continuant en français. Cette situation, Constance... c'est plus ou moins comme ça que mon mariage s'est terminé. Je ne sais pas pourquoi c'est toujours un tel choc de découvrir que les gens ne sont pas ce qu'on croyait. Je veux dire, ça arrive tout le temps, et pourtant on n'est jamais préparés. En tout cas, moi je ne le suis pas.

— C'est exactement ça, Molls, a dit Constance, la voix abattue. Thomas n'est pas celui que je croyais. C'est comme s'il portait un masque de gentil garçon, et maintenant le masque a glissé et il n'est qu'un crétin en dessous.

— C'est presque profond, ça.

— C'est moi, Molly, ta femme de ménage-philosophe. Je fais tout. Sauf les vitres, s'il te plaît ! Elle essayait de plaisanter, mais ses épaules étaient si affaissées qu'elles ne ressemblaient plus à des épaules, et son visage habituellement ouvert et souriant était lugubre.

— J'aimerais pouvoir dire quelque chose pour te remonter le moral, mais je sais par expérience qu'il n'y a pas vraiment de mots pour ça. Mais... j'ai un sac de croissants aux amandes, tout frais de ce matin de la *Pâtisserie* Bujold...

— Donne-les-moi, a dit Constance. *Tous*.

$\maltese$ 2 $\maltese$

Benjamin Dufort, ancien de la *gendarmerie*, se levait à cinq heures du matin pour courir avant de se rendre à son emploi temporaire dans une ferme voisine. Un autre homme aurait pu se contenter du travail physiquement exigeant sans se forcer à courir en plus, mais la course était une habitude à laquelle Ben refusait de renoncer, peu importe à quel point c'était inconvénient et inutile.

Il s'accordait une tasse de café avant de partir, puis laçait ses baskets usées, enfilait une veste coupe-vent et prenait la route.

Abandonner son travail à la *gendarmerie* n'avait pas été une mince affaire. Des années de formation et d'expérience dans la police jetées aux orties dans un moment d'impulsivité. Mais il ne le regrettait pas. Non, il n'y avait pas de regret — et pourtant, son esprit n'était toujours pas en paix.

L'histoire qu'il se racontait était qu'il n'était vraiment pas doué pour sonder l'esprit des criminels. Il ne comprenait pas ce qui les motivait. Il pensait que cela faisait de lui un mauvais détective, car peu importe à quel point une personne est diligente dans le respect des procédures, un grand détective, ou même un détective simplement adéquat, doit être capable de se mettre à la place du criminel, de faire ce saut d'imagination pour pouvoir anticiper ce que le criminel fera ensuite, et avoir un aperçu de l'endroit où le malfaiteur aurait pu trébucher.

Mais Dufort était fait d'une étoffe plus lumineuse ; il évitait naturellement l'obscurité, et lorsqu'il avait été en charge d'affaires où il était nécessaire de se glisser dans l'état d'esprit sinistre et dangereux d'un criminel potentiel, il n'avait pas été capable de le faire. Du moins, c'était la raison qu'il attribuait à ses échecs.

Et il ne voyait pas comment il pouvait continuer à vivre une vie en faisant un travail médiocre alors que les gens comptaient sur lui, et plus encore, désespéraient qu'il réussisse.

Le fermier pour lequel il travaillait était Rémy, un vieil ami. Il comptait sur l'aide de Dufort, et c'était un vrai plaisir pour Dufort de se présenter chaque jour à l'heure ou en avance, prêt à se dépenser pleinement dans l'air vivifiant du printemps, puis de rentrer chez lui agréablement épuisé. C'était un travail pénible, mais il pouvait le gérer facilement. À la fin de la journée, il avait l'impression, pour la première fois depuis des années, que la journée de travail avait été un succès complet. Pas de fils lâches, personne de déçu.

Pas de filles disparues.

Après sa course, il changeait de vêtements sans se doucher puisqu'il transpirerait dès qu'il commencerait à travailler — et Rémy ne prêterait pas attention à la sueur. Puis il se rendait dans sa Renault cabossée, quittant le minuscule appartement qui était tout ce qu'il pouvait se permettre après avoir quitté la gendarmerie et être resté sans emploi pendant plusieurs mois.

— *Salut !* lança-t-il à Rémy, qui sortait de lourds sacs de nourriture pour poulets de l'arrière de son camion.

— Viens ici, espèce de fainéant ! cria Rémy.

Dufort attrapa deux des sacs et les deux hommes marchèrent vers le poulailler. — Alors, dis-moi, dit Rémy, quelle est la prochaine étape pour toi ? Je suis heureux d'avoir ton aide aussi longtemps que tu le voudras, mais soyons honnêtes mon ami : l'agriculture n'est pas faite pour toi.

— Pourquoi dis-tu ça ? demanda Dufort, surpris.

Rémy haussa les épaules. — Je sais que tu aimes le travail physique parce qu'il apaise ton esprit. N'est-ce pas ?

Dufort acquiesça.

— Mais si c'est ce que l'agriculture représente pour toi, un moyen de réduire le stress et de faire de l'exercice — comme aller dans une salle de sport mais dans un endroit plus joli ? Alors tu n'es pas... Vois-tu, j'apprécie aussi le travail, pour la plupart. Mais j'éprouve aussi un véritable frisson quand je vois la laitue germer. C'est une corvée de ramasser les œufs, mais je remarque à quel point ils sont chauds dans mes mains — et je pense que rien n'est plus drôle qu'une poule. Et au-delà de ça, il est important pour moi de cultiver des aliments de la plus haute qualité possible. C'est comme si j'avais une vocation en quelque sorte, tu comprends ?

— Mais toi, Dufort — ce n'est pas ta mission. Rémy mit un chapeau de paille, le soleil étant déjà vif.

— Et si je n'avais pas de vocation, répondit Dufort.

— Bien sûr que tu en as une. Tout le monde en a une. C'est juste que certaines personnes luttent contre elle.

— Toi et tes discours de hippie New Age, rit Dufort.

— *Bon*, dit Rémy, mettons-nous au travail. Je te mets dans le carré d'asperges aujourd'hui. Je veux que tu appliques un peu de compost, puis une épaisse couche de paillis.

Rémy organisa son ami avec une grande fourche et une brouette, et lui montra où se trouvaient le compost et le paillis avant de partir dans son camion.

Ma vocation, pensa Dufort en levant les yeux au ciel. Puis il se mit au travail, pellant une charge de compost dans la brouette avec une large pelle, puis faisant un autre voyage pour fourcher une charge de paillis. Il parvint à appliquer le compost et le paillis comme Rémy le lui avait indiqué, mais son esprit était ailleurs. Il ne remarqua pas les jolies pousses d'asperges, pointant leurs têtes violettes à travers le sol sombre et friable, ni les nuages qui s'amoncelaient, menaçant de pluie.

Au lieu de cela, il pensait à Valérie Boutillier et Élizabeth Martin, deux jeunes femmes qui avaient disparu juste après son arrivée à la gendarmerie de Castillac. Leurs dossiers étaient toujours ouverts sur le bureau de son esprit, et pendant qu'il travaillait, il feuilletait les pages, devenant si absorbé qu'il recouvrit par accident complètement les épinards de paillis aussi.

❧ 3 ❧

La première chose était une note, collée avec un bout de ruban adhésif sur la porte d'entrée de la gendarmerie. Pas d'enveloppe. Le papier n'était qu'un morceau déchiré de papier quadrillé comme celui utilisé par les écoliers. Comme une note de rançon clichée, les lettres avaient été grossièrement découpées dans des titres de journaux et formaient une phrase : *J'ai vu VB.*

C'était tout. Pas de signature, bien sûr, et pas d'autre explication.

Gilles Maron retira le papier de la porte de la gendarmerie avec des pinces et l'envoya au laboratoire médico-légal avec le ruban adhésif pour y relever les empreintes digitales. D'autres auraient pu le qualifier de trop méticuleux parfois, mais pour Maron, il n'y avait pas vraiment d'excès de zèle. La façon de rassembler suffisamment de preuves pour procéder à des arrestations était d'être prudent à chaque occasion, en faisant de son mieux pour ne rien laisser passer — pas un bout de fil, un cheveu, un tuyau téléphonique, une empreinte digitale.

Peut-être aurait-il été tenté d'être moins méticuleux dans ce cas si les initiales avaient été différentes. Mais « VB », il s'en rendit compte immédiatement, pouvait signifier Valérie Boutillier, une jeune femme qui avait disparu avant son arrivée à Castillac et n'avait jamais été retrouvée. Une affaire classée sans suite, et un nuage au-dessus du village que beaucoup n'avaient pas oublié.

« VB » pouvait signifier Valérie Boutillier, ou tout autre chose. La note pouvait être insignifiante, les initiales juste une coïncidence fortuite, une farce puérile. Ou il pouvait s'agir d'une blague méchante, quelqu'un essayant d'attirer les gendarmes de Castillac à rouvrir l'affaire uniquement pour gaspiller des ressources sur une enquête sans nouvelles preuves ni pistes.

Maron ne mentionna pas la note à Perrault, l'autre officier. Il voulait d'abord attendre de voir ce que le laboratoire aurait à dire.

Maron était extrêmement satisfait d'avoir été promu chef, même si ce n'était qu'une nomination intérimaire en attendant que la gendarmerie trouve quelqu'un pour remplacer Benjamin Dufort, qui avait surpris tout le monde (sauf peut-être l'herboriste qui lui prescrivait ses teintures anti-anxiété) en démissionnant de son poste juste avant Noël. Contrairement à Dufort, Maron n'était pas originaire de Castillac. Il venait du nord de la France et ne s'était pas fait beaucoup d'amis dans le village. Ce qui convenait à la gendarmerie, qui pensait que les officiers faisaient un travail plus objectif s'ils n'avaient pas de liens profonds avec les gens de leur juridiction.

Il était plutôt sceptique quant à la note. Elle était très probablement sans importance. Mais si quelqu'un avait vraiment vu Valérie ? Pourquoi ne pas simplement appeler la gendarmerie et le signaler ? Y avait-il quelque chose dans les circonstances — avec qui elle était, ou où elle avait été vue — qui rendait le témoin méfiant ?

Ou effrayé ?

MOLLY PASSA la majeure partie de la journée dans le *potager*, à désherber et à retourner la terre dans les jardinières surélevées.

Personne n'y avait levé le petit doigt depuis un certain temps, et il avait fallu des jours pour dégager les vignes et même les petits buissons avant que les jardinières surélevées ne soient clairement visibles. Six d'entre elles, d'environ quinze centimètres de haut, entourées de carreaux de porcelaine bleu foncé. Les carreaux étaient plus décoratifs qu'autre chose, car ils n'étaient pas très stables et la terre se répandait à travers les fissures sur le chemin. Mais Molly décida de les garder parce qu'elle aimait les regarder et s'interrogeait sur l'ancien habitant de La Baraque qui les avait mis là.

Cultiver des légumes n'était pas sa partie préférée du jardinage. C'était pratique, certes, mais pour Molly, la praticité n'était pas en tête de liste. Ce qu'elle aimait le plus, c'étaient les floraisons abondantes et parfumées, désordonnées et luxuriantes, et son plan pour ce potager était de le rendre aussi ornemental que possible. Jusqu'à présent, elle pensait aux artichauts, si glorieux avec leurs grandes têtes épineuses, et elle avait commencé cinq plants à l'intérieur sous une lampe. Il était temps de préparer leur domicile dans le jardin.

Après tout ce labeur, son dos s'en ressentant, elle envoya un message à son ami Lawrence Weebly pour voir s'il voulait la rejoindre pour boire un verre, et quand il répondit immédiatement BIEN SÛR, elle rentra, prit une douche et se retrouva *rue des Chênes* en route pour Chez Papa en un temps record.

— Bonjour, ma chère ! dit Weebly avec un accent anglais distingué quand elle entra.

— *Salut*, mon vieux ! Bonjour, Nico !

Molly fit la bise à Lawrence et Nico, le barman, et s'installa sur un tabouret au bar.

— Je suis tellement heureuse d'être ici. Mes invités sont partis pour une longue randonnée — je ne les ai pas vus de la journée — et même si j'adore jardiner, je commençais à me parler à moi-même encore plus que d'habitude.

Lawrence sourit et sirota son Negroni.

— J'adore cette période de l'année à Castillac. Quand l'hiver est fini, tout le monde au village sort de son terrier, clignant des yeux au soleil, prêt à socialiser à nouveau après un long hiver blotti près du poêle à bois.

— Long hiver, tu plaisantes ? dit Molly, qui venait de Boston et en savait long sur les hivers interminables. C'est pratiquement tropical ici. Mais oui, j'admets que j'ai passé pas mal de temps devant mon poêle à bois ces derniers mois. C'est tellement bien pour faire une sieste, n'est-ce pas ? Mais peut-être que je me serais plus amusée si certaines personnes n'avaient pas prolongé leurs vacances au Maroc pendant des mois et m'avaient laissée m'ennuyer et me sentir seule !

— Eh bien, tu avais Frances, dit Nico, presque timidement.

— Jusqu'à ce que tu me la voles ! dit Molly. Sa meilleure amie des États-Unis était venue lui rendre visite, mais une fois que Molly avait recommencé à avoir des clients payants, Frances avait joyeusement emménagé chez Nico, n'étant jamais du genre à résister aux impulsions romantiques.

— Elle devrait arriver d'une minute à l'autre. Ensuite, on pourra se battre pour elle. Elle aimera ça.

Molly rit.

— Attends. Lawrence, je n'ai pas fini de te dire à quel point j'étais délaissée sans toi. Comment as-tu pu finir par rester au Maroc pendant trois mois entiers ?

Lawrence sourit.

— Ah Molly, tu ne voudrais pas faire obstacle à l'amour, n'est-ce pas ?

Elle fit une pause.

— Je ne sais vraiment pas quoi répondre à ça, dit-elle d'un ton pince-sans-rire. L'amour n'est... pas mon domaine d'expertise.

— Oh pauvre pauvre de toi, dit Nico, en marchant le long du bar tout en l'essuyant.

— Je ne m'apitoie pas sur mon sort, dit-elle. C'est juste la vérité. Mais bon... Lawrence, raconte-nous l'histoire, s'il te plaît. Tu as trouvé l'amour au Maroc ? Et si oui, où est-il maintenant ?

— Eh bien, tu sais comment c'est, dit Lawrence, et Molly crut voir une expression fugace de douleur sur le visage habituellement jovial de Lawrence. Je suis effectivement tombé amoureux, aussi embarrassant que ce soit à admettre. Il était un peu plus jeune que moi, mais pas beaucoup. D'une beauté indescriptible, et terriblement amusant.

Lawrence prit une grande gorgée de son verre et ne continua pas.

Molly posa ses coudes sur le bar et regarda son ami. — C'est ça le truc, dit-elle. C'est tout simplement impossible. Tu rencontres quelqu'un, ton cœur dit *oui oui oui*, mais la plupart du temps, ça finit par être *non non non*.

Elle attendit pour voir si Lawrence voulait en dire plus sur l'homme au Maroc. Quand elle vit que ce n'était pas le cas, Molly poursuivit : — Je suis désolée que ça n'ait pas marché.

Il y eut un long silence pendant lequel tous les trois se perdirent un instant dans leurs propres souvenirs.

Molly dit : — Je ne suis plus perturbée par mon divorce, vraiment, c'est du passé et je suis passée à autre chose. Mais j'avoue que vivre avec quelqu'un me manque. Je ne suis pas du genre solitaire et même si j'apprécie le luxe de pouvoir toujours faire exactement ce qui me plaît et de ne jamais avoir à faire de compromis, vivre seule peut être un peu triste parfois, surtout la nuit, tu vois ? Mais je ne vois tout simplement pas comment une histoire d'amour pourrait fonctionner pour moi, si ça a un sens.

— Ça n'en a pas, dit Lawrence. Tu parles de l'amour comme si c'était quelque chose qu'on pouvait programmer, ou voir venir. Mais ce n'est pas du tout comme ça. Je suis allé au Maroc pour prendre un peu de soleil et éviter le temps maussade d'ici en hiver, c'est tout. Je n'avais aucune idée que j'allais entrer dans un café et que Julio m'y attendrait.

Une fois de plus, Molly vit une rapide douleur traverser le

visage de son ami. — Bon, Molly, si on mangeait un vrai dîner pour une fois ? Nico, qu'est-ce qui est bon ce soir ?

— Rémy a apporté des asperges précoces, et il y a un poulet à la crème aux champignons qui vous fera pleurer de bonheur.

— Eh bien, dit Lawrence en s'efforçant de sourire. Allons-y ! Molly ?

— Oui, ça a l'air parfait. Et Lawrence, pour ce que ça vaut, je suis très contente que tu sois de retour. Tu as manqué toute l'excitation avec Joséphine Desrosiers, et le village a été totalement calme depuis. On avait besoin que tu reviennes pour animer un peu les choses.

— Oh, j'en doute, dit Lawrence. Je suis sûr que quelque chose va arriver dans lequel tu pourras fourrer ton nez. C'est toujours comme ça.

Molly passa son bras autour de lui et lui fit un câlin. — Au moins, il n'y a plus de meurtres prévus, dit-elle en riant, et Lawrence crut peut-être déceler une légère note de déception dans le ton de Molly.

$\maltese$ 4 $\maltese$

Frances avait emprunté la voiture de Nico pour qu'elle et Molly puissent se rendre à Périgueux où se tenait un marché aux puces cet après-midi-là.

— Tu ne vas jamais avoir ta propre voiture ? demanda-t-elle alors que Molly montait.

— Reste, Bobo ! dit Molly au gros chien tacheté qui était arrivé juste avant Noël et était rapidement devenu membre de la famille. Je sais que tu détestes rater ça, mais je te promets une longue promenade à mon retour !

Bobo baissa la tête. Puis elle fit demi-tour et retourna vers la maison en trottinant avant de se pelotonner sur le pas de la porte, l'image même de l'abattement.

— Tu sais, « Bobo » est un nom très peu digne pour ce chien. Je pense qu'elle mérite mieux, dit Frances, réussissant tout juste à faire demi-tour sans emboutir la voiture dans la bordure de fleurs.

— Dixit la femme qui a essayé de l'appeler « Crotte de nez ».

— Ça m'est venu comme ça. Parfois, il faut suivre son inspiration.

— Bien sûr, dit Molly en regardant par la fenêtre et en levant les yeux au ciel. Et pour la voiture, je sais, je dois faire quelque chose. En fait, je pensais à acheter un scooter.

— Waouh, ce serait trop cool ! Je dis fonce !

— Ce serait économique, mais totalement impraticable par ailleurs. Et si je devais aller chercher des invités à la gare ou quelque chose comme ça ? Mais bon, c'est une décision pour un autre jour. Aujourd'hui, il s'agit juste de trouver des meubles pour le *pigeonnier*. Une fois que ce sera fait, il ne restera plus qu'à raccorder la plomberie, et il sera prêt à être loué.

Pendant le trajet d'une demi-heure jusqu'à Périgueux, Molly et Frances bavardèrent de la qualité du poulet qu'elles avaient mangé chez Papa la veille au soir, et de la romance avortée de Lawrence. Elles débattirent pour savoir si les cadres de lit en fer ou en bois étaient préférables. Et bientôt, Frances se gara dans un parking souterrain au centre-ville, faisant crisser les pneus en négociant les virages serrés.

— Frances, je ne suis pas pressée, dit Molly en s'agrippant à l'accoudoir. Nico t'a déjà vue conduire ?

— Il adore ma façon de conduire, dit Frances d'un air suffisant. Il trouve ça sexy.

— Oh, j'ai mal aux yeux à force de les lever au ciel.

— Eh bien, arrête de les lever, idiote. Nico et moi, on se comprend.

— Je suis heureuse pour vous deux.

— Tu lèves encore les yeux.

— Jamais. Maintenant, allons au marché aux puces avant que toutes les bonnes affaires ne soient parties.

Elles déambulèrent dans le vieux quartier de Périgueux, tournant la tête dans tous les sens pour ne rien rater. Les rues étaient étroites, probablement d'anciens chemins de vaches tant elles étaient anciennes, et les bâtiments rapprochés. Molly ne comprenait pas pourquoi les vieux bâtiments la rendaient si heureuse à regarder, mais c'était le cas. Ils étaient là depuis si longtemps, avaient vu tant d'histoire, recelaient tant de mystères...

Le marché aux puces entourait la vieille cathédrale, un édifice byzantin et roman inhabituel avec de grands dômes. Les vendeurs étaient regroupés tout autour, avec de petits objets sur des tables ou étalés sur des couvertures, et des meubles de toutes formes et tailles étaient proposés.

— Alors, qu'est-ce qu'il y a sur notre liste de courses ? demanda Frances. Des lits ? Des tables ? Des chaises ?

— Le pigeonnier n'a qu'une chambre. Donc, voyons voir, un lit double, et une table de cuisine qui servira aussi de table de salle à manger. Peut-être trois chaises ? Et une table de chevet si on en trouve une, ou quelque chose qui pourrait faire l'affaire. Et je suppose qu'il faut garder un œil ouvert pour un canapé, même si je devrai probablement débourser pour un neuf.

— Les canapés d'occasion me donnent la chair de poule, depuis celui que j'ai acheté dans un magasin de meubles d'occasion, tu te souviens ? Juste après la fac pour mon premier appartement ? J'en étais si fière. Il était vert vif. Mais quand il a fait chaud, il sentait le pipi de chat. Ça te brûlait les yeux tellement c'était fort.

Molly riait en se souvenant. — Je me rappelle que le désodorisant n'avait pas marché.

— Ça sentait juste le pipi de chat parfumé, acquiesça Frances.

— *La bombe !* s'exclama un homme, presque à l'oreille de Molly. Elle se retourna pour trouver Lapin debout, les bras ouverts, souriant. Maladroitement, ils s'embrassèrent sur les joues.

— Bonjour, Lapin. Je suppose que je ne devrais pas être surprise de te trouver ici. Tu as vu quelque chose de bien ?

— Aujourd'hui, c'est un fiasco total jusqu'à présent. Rien que de la camelote. Permettez-moi de me présenter, puisque Molly semble avoir oublié ses bonnes manières, dit-il à Frances en s'inclinant. Je suis Laurent Broussard, mais tout le monde m'appelle Lapin.

— Tu peux traduire ? demanda Frances.

— Elle ne parle pas français, dit Molly.

— Pas de problème, dit Lapin en anglais, se présentant à nouveau.

— Enchantée, dit Frances en gloussant. Molly eut envie de lui donner un coup de coude dans les côtes mais se retint.

— Bon, nous avons beaucoup à faire, j'essaie d'équiper mon pigeonnier. *À bientôt*, dit Molly en commençant à s'éloigner.

— Attends, pourquoi tu n'es pas venue me voir ? Tu sais que je peux t'obtenir les meilleures affaires, et te dire à qui t'adresser. J'ai peur de ne pas avoir beaucoup de meubles de cette taille, sauf s'il s'agit d'une pièce très spéciale. Mais je peux te présenter un type de l'autre côté de la cathédrale qui a probablement le genre de choses que tu cherches.

Molly et Frances suivaient Lapin tandis qu'il faufilait adroitement sa grande carcasse à travers le labyrinthe de vendeurs et de meubles. Molly était partagée. Elle avait besoin de son aide mais n'en avait pas vraiment envie. Lapin se montrait la plupart du temps si agaçant, bien qu'elle dût admettre qu'il avait modéré ses regards lubriques et ses remarques suggestives depuis l'affaire Amy Bennett.

— Vous savez, je prévois d'ouvrir ma propre boutique à Castillac bientôt, leur dit Lapin. Je viens de signer un contrat de location et je vais un peu rafraîchir l'endroit avant d'y installer tous mes objets de valeur. Vous pourriez y trouver toutes sortes de choses parfaites pour décorer vos gîtes.

— Le cottage pourrait bien avoir besoin d'un peu de pep, approuva Frances, et Molly haussa les épaules, bien qu'elle pensât que son amie avait peut-être raison.

Plusieurs heures s'écoulèrent tandis que tous les trois débattaient des mérites de chaque pièce puis marchandaient avec les commerçants, mais vers midi, les achats étaient terminés, les livraisons organisées, et il ne restait plus qu'à trouver l'endroit où l'on vendait les plus délicieuses pruneaux fourrés au *foie gras* à Périgueux, puis à déjeuner.

Molly envisagea d'inviter Lapin pour le remercier de son

temps et de son aide, qui avaient été considérables. Puis elle s'en dissuada. Puis s'y résolut à nouveau, puis renonça, puis se décida... et finalement Frances lui proposa de se joindre à elles et son sort fut scellé.

Si on lui avait dit à l'automne que quelques mois plus tard, elle se sentirait reconnaissante envers Lapin et accepterait volontiers de déjeuner avec lui — et même de payer pour lui — elle ne l'aurait jamais cru. Mais après tout, voir dans l'avenir n'avait jamais été l'un des talents de Molly.

MARON PASSA la tête par la porte de ce qu'il considérait encore comme le bureau de Dufort, et appela Thérèse Perrault. Elle n'était pas particulièrement ravie d'avoir Maron comme chef, mais se disait que c'était un test de sa flexibilité et de sa capacité à cacher ses sentiments au travail, des compétences qu'elle savait devoir développer si elle voulait réussir dans la gendarmerie.

— Qu'y a-t-il ? dit-elle d'un ton neutre.

— Jetez un coup d'œil. C'était collé à la porte d'entrée. La note était posée sur son bureau et il la poussa vers Perrault.

Elle la lut, leva rapidement les yeux vers Maron, puis l'examina plus attentivement.

— Valerie Boutillier, dit-elle.

— Exact. C'est aussi ce que j'ai pensé en premier. Alors, qu'en pensez-vous ? Cela vous semble-t-il authentique ? Comme une blague ? Quoi ?

Perrault réfléchit. — Je doute que ce soit aléatoire. Les chances semblent plutôt minces que quelqu'un choisisse par hasard les mêmes initiales que l'une de nos affaires non résolues, V et B n'étant pas les lettres les plus couramment utilisées. Et pas n'importe quelle affaire — une fille qui a disparu sans laisser de traces juste avant d'aller à l'université, son école de rêve où elle avait travaillé si dur pour être admise. Une fille que beaucoup d'entre nous connaissaient et aimaient.

Maron se contenta d'acquiescer. Puis il dit : — J'ai envoyé la note au laboratoire, mais il n'y avait pas d'empreintes digitales exploitables.

— Quoi ? Quand l'avez-vous trouvée ?

— Avant-hier.

— Et vous ne me l'avez pas dit ? Le visage de Perrault était en feu.

—Je voulais avoir une image plus complète avant de...

— Écoutez, Gilles, je sais que vous adorez probablement chaque minute où vous êtes mon patron, mais laissez-moi vous dire d'abord que j'ai parfaitement conscience que vous êtes mon supérieur et que je n'ai absolument aucun problème avec ça. Mais je vous demanderais, respectueusement, de ne pas me laisser dans l'ignorance quand de nouvelles preuves tombent du ciel comme cela semble avoir été le cas. Et concernant une affaire aussi importante.

Maron se figea quand Perrault commença à parler. La vérité était qu'il était mal à l'aise d'être responsable de qui que ce soit, et passait une grande partie de son énergie à essayer de cacher ce fait embarrassant. Il avait un respect réticent pour Perrault, qu'elle lui rendait, mais ils n'étaient pas amis, et ils n'avaient pas travaillé ensemble de manière très heureuse par le passé.

— Écoutez, Perrault, inutile de vous offenser. Bien sûr que vous serez informée quand nous aurons de nouvelles preuves. Maron se leva puis se rassit. — Dites-moi ce que vous savez sur Valerie. Je n'étais pas encore à Castillac quand Dufort travaillait sur cette affaire et tout ce que je sais, c'est qu'elle a disparu et n'a jamais été retrouvée. Pas de suspects, et aucune idée de ce qui lui est arrivé, ai-je raison ?

Perrault se ressaisit et prit une profonde inspiration. — D'accord. Valerie est plus âgée que moi. J'avais seize ans quand elle a disparu, elle devait avoir... dix-huit ans ? Je n'étais pas une amie proche — mais tout le monde au village la connaissait, ou savait qui elle était. Elle était ce genre de fille — charismatique, vous savez ? Joyeuse et vive d'esprit. Elle avait l'habitude de faire des blagues pratiques aux gens dans tout le village, et parfois elle allait trop loin et les gens se fâchaient. Je me souviens qu'une fois, elle est entrée dans la maison de Madame Luthier — vous savez, elle vit dans ce taudis rue Saterne — et pendant que Mme Luthier était sortie, elle a pris tout ce qui se trouvait dans le salon et l'a mis dans la cuisine, et tout ce qui était dans la cuisine et l'a mis dans le salon. Alors quand Luthier est rentrée chez elle, il n'y avait rien pour s'asseoir dans le salon à part un tas de casseroles.

Maron esquissa un sourire, mais pas assez pour que ce soit vraiment un sourire. — Et le village trouvait ça amusant ? demanda-t-il.

— Oh, certaines personnes, oui. Mme Luthier n'est pas vraiment connue pour savoir prendre une blague, alors pour certains, cela rendait la chose encore plus drôle.

— Cela semble beaucoup d'efforts pour pas grand-chose.

— L'une des choses qui rendait Valerie si attirante était son énergie sans limites. Elle avait toujours beaucoup de choses en cours en même temps, avec beaucoup de personnes différentes.

— Et quelle est cette « école de rêve » dont vous avez parlé ?

— L'*École Normale Supérieure*,

à Paris, a dit Perrault, les yeux écarquillés. C'est probablement l'école la plus difficile d'accès au monde. Valerie avait aussi un côté sérieux, et elle travaillait d'arrache-pied à l'école. Elle voulait devenir journaliste, du genre à déterrer des secrets sur les personnes puissantes.

— Hmm, a dit Maron, pensant que Valerie Boutillier semblait effectivement être une personne intéressante et accomplie, même si elle avait un sens de l'humour étrange. Savez-vous quelque chose sur l'enquête ?

— C'était aussi avant mon époque, évidemment. Nous devrions demander à Dufort de nous faire un compte-rendu.

— Bien sûr. Si nous obtenons une autre indication que Boutillier est en vie, je le convoquerai.

— Que voulez-vous dire par « une autre » ? C'est une *piste*, Gilles ! Elle est là, juste sur votre bureau !

Maron haussa les épaules. — Je ne pense pas que ce soit probable. La fille a disparu depuis sept ans. Est-ce que quelqu'un à Castillac la reconnaîtrait encore maintenant ?

— Bien sûr ! Moi, je la reconnaîtrais !

Maron regarda par la fenêtre. Il n'aurait jamais deviné qu'il serait beaucoup plus à l'aise à recevoir des ordres qu'à en donner, mais c'était exactement ainsi que les choses se déroulaient.

— Apportez-moi juste un élément de preuve supplémentaire, quelque chose de solide, et je rouvrirai officiellement l'enquête, dit-il. En attendant, si vous voulez vous renseigner, voir si vous pouvez découvrir qui a mis la note sur la porte, allez-y, tant que vos autres tâches sont accomplies en priorité, dit-il.

— Oui, monsieur, dit Perrault, avec un sarcasme pas tout à fait suffisant pour que Maron la réprimande.

ϟ   5   ϟ

Les clients actuels de Molly, un couple australien plein
d'entrain, voulaient se rendre en voiture à Rocamadour, un
village ancien construit à même la falaise surplombant la rivière
Dordogne. Le matin de leur départ, ils frappèrent à la porte de
Molly.

— Bonjour, Ned et Leslie ! Vous êtes prêts pour votre excursion ? La route n'est pas mauvaise d'ici, même si j'avoue ne pas
l'avoir faite moi-même.

Puis Molly s'interrompit, voyant que quelque chose n'allait
pas.

— Bonjour Molly, dit Leslie. Voilà le problème. Le petit Oscar
ne se sent pas bien. Il n'est pas vraiment malade, nous n'avons pas
besoin d'un médecin ou quoi que ce soit. Mais je pense qu'une
excursion d'une journée comme nous l'avons prévue ne serait pas
très amusante pour lui, vous voyez ?

Molly hocha la tête. Bobo s'approcha derrière Molly et glissa
sa tête entre ses jambes.

— Donc... nous savons que c'est un peu au pied levé... enfin,
sans préavis, je suppose. Mais nous nous demandions si vous
connaissiez quelqu'un qui pourrait s'occuper de lui juste pour la

journée, pour que nous puissions aller voir Rocamadour, et qu'il puisse rester ici se reposer.

— Hmm, dit Molly. Entrez, laissez-moi me resservir une tasse de café pendant que j'y réfléchis. Vous en voulez une ?

— Nous ne buvons pas de café, dit Ned en souriant. On a déjà trop d'énergie !

Molly rit, bien qu'elle considérât les non-buveurs de café comme une espèce humaine qu'elle ne pouvait comprendre.

Elle pensa à Constance, mais n'était pas sûre qu'elle ait de l'expérience avec les enfants, surtout malades. Elle pensa que sa voisine Madame Sabourin pourrait connaître quelqu'un, mais cela prendrait peut-être du temps.

— Oh zut, je peux le faire, lâcha-t-elle avant de pouvoir s'en empêcher.

— Parfait ! dit Ned en levant le poing. Tu sais, je pense qu'il t'apprécie déjà beaucoup, donc ça devrait être assez facile.

— Bien sûr qu'il m'apprécie. Je suis la dame au chocolat, rit Molly. Quand la famille était arrivée, Molly avait apporté à Oscar une petite cloche en chocolat – la version française du chocolat de Pâques.

Leslie accompagna Molly au gîte et lui montra où étaient les couches et lui expliqua l'emploi du temps général d'Oscar pendant que Ned chargeait la voiture. En dix minutes, ils étaient partis, et Molly se retrouva seule dans le gîte avec un bébé de onze mois malade. Qui, heureusement, faisait sa sieste du matin.

Molly se faufila dans la chambre et s'approcha du berceau, contente d'en avoir trouvé un solide au marché aux puces quelques mois plus tôt. Le petit garçon dormait sur le ventre, les bras tendus au-dessus de sa tête, et un genou relevé. Son visage était rougi et son front en sueur. Molly voulut lui caresser la joue mais avait peur de le réveiller.

Silencieusement, elle retourna dans la petite cuisine et fit cuire à la vapeur des légumes pour son déjeuner. Le chat orange apparut de nulle part et se frotta contre sa jambe.

— Je ne suis pas dupe, lui dit-elle. Et laisse ce bébé tranquille.

Bobo gratta, voulant participer à ce qui se passait. Molly s'approcha et lui parla à travers la porte. — Je m'occupe du bébé, Bobo. Et je ne suis pas très confiante à ce sujet, vu que je n'ai pas vraiment touché un bébé depuis le lycée quand je gardais les enfants de Mme Stout qui vivait deux portes plus loin. Alors fais juste le guet dehors, d'accord ? Et pas de grattage à la porte.

Molly entendit un grognement sourd puis le bruit du chien s'affalant sur le pas de la porte.

— Tu vois ? dit Molly au chat. Obéissant. Serviable.

Le chat fila dans la chambre et sauta dans le berceau. Molly jura dans sa barbe et courut après lui.

Oscar était assis, se frottant les yeux. Le chat orange se frottait contre son dos, sa queue s'enroulant autour du visage d'Oscar, le faisant glousser.

— Salut ! dit Molly. Tu aimes les chats, Oscar ?

— Maman ? dit Oscar.

— Maman est... euh, Maman et Papa sont partis faire un petit voyage, ils reviendront plus tard. En attendant, on peut jouer, ça te dit ?

Oscar tendit les bras vers elle pour qu'elle le prenne et ce geste fit monter les larmes aux yeux de Molly. Il avait tellement confiance ! Si prêt à s'adapter à ce qui se passait, même si cela signifiait qu'une presque inconnue remplaçait mystérieusement ses parents. Molly tendit les bras dans le berceau et souleva son petit corps, le serrant contre elle. Elle huma ses cheveux et laissa sa joue toucher la sienne.

— Je ne sais pas pour toi, mais j'adore jouer, lui dit-elle, et avec un pincement au cœur, elle réalisa qu'il n'y avait pas un seul jouet à La Baraque. Elle porta Oscar dans l'autre pièce mais ne vit rien non plus dans le salon-cuisine ouvert. Ned et Leslie devaient être partis avec tout sauf la peluche dans le berceau, ou peut-être pensaient-ils que les jouets étaient mauvais pour une raison quelconque ?

S'il y avait une chose que Molly comprenait à l'âge de trente-huit ans, c'était que les gens étaient dingues. Elle ne suivait pas les dernières tendances en matière d'éducation des enfants, car cela ne faisait que lui rappeler ce qu'elle souhaitait mais n'avait pas, et donc s'il y avait un mouvement anti-jouets vigoureux, elle n'en aurait pas eu connaissance — mais n'aurait pas non plus été surprise.

Elle posa Oscar sur le sol en bois. Il rampa sur une courte distance puis s'assit, la regardant. Il se frotta à nouveau les yeux.

— Tu ne te sens pas bien, n'est-ce pas ? dit-elle, s'accroupissant à côté de lui. Tu as faim ?

— Maman ?

— C'est ça. Maman. Elle reviendra bientôt, dit Molly, sachant qu'il fallait au moins deux heures de route dans chaque sens, plus beaucoup de marche et de visites une fois sur place. Elle et Oscar avaient de nombreuses heures à tuer avant que Maman ne réapparaisse. Alors, Molly joua à cache-cache. Elle inventa une longue histoire sur des chèvres et un méchant chat orange, changea avec succès une couche et lui servit le déjeuner sur le pas de la porte, au soleil.

Elle se délectait de la compagnie d'Oscar et se sentait simultanément piégée et désespérée de se libérer. Quand son téléphone portable sonna, Molly fut soulagée d'avoir un contact avec le monde extérieur.

— C'est Thérèse, dit Perrault.

Molly entendait un klaxon au loin. — Salut Thérèse, comment vas-tu ? Les deux femmes étaient devenues amies depuis que Molly avait aidé à résoudre quelques enquêtes de meurtre.

— J'ai quelque chose à te transmettre. Mais... il faut que tu restes discrète.

Molly donna une cuillère en bois à Oscar pour qu'il tape sur le sol. Elle ressentit ce familier frisson d'anticipation. — D'accord, dit Molly. Je suis toute ouïe.

VALÉRIE BOUTILLIER. Un joli nom, pensa Molly. Et maintenant, peut-être, juste peut-être… toujours en vie, contre toute attente. Valérie avait disparu des années avant que Molly ne s'installe à Castillac, mais elle n'y était pas oubliée, et Molly avait entendu suffisamment d'histoires à son sujet pour avoir l'impression qu'elle n'était pas une totale inconnue.

Et maintenant quelqu'un l'avait vue.

Molly ne perdit pas de temps à douter de la note. Elle se dit que si cela s'avérait être une plaisanterie, il n'y aurait aucun mal à avoir fait tout ce qu'ils pouvaient en matière d'enquête. Ce serait bien pire de ne pas y croire, de ne rien faire, et de ne jamais savoir si la note avait été vraie ou non. Elle *pouvait* être vraie. Et pour Molly — et Thérèse Perrault — « pouvait » suffisait.

Il était treize heures. Quand Thérèse avait appelé, Molly s'apprêtait à coucher Oscar pour une sieste (dont ils avaient tous deux besoin). Il était grincheux et n'avait pas beaucoup mangé, se contentant surtout de boire beaucoup d'eau. — Alors Oscar, dit-elle en le prenant dans ses bras. Que dirais-tu d'une petite promenade ? Prendre un peu l'air, voir du pays ? Et si tu n'es pas d'humeur à regarder, tu n'as qu'à fermer tes petits yeux. Ça te va ?

Le plan de Molly était d'emmener Oscar au village et de voir à qui elle pourrait parler de Valérie. Elle n'avait ni poussette ni porte-bébé, alors elle l'emmena chez elle. Dans l'entrée, elle trouva une écharpe en coton très large et longue, l'enroula autour d'eux deux en laissant des espaces pour que ses jambes pendent, et noua les extrémités. Après quelques ajustements, son écharpe de fortune semblait fonctionner parfaitement, le bébé calé contre sa poitrine. Elle plia rapidement les genoux et se releva, et Oscar gazouilla joyeusement.

— Tu aimes ça ? lui demanda-t-elle, d'une voix aiguë et roucoulante qu'elle ne reconnaissait pas.

— Mam, dit Oscar. À ce stade, Molly avait compris qu'il n'appelait pas sa mère mais disait plutôt le seul mot intelligible qu'il savait prononcer.

— Mam en effet, répondit-elle. Elle embrassa sa joue, d'une douceur étonnante, et partit pour le village. La promenade était encore nouvelle car Molly ne l'avait pas encore faite à chaque saison. Le temps était magnifique. Les oiseaux faisaient un vacarme, les arbres se couvraient de feuilles, et le monde était lumineux, vert et parfumé.

Et Valérie était-elle dehors, quelque part, voyant ce ciel bleu ? se demanda Molly. Si elle est en vie, pourquoi n'est-elle pas revenue ? Si quelqu'un l'a vue, pourquoi Valérie n'a-t-elle pas tendu la main, appelé à l'aide, fait connaître sa présence d'une manière ou d'une autre ?

Molly pensait que l'explication la plus probable était que Valérie était emprisonnée quelque part — tout le monde avait vu des reportages de temps en temps sur ce genre de choses : des filles enlevées et gardées dans un bunker ou une cave, parfois pendant des années. Est-ce ce qui était arrivé à Valérie ? Et pourtant, quelqu'un l'avait vue ?

Tout en marchant, Molly réfléchit à une longue liste de questions pour Thérèse, mais celle-ci avait été très claire sur le fait qu'elle violait toutes sortes de règlements en parlant à Molly de la note, et qu'il valait mieux qu'elles ne se rencontrent pas. Molly pensa qu'une rencontre fortuite dans le village serait peut-être acceptable, si elles ne s'attardaient pas. Alors elle marcha en direction du poste, une main sur la jambe délicieusement potelée d'Oscar, lui parlant de ce qu'ils voyaient en chemin... un écureuil roux, une voiture avec un côté cabossé, quelques tulipes tardives pas encore écloses.

Il était treize heures et tout Castillac était attablé pour le déjeuner. Pas une âme dans les rues. Molly continua à marcher, consciente qu'elle portait quelque chose de vulnérable et de précieux. Elle se demanda si les mères s'y habituaient, ou si elles continuaient à s'inquiéter constamment qu'un malheur puisse arriver — elle pourrait tomber et l'écraser, ou une voiture pourrait monter sur le trottoir et les renverser ; il n'y avait pas de fin aux catastrophes qui se cachaient à chaque coin de rue.

Arrivée au poste, elle s'approcha de la porte d'entrée et l'examina. Elle ferma les yeux un instant et essaya d'imaginer quelqu'un s'en approchant, ne voulant pas être vu, note en main avec un morceau de ruban adhésif déjà attaché. Elle recula et observa chaque détail de la porte — les grandes charnières, les moulures décoratives, la couleur verte brillante.

La tête d'Oscar avait basculé sur le côté quand il s'était endormi. Molly eut soudain une idée et sursauta, manquant de le réveiller. Elle passa ses doigts sur le bois, essayant de sentir où l'adhésif avait été. Après avoir effleuré une grande partie de la porte, elle trouva une petite zone, peut-être d'environ un centimètre carré, juste en dessous de la hauteur de poitrine. En y regardant de près, elle vit que c'était relativement récent — pas complètement recouvert de poussière et de pollen comme ce serait le cas si c'était là depuis longtemps. Peut-être qu'à un moment donné (si on lui permettait un jour de parler ouvertement de l'affaire), elle aurait l'occasion de demander à Maron s'il se souvenait de l'endroit où la note avait été collée sur la porte, juste pour une vérification supplémentaire, mais elle était convaincue d'avoir la réponse. Molly était plutôt petite.

Ce qui signifiait que la personne qui avait collé la note sur la porte du poste n'était pas grande.

C'était le premier pas vers la découverte de Valérie. Un petit pas, Molly ne se faisait pas d'illusions à ce sujet.

Mais il faut bien commencer quelque part.

❧   6   ☙

Molly donnait son petit-déjeuner à Bobo lorsqu'elle vit le camion de livraison entrer dans son allée avec les meubles pour le pigeonnier, suivi de la Renault verte de Dufort. Elle courut rapidement dans sa chambre, retira sa chemise de nuit et son peignoir, et enfila un jean propre et une chemise.

— J'arrive ! cria-t-elle en sortant par les portes-fenêtres et en faisant le tour de la maison pour les accueillir. Bobo courait frénétiquement d'avant en arrière, ne sachant pas quel était son rôle.

— Bobo ! Couché ! ordonna Molly, avant que le chien n'écrase le chauffeur du camion avec ses bonds excités. Bobo s'arrêta net et se coucha au sol.

— Impressionnant, dit Dufort en s'approchant pour faire la bise.

— Bonjour, Ben ! Et bonjour, Monsieur, dit-elle au chauffeur. Puis-je vous demander d'avancer un peu plus loin ? Les meubles vont là-bas, dit-elle en montrant la prairie où se dressait le pigeonnier, ses murs n'étant plus en ruine grâce aux efforts du maçon, Pierre Gault.

— On dirait que je suis arrivé juste à temps pour aider, dit Ben.

Molly sourit. — Je ne vais pas dire non. Je peux en porter une partie, mais honnêtement, je n'étais pas sûre de pouvoir tenir le bout du lit en montant à l'étage — il n'y avait de place que pour une échelle.

— Il y a une chambre en mezzanine ?

— Exactement, dit Molly. C'est très romantique. Pierre Gault a laissé intacts tous les petits nichoirs ou perchoirs, et en a transformé certains en minuscules fenêtres. C'est incroyable ! J'ai hâte de mettre des photos sur mon site web, mais j'attendais d'avoir les meubles.

Le chauffeur connaissait son métier et avec l'aide de Dufort, tous les meubles furent déchargés et grossièrement mis en place en une demi-heure.

Tout au long du déchargement et des discussions sur les meubles et les chiens, Molly se demandait si elle devait parler à Ben du mot. Thérèse lui avait seulement dit de ne rien dire à Maron. Peut-être que Thérèse espérait en fait qu'elle en parlerait à Ben ?

— Je suis désolée, j'étais distraite. Que disais-tu à propos des asperges ? demanda Molly.

— Oh, ce n'est pas important. Je te racontais juste une journée typique chez Rémy.

Molly pencha la tête, puis souleva la table de chevet et la plaça à côté du lit. — Tu veux un café ? Ou peut-être une limonade ?

— Ça me va. Dufort et Molly descendirent l'échelle en bois jusqu'au rez-de-chaussée du pigeonnier. — L'endroit est bien réussi, dit Dufort en regardant autour de la petite pièce confortable avec sa minuscule cuisine.

— Oui, je trouve aussi. Je devrais trouver des choses intéressantes à mettre dans le reste des petits nichoirs. Ou peut-être que mes invités y laisseront des souvenirs, si je le leur suggère assez.

— Viens, Bobo ! appela Molly, voulant s'assurer que le chien ne gênerait pas le camion de livraison qui reculait dans l'allée pour faire demi-tour. Bobo sortit de la forêt en trombe et se précipita aux côtés de Molly.

— Comment as-tu si bien dressé ton chien ? demanda Ben.

— Je ne peux pas du tout m'en attribuer le mérite, répondit Molly. Elle est simplement apparue un jour en agissant comme si elle vivait ici. Déjà dressée. Je te jure qu'on peut lui parler comme à une personne et elle comprend.

— Je suppose que quelqu'un doit la chercher.

— Oui. Eh bien, je la rendrai si je dois le faire. Mais en attendant, nous sommes copines. N'est-ce pas, Bobo ? dit-elle en grattant derrière les oreilles de Bobo. Alors, Ben. La gendarmerie te manque ?

Dufort réfléchit un moment. — C'est difficile à répondre. Je suppose que la chose la plus juste à dire est que quitter le travail ne m'a pas donné toute la liberté que je recherchais.

Molly regarda Ben d'un air interrogateur, mais il haussa les épaules et détourna le regard. Son anxiété débordante avait disparu une fois qu'il avait quitté la gendarmerie, mais néanmoins, il n'avait pas la paix. Ils retournèrent à la maison en silence. Molly se demandait toujours si elle causerait des problèmes à Thérèse en parlant du mot à Ben. Et Ben pensait, comme il le faisait si souvent, à Elizabeth Martin et Valerie Boutillier, car il n'était pas libéré de sa responsabilité envers elles, et ne le serait jamais, jusqu'à ce qu'elles soient retrouvées.

La journée était devenue chaude, comme le font parfois les jours de printemps, comme s'ils ouvraient soudainement une fenêtre sur l'été. Molly sortit deux grands verres et les remplit de limonade. Pendant que Frances était restée chez elle, elle avait pris l'habitude d'en faire fraîche chaque matin, car Frances disait que cela lui donnait de l'inspiration pour écrire des jingles. Et Molly était heureuse de l'obliger, car bien sûr, la limonade fraîche est l'un des plaisirs les plus sublimes de la vie, surtout avec une touche d'eau minérale pétillante.

— Oh, je vais simplement te le dire, finit-elle par dire.

Dufort leva les sourcils et sourit.

— Je ne devrais probablement pas. Ou je devrais d'abord demander. Mais tu es là, et je sais que c'est important pour toi, alors... mais écoute, je ne veux pas que tu penses que je ne peux pas garder un secret. Je suis en fait assez douée pour ça. Cela dit...

— Molly, dis-le moi simplement !

— Oui. Eh bien, d'accord. Perrault a appelé hier pour me dire que quelqu'un avait scotché un mot sur la porte de la gendarmerie qui disait "J'ai vu VB". Elle attendit de voir la réaction de Ben.

Il plissa légèrement les yeux mais resta par ailleurs complètement immobile. Comme un chasseur qui vient d'apercevoir un signe laissé par sa proie.

— Intéressant, dit-il enfin. Est-ce une citation directe—"J'ai vu VB" ? Disait-il autre chose ?

—Je ne pense pas.

— Non signé, bien sûr ?

— Je suppose. Nous n'avons pas eu l'occasion de parler longtemps. Je crois comprendre que Maron ne va pas donner suite et c'est pour ça que Thérèse m'a appelée. Elle espère que je vais... je ne sais pas, faire un suivi d'une manière ou d'une autre.

Dufort prit son verre de limonade et s'assit lentement sur le canapé.

— Allons sur la terrasse, dit Molly, regardant Bobo filer à travers les portes-fenêtres et disparaître dans les hautes herbes du pré.

Ils s'assirent à l'ombre sur les chaises rouillées et burent leur limonade. C'était un moment plein, une pause avant que quelque chose qu'ils ne pouvaient pas encore imaginer ne commence à se produire, et ils le comprenaient tous les deux.

— Nous le ferons ensemble, dit doucement Dufort.

Molly hocha la tête, son visage prenant une légère teinte rosée tant elle était ravie qu'il l'ait formulé ainsi. — J'ai déjà trouvé un petit quelque chose, dit-elle, et elle lui parla de l'adhésif sur la porte du poste.

— Donc celui qui a laissé le mot est quelqu'un de petite taille. Ça pourrait être un enfant qui s'amuse, mit en garde Ben.

— Oh, bien sûr, dit-elle, ça pourrait. Mais un enfant si petit aurait-il même entendu parler de Valerie ? Ou d'accord, peut-être. Je connais son histoire, elle fait partie de la mythologie de Castillac. Mais ce n'est pas comme si elle avait disparu hier et que les gens en parlaient tout le temps. J'ai du mal à croire que si un enfant voulait faire une blague, il choisirait quelque chose qui s'est passé il y a si longtemps, peut-être même avant sa naissance. C'est comme de l'histoire ancienne pour un enfant, tu sais ? Autant parler d'un événement du Moyen Âge.

Dufort acquiesça. — Bon point, Molly. Bon point.

— Alors, dit Molly, presque timidement, si nous allons vraiment travailler ensemble, me diras-tu tout ce que tu sais sur l'affaire ? As-tu besoin d'obtenir des dossiers, y as-tu même encore accès ?

— Pas officiellement, bien sûr. Mais je pense que Thérèse pourrait être persuadée de me les glisser en douce. Je te préviens, le dossier est mince. Je peux t'en dire une grande partie de mémoire. Puis-je avoir une autre limonade ? Et ensuite, nous commencerons.

Molly se leva d'un bond pour aller chercher un carnet et un stylo, ressentant un mélange sauvage d'excitation, de bonheur et de gravité. — Oui, dit-elle en prenant une grande gorgée de limonade et en ouvrant le carnet. Commence par tout ce que tu sais, et je veux dire tout !

CONSTANCE VINT FAIRE le ménage le matin et remonta ensuite sur son vélo pour partir, son humeur maussade laissant presque une traînée grise derrière elle. Molly avait appris à ses dépens à ne pas se mêler des histoires d'amour de ses amis, donc bien qu'elle eût envie d'appeler Thomas pour lui dire sa façon de penser, elle résista à cette impulsion. Elle avait un faible pour Constance et était indignée pour elle, incrédule que Thomas ait pu la tromper. Et Molly était curieuse à propos de cette Simone Guyanet, dont elle se souvenait qu'elle avait joué un petit rôle dans l'affaire Amy Bennett.

Pendant ce temps, Ben, Lawrence, Nico et Frances venaient dîner et elle avait de la cuisine à faire. En l'honneur du printemps, elle préparait une soupe d'asperges suivie d'un agneau grillé et d'un énorme tas de petites pommes de terre beurrées qu'elle avait dénichées au marché ce matin-là. Le dessert posait cependant problème. Elle était bloquée au premier embranchement de la prise de décision : chocolat ou pas ? Et jusqu'à présent, elle n'avait été inspirée ni dans un sens ni dans l'autre.

Puis Ned était apparu et avait rapporté que Leslie vomissait comme une folle — elle avait peut-être mangé un mauvais choux à la crème — et est-ce que ça dérangerait terriblement Molly de s'occuper d'Oscar pour le tenir à l'écart ?

Eh bien, le cottage était petit, et bien plus petit si un habitant vomissait toutes les quinze minutes. Molly dit oui.

Et en environ trois minutes, avant qu'elle ne sache ce qui lui arrivait, le petit Oscar était dans ses bras et elle humait l'odeur douce de ses cheveux et serrait une cuisse potelée dans une main.

— Je ne sais pas comment je me retrouve toujours avec toi, lui murmura-t-elle. Mais bien sûr, je suis très heureuse de te voir.

— Maman, dit Oscar.

— Tu aimes le chocolat, n'est-ce pas ? Elle hissa Oscar plus haut sur sa hanche et ouvrit le réfrigérateur pour regarder à l'intérieur. — J'ai de la crème. La crème rend tout meilleur, tu as déjà appris ça ?

Oscar mit sa main dans ses cheveux et tira.

— Aïe ! dit-elle. Wow ! Molly sortit de la cuisine et posa Oscar sur le canapé. — Ça fait vraiment mal. Ne tire pas mes cheveux. Oscar la regarda d'un air incertain. — Mais regarde, j'ai la meilleure chose qui soit juste ici. Regarde ça. Elle se pencha vers le coffre à bois et en sortit un bâton qu'elle lui tendit.

Les yeux d'Oscar s'illuminèrent comme si elle lui avait donné l'objet de tous ses désirs. — Maman maman maman maman ! dit-il.

— D'accord. J'ai l'impression que Maman n'approuverait pas. Ne le mange pas, d'accord ? Elle le posa et le regarda mettre immédiatement le bâton dans sa bouche. — Bon, écoute, nous allons tous les deux avoir des ennuis si tu finis avec la bouche pleine d'échardes. Dis-moi, dit-elle en agitant le bout du bâton pour le garder hors de sa bouche, comment suis-je censée me préparer pour ce dîner si tu vas mâchouiller des bâtons dès que j'aurai le dos tourné ?

Oscar lui sourit. Molly sentit une sorte de bonheur fondant monter en elle, un sentiment auquel elle n'était pas habituée. Elle se pencha et embrassa le haut de sa tête, le prit dans ses bras et alla chercher le foulard qu'elle avait utilisé comme écharpe la veille. En le distrayant avec une autre clochette en chocolat, elle réussit à l'attacher sur son dos avec un minimum de protestations et retourna dans la cuisine.

La présence d'Oscar lui permit en quelque sorte d'arrêter de tergiverser sur le dessert, et elle décida de faire un cœur à la crème, qui avait l'avantage de nécessiter un moule spécial qu'elle devrait aller acheter au village. Elle avait donné suffisamment de dîners pour savoir qu'acheter des ustensiles de cuisine le jour même n'était pas la meilleure idée, mais cela lui donnerait une excuse pour aller au village pour la deuxième fois de la journée, et cette fois, peut-être qu'elle pourrait amener quelqu'un à parler de Valerie.

De plus

elle avait secrètement envie d'avoir une cuisine si bien équipée qu'elle pourrait préparer des repas pour le Président de la République, c'était donc la situation parfaite pour faire d'une pierre deux coups.

❧ 7 ❧

Le dîner s'était mieux passé qu'elle ne l'avait prévu. Ben était arrivé un peu en avance et avait apporté des asperges de chez Rémy, et la soupe qui en avait résulté était une pure perfection, comme mettre une cuillère de délicat printemps dans sa bouche. Frances avait réussi à ne rien renverser d'important, et Molly était fort amusée de voir Nico observer chaque geste de Frances avec une expression totalement éprise.

— C'est bon de t'avoir de retour, Larry, disait Nico, bien que ses yeux fussent fixés sur Frances. Chez Papa n'a vraiment pas été le même sans toi.

— Je m'attendais à ce que Molly tienne la baraque jusqu'à mon retour. Je suis choqué et déçu d'apprendre que ça n'a pas été le cas.

— Oh, j'ai fait de mon mieux, répondit-elle en apportant une cafetière à table. Mais au fond, je suis vraiment une personne plutôt placide...

Toute la table éclata de rire à ces mots. — Ouais, c'est tout toi, Molly. Tranquille comme une vache, juste heureuse de brouter un peu d'herbe.

— Bon, peut-être que « placide » n'était pas le bon mot. Quoi qu'il en soit, je suis contente que tu sois de retour aussi, Lawrence. Aux longues vacances ! Et au retour à la maison ! dit-elle en levant son verre de rouge du vignoble Sallière juste à l'extérieur du village. Et maintenant, j'ai ce que j'espère être un dessert renversant. Elle retourna dans la cuisine et prit le cœur à la crème du comptoir. Un mélange de fromage de chèvre, de fromage à la crème, de miel et de crème — en forme de cœur grâce au moule ridiculement cher qu'elle avait acheté ce matin — entouré d'une sauce aux fraises et à la vanille. Avec un *soupçon* de grains de poivre, de cannelle et de clous de girofle ajoutés juste pour rendre les choses intéressantes.

— Ça, dit Frances, a l'air incroyable. Poussez-vous, les gens ! Elle se leva et agita sa fourchette.

— Très bien, vieux routiers de Castillac, dit Molly en distribuant les assiettes à dessert. Elle espérait que ses invités seraient tellement absorbés par le dessert qu'ils ne remarqueraient pas la transition maladroite, ni ne sentiraient l'intérêt intense qu'elle portait à ce qu'elle allait aborder. — Je me suis posé des questions sur Valerie Boutillier. Je sais, c'est arrivé il y a des siècles, mais vous savez que je suis une fille qui aime creuser un mystère. Et quoi de plus mystérieux qu'une fille populaire et intelligente qui disparaît sans laisser de traces ?

Dufort lui lança un regard puis un sourire malicieux quand personne d'autre ne regardait ; ils n'avaient parlé à personne de leurs projets d'enquête. Et Molly avait eu raison à propos du cœur à la crème : Nico et Lawrence se régalaient avec des expressions extatiques et semblaient tellement apprécier le dessert que cela les rendait sourds. Molly mangea une cuillère du délicieux fromage et s'efforça d'être patiente. Finalement, Lawrence mordit à l'hameçon.

— Valerie Boutillier. Hmm. Tout cela s'est passé peu de temps après mon arrivée à Castillac, dit Lawrence. Il y a combien de temps, huit ou neuf ans, c'est ça ?

— Sept, dit rapidement Molly.

Nico ne dit rien. Molly le vit prendre la main de Frances sous la table.

— Et donc ? dit Molly, essayant d'avoir l'air désinvolte. De quoi te souviens-tu, Lawrence ?

— Pas grand-chose, j'en ai peur. Elle était apparemment assez explosive. Les gens l'aimaient bien. Un peu fauteuse de troubles, mais pas de manière agaçante.

— Quel genre de troubles ?

— Oh, je ne m'en souviens plus maintenant. Il mangea un peu de la sauce aux fraises et ferma les yeux, la savourant.

— Ben, tu as quelque chose ? demanda Molly. Ils voulaient maintenir leur intimité, mais il aurait paru étrange de ne pas demander l'avis du chef enquêteur.

Dufort soupira. — L'affaire a été l'un de mes plus grands échecs. Et l'une des raisons pour lesquelles j'ai quitté la gendarmerie. Il avait bu plus de vin que d'habitude, et l'effet était qu'il disait des choses qu'il aurait normalement gardées pour lui.

— On ne peut pas gagner à tous les coups, dit Frances.

— Mais je le veux, dit Dufort, avec une sorte de sourire dur.

— Nico ? insista Molly. Quelque chose ?

Nico détacha lentement son regard de Frances. — J'étais à l'école, aux États-Unis, quand Valerie a disparu. Mais je la connaissais. Elle était plus jeune que moi de quelques années, mais c'était le genre de fille qui avait des amis plus âgés. Des plus jeunes aussi, d'ailleurs. Enfin bon. Il mangea encore du dessert puis sourit à Frances.

Cela devenait agaçant. — Allez, quelles sont vos suppositions, alors ? Que pensez-vous qu'il lui soit arrivé ?

— Ce n'est pas un jeu de salon, Molly, dit Ben d'une voix basse.

— Bien sûr que non, dit-elle, presque en lui aboyant dessus. Je suis juste curieuse de savoir comment les gens gèrent quelque chose comme ça. Quelles sortes d'explications trouvent-ils, pour pouvoir vivre avec l'inexplicable et potentiellement l'incompréhensible ?

— Est-il totalement impossible qu'elle se soit simplement enfuie ? demanda Frances. Elle avait dix-huit ans, non ? Je suis sûre qu'à cet âge-là, j'avais envie de disparaître. Toute cette histoire d'âge adulte n'avait pas l'air si génial pour être honnête. Les factures, le travail, toutes ces études...

— Pas totalement impossible, non, dit Dufort. Mais nous n'avons pas pu trouver la moindre indication qu'elle ressentait ça, Frances. Elle avait été un peu sauvage, mais c'était plus faire des farces que se rebeller par insatisfaction ou malheur. Elle était très intéressée par le journalisme et certains de ses professeurs m'ont dit qu'elle avait hâte de commencer à fourrer son nez là où elle ne devrait pas pour dévoiler la corruption et les mauvais comportements des riches et des puissants.

— Ça pourrait effectivement te coûter la vie, dit Nico, enfin attentif à autre chose que Frances. Je crois sincèrement que certaines entreprises tuent les gens qui les menacent trop. Mais je suppose que ça ne s'appliquerait pas dans ce cas — Valérie aurait pu finir par se faire des ennemis puissants, mais elle n'avait même pas commencé sa carrière.

— C'est exactement ce que je pensais, dit Molly.

Tout le monde autour de la table sursauta lorsqu'un cri perça l'air.

— Oscar ! s'exclama Molly en se levant d'un bond et en courant vers sa chambre, où elle avait improvisé un lit pour lui en disposant des boîtes autour d'une literie sur le sol, le piégeant pour qu'il ne puisse pas ramper et faire des bêtises. Il était assis et se frottait les yeux.

— Tu te demandes où tout le monde est passé ? lui dit Molly d'une voix douce. Je suis juste dans la pièce d'à côté, en train de dîner avec des amis. Ta maman et ton papa sont retournés au gîte et seront bientôt là. Tu peux te rendormir ? Tu as besoin d'une couche propre ?

Oscar leva ses petits bras potelés et fit des bruits de mécontentement.

— D'accord, dit Molly, ressentant à nouveau ce bonheur qui la faisait fondre. Elle se pencha et le souleva dans ses bras, serrant son petit corps contre elle. Je n'ai pas de fauteuil à bascule, j'en ai peur. Il va falloir que je m'en occupe. Au lieu de bercer le petit garçon, elle fit des allers-retours dans sa chambre, chantant doucement de vieilles comptines et des bribes de chansons dont elle se souvenait vaguement de son enfance. Il continuait à s'agiter et elle continuait à marcher, et au bout d'un moment, elle sentit son corps commencer à se détendre, et sa tête tomba sur sa poitrine.

Elle aimait ce petit Australien. Après seulement deux jours passés avec lui, Molly avait l'impression que sa sécurité, son bien-être et son bonheur étaient plus importants pour elle que tout le reste. Mais la joie qu'elle ressentait en le tenant dans ses bras — elle ne pouvait s'empêcher de se demander — comment les mères supportaient-elles la possibilité que quelque chose de terrible arrive ? Que leur fille populaire disparaisse un jour, sans laisser de trace ? Comment les mères *supportent*-elles cela ?

Passer une soirée avec ses amis autour de la table, manger de la nourriture délicieuse et boire du bon vin (et pas cher) — c'était l'un des plaisirs profonds de la vie. Et ce moment avec Oscar, le tenir et le bercer dans ses bras tandis que son petit corps s'abandonnait et voguait vers le sommeil en était un autre.

Molly lâcha prise elle aussi et pleura. Ses larmes rebondissaient sur la tête d'Oscar et tombaient sur sa grenouillère. Puis il s'endormit et elle le déposa sur le lit improvisé avant de quitter la pièce à pas feutrés, jetant un dernier coup d'œil pour s'assurer qu'il restait endormi avant de retourner auprès de ses invités.

MOLLY BUVAIT AVEC MODÉRATION, sauf lors des rares occasions où elle se laissait emporter par une ambiance festive et finissait par boire quelque chose comme les redoutables Negronis de Lawrence. Lors des dîners, elle ne se saoulait pas, ni même ne devenait pompette, habituellement... mais tout de même, au cours de cette longue soirée, elle avait fini par boire suffisamment de vin pour se sentir un peu confuse le lendemain matin.

La soirée s'était terminée tard. Après le cœur à la crème, elle avait préparé du café, puis ils avaient fini son cognac en débattant de politique, et il était presque 2 heures du matin quand ils s'étaient dit au revoir.

Molly n'allait certainement pas faire le ménage à 2 heures du matin, mais cela signifiait bien sûr que lorsqu'elle tituba dans la cuisine le lendemain matin, déterminée à faire du café, les vestiges de la fête étaient là pour l'accueillir.

— Oh là là, dit-elle en attrapant la boîte de grains de café. Elle lava quelques casseroles en attendant que le café passe, ajouta une bonne dose de crème et sortit sur la terrasse. Il y faisait encore de l'ombre à cette heure matinale, étant donné qu'elle était située du côté nord de la maison, et il faisait trop frais, mais Molly n'avait pas envie de rentrer chercher un pull. Elle s'assit donc au bord de la chaise en métal, frissonnant et savourant la fraîcheur de cette matinée de printemps.

— Molly !

C'était Ned. Il était venu chercher Oscar vers minuit, disant que Leslie s'était enfin endormie et que le pire semblait être passé.

— Sur la terrasse ! répondit-elle, et Ned contourna la maison.

— Bonjour ! dit-il. Merci encore d'avoir gardé Oscar hier soir.

— J'espère que Leslie va mieux ?

— Oh oui, elle est en pleine forme et prête à repartir. Rien ne l'arrête bien longtemps. Dis donc, on adore vraiment la Dordogne. On n'était jamais venus ici avant et il y a tellement de choses à faire.

Molly hocha la tête et but une gorgée de café. Allait-il lui demander de garder Oscar à nouveau ? Elle l'espérait.

— Bref, on aimerait rester plus longtemps, si c'était possible. Je sais que tu as probablement des réservations et tout, mais je me suis dit que je pouvais toujours demander. Ou peut-être que tu connais un autre endroit où on pourrait séjourner ? Bien que je serais triste de quitter La Baraque, dit-il avec un sourire.

— Eh bien, j'ai effectivement quelqu'un qui arrive. Le jour de votre départ en fait, donc il n'y a pas de place même pour un jour de plus.

— Ah. Bon, tant pis.

— Mais écoute. Le nouveau client est seul, et j'ai beaucoup de place dans ma maison. Laisse-moi lui envoyer un e-mail pour lui demander si ça lui convient — je peux baisser son tarif puisqu'il n'aurait pas son propre gîte — et je te tiens au courant dès que j'ai de ses nouvelles ?

— C'est génial, Molly, merci ! Ils discutèrent des châteaux locaux à visiter et du meilleur endroit pour manger une glace, puis Ned retourna au gîte. Molly envisagea de l'accompagner pour dire bonjour à Oscar, mais elle négligea plutôt le nettoyage de la cuisine pour aller se promener dans le jardin.

Elle s'attendait à des surprises avec l'arrivée du printemps, et elle ne fut pas déçue. Des touffes de jonquilles avaient poussé près de la porte d'entrée et le long du mur de pierre qui bordait la rue des Chênes

. Des perce-neige étaient apparus en février sous quelques viornes dans le jardin. Et maintenant, elle apercevait des tulipes qui poussaient le long du mur du potager. C'était comme si de petits morceaux des personnes qui avaient vécu à La Baraque étaient toujours là, surgissant au printemps, même si bien sûr Molly ne pouvait pas savoir pourquoi ils avaient choisi cette couleur de tulipe, ou des perce-neige plutôt que des crocus, ou ce cultivar particulier de jonquille.

Mais elle avait l'impression d'apprendre à connaître ces

anciens habitants, très lentement, au fur et à mesure que leurs fleurs apparaissaient au printemps et qu'elle découvrait les magnifiques carreaux dans le potager.

❧ 8 ❧

Le lundi matin s'est levé ensoleillé et lumineux. Molly a emporté son appareil photo au pigeonnier nouvellement meublé pour prendre quelques clichés pour son site web avant que la lumière ne devienne trop crue. Bobo bondissait à ses côtés, un bâton dans la gueule, espérant une petite partie de tir à la corde, mais Molly était trop concentrée sur les photos pour saisir l'allusion.

Essuyant ses pieds sur le nouveau paillasson, Molly regarda autour d'elle au rez-de-chaussée, satisfaite de son aspect attrayant. Ridiculement douillet et confortable. Des rayons de soleil inhabituels traversaient les minuscules fenêtres que Pierre Gault avait créées. C'était vraiment un artiste — sa marque était visible partout et l'ambiance qu'il avait créée n'était que positive : originale, mais pas dans un but de nouveauté, et élégante sans en faire trop.

Elle passa sa main sur le mur au plâtre lisse, heureuse que le vieux mortier ne suinte plus de poussière jour et nuit, obligeant Constance à nettoyer plus souvent et Molly à nettoyer après Constance. Levant l'appareil photo à hauteur d'œil, elle commença à prendre des clichés, capturant les rayons de soleil, le bois poli, la jolie cruche qu'elle avait dénichée au marché aux puces. Et à l'étage, le vieux lit sculpté avec sa literie luxueuse — une vraie folie — avec encore plus de rayons de soleil et les rangées de petits nichoirs enduits de plâtre.

Elle prévoyait de le louer cher. Même si elle n'était allée nulle part et n'avait rien acheté d'extravagant, ses dépenses étaient plus élevées qu'elle ne l'aurait souhaité. Elle était tout juste à l'équilibre ce mois-ci — bien que le séjour prolongé des Australiens puisse suffire à faire pencher ses comptes plus confortablement dans le vert.

Alors quelles histoires vont se jouer ici, se demanda-t-elle. Un couple aura-t-il la dispute finale dont il ne se remettra pas ? Quelqu'un fera-t-il sa demande en mariage ? Aura-t-on une idée qui changera une vie ?

Ou même — parce que Molly était un peu obsédée par cette idée — planifiera-t-on un meurtre ?

Elle ferma la porte et la verrouilla, même si elle avait cru comprendre que ce n'était pas vraiment la coutume à Castillac. Mais elle se connaissait adolescente, et pensait que le pigeonnier aurait fait la plus géniale des cachettes imaginables pour faire toutes ces choses d'ados que les parents ne veulent pas qu'ils fassent. Puis elle se dépêcha de rentrer à la maison pour mettre les photos en ligne, espérant obtenir rapidement quelques réservations.

Bobo filait à côté d'elle dans le pré puis, avec un jappement, disparut dans la forêt à la poursuite de quelque chose que Molly ne pouvait pas voir.

Elle se demandait pourquoi elle n'avait pas eu de nouvelles de Ben depuis le dîner — ne devraient-ils pas faire des plans, passer en revue les preuves, quelque chose ? Car bien qu'elle soit capable d'accomplir ses tâches quotidiennes, de préparer les repas et de gérer son entreprise, elle pensait toujours à Valérie dans un coin de son esprit. Mais jusqu'à présent, il n'y avait pas grand-chose de concret à quoi penser.

Une note sur une porte était tout ce qu'ils avaient.

NE VOULANT PAS ÊTRE ENTENDUS, Molly et Ben décidèrent d'avoir leur première réunion officieuse au sujet de Valérie Boutillier à La Baraque. Molly avait bien sûr fait provision de pâtisseries et préparé un café corsé. Ben lui apporta un sac d'épinards de la part de Rémy et le dossier Boutillier que Thérèse Perrault lui avait discrètement transmis. Sans perdre un instant, ils sortirent sur la terrasse et se mirent au travail.

— D'abord, j'aimerais dire que je ne veux pas me comporter comme un gendarme, maintenant que je ne suis plus en uniforme, dit Ben. Ce que je veux dire, c'est que je ne veux pas que tu penses être ma subordonnée, ou que je vais insister sur un quelconque protocole de la gendarmerie.

— Ha ! Eh bien, c'est un soulagement, parce que je te rendrais sûrement fou, dit Molly en souriant. Elle tendit la main vers un *croissant aux amandes* et remarqua qu'elle avait une grosse trace de patte boueuse sur sa chemise.

— J'ai quand même réfléchi à la façon de mener notre enquête. Laisse-moi t'exposer ça et tu me diras ce que tu en penses.

Molly hocha la tête et but une gorgée de café.

— En mettant de côté la note pour le moment, il n'y a que trois possibilités à mon avis pour ce qui s'est passé. Numéro un, Valérie a quitté le village, de son plein gré ou non, et vit quelque part ailleurs, librement ou non. Ben rit. Je vois déjà que j'ai plus de trois possibilités et je viens à peine de commencer. *Bon.*

— La deuxième est qu'elle a été tuée peu après l'enlèvement, et que le corps est toujours caché quelque part dans les environs.

Et la troisième est que celui qui l'a enlevée la retient toujours, la gardant prisonnière tout ce temps. Ce qui, honnêtement... j'ai du mal à croire que c'est ce qui s'est passé.

— Ou peut-être juste dur à avaler. Ce genre de cas existe. Je viens de lire quelque chose à propos d'un à Los Angeles...

— Je sais que ces cas existent, Molly, dit doucement Dufort. Bien que mon cerveau semble se révolter contre cette idée. C'est exactement pour ça que je n'étais pas un très bon détective.

Molly lança un long regard à Dufort. Elle décida qu'il ne parlait pas par apitoiement sur lui-même mais en essayant d'être objectif à son propre sujet, bien qu'elle pensât qu'il se blâmait pour des choses qui n'étaient pas de sa faute. — Tu sais, personne ne réussit tout le temps.

Dufort hocha la tête et but son café.

— Bon, dit Molly. Trois possibilités en tout, ou trois et plus. Mais si on prend en compte la note par rapport à ces possibilités, il me semble que la numéro trois — qu'elle soit retenue captive quelque part dans les environs — est la plus probable.

— Malheureusement, le plus probable est qu'elle ait été tuée peu après avoir été enlevée. C'est le scénario le plus fréquent. Mais comme tu le dis, cela signifie que la note est un faux, ou une blague.

— Et corrige-moi si je me trompe, car je n'y connais rien, mais il semblerait que si Valérie a été enlevée et tuée immédiatement... si le criminel est local, pourquoi s'est-il arrêté à Valérie, tu vois ?

— Ça aurait pu être un touriste. Ou quelqu'un qui vit dans le département voisin et qui se déplace pour commettre ses méfaits. Ou bien ça aurait pu être un acte isolé.

Molly hocha la tête. — Ça fait beaucoup de « ça aurait pu ».

— Oui. C'était sans aucun doute l'affaire la plus difficile de ma carrière à la gendarmerie. Bien pire que l'autre affaire non résolue d'Elizabeth Martin. Pas parce qu'elle était compliquée, mais tout le contraire — je n'ai jamais eu ne serait-ce que le plus petit indice. Comme tu le verras, le dossier est presque vide. Tout ce que nous avons pu faire, c'est interroger ses amis et sa famille, examiner ses messages téléphoniques, son ordinateur... il n'y a pas eu un seul moment pendant toute l'enquête où je me suis dit : « Ah ! Maintenant on tient quelque chose ! »

— Ça a dû être terrible.

Le visage de Dufort était de marbre. Il se contenta de hocher la tête, puis se pencha pour caresser la tête tachetée de Bobo.

— Mais maintenant nous avons la note ! s'exclama Molly.

— Oui. J'avoue avoir ressenti presque de la joie quand tu m'en as parlé l'autre jour. Depuis, moins. Peut-être que j'hésite simplement à me faire de faux espoirs. Mais les espoirs ne sont pas vraiment le sujet — je suis prêt à travailler ensemble et à faire tout ce que nous pouvons imaginer pour découvrir si Valérie est toujours en vie.

— Je suis totalement partante, dit Molly en finissant son croissant, le délicieux bout qui était un peu sec et croustillant, mais d'une manière délicieuse et beurrée. Évidemment, je ne sais pas comment ils procèdent à la gendarmerie, mais que dirais-tu de ceci ? On travaille ensemble, mais tu te concentres sur ce que tu considères comme le scénario le plus probable — qu'elle a été tuée rapidement et que son corps est toujours quelque part dans les environs. Et moi, je me concentre sur la découverte de l'auteur de la note et de celui qui pourrait la retenir captive.

Dufort réfléchit. — Ça me va. Je pourrais peut-être emprunter un chien cadavre à un ami à Toulouse. Il est dans la gendarmerie là-bas et a développé tout un chenil de chiens entraînés pour le travail de police.

— Ils te laisseront en avoir un si tu n'es plus dans la gendarmerie ?

Dufort sourit. — Eh bien, l'un des avantages de ne plus être dans les forces de l'ordre est que je peux enfreindre certaines règles. Mon ami est une sorte de rebelle secret, dit-il en ricanant. Je pense qu'il sera capable de me faire passer un chien en douce — et qu'il en tirera un grand plaisir.

— Je... s'il y a un corps ? Je veux que ce soit toi qui le trouves, pas moi, dit Molly.

— Compris, dit Dufort. Ils se serrèrent la main et se sourirent, emplis du plaisir d'une mission partagée et d'optimisme, du moins pour le moment.

❉   9   ❉

C'est devenu fade.

C'était la phrase qui ne cessait de tourner dans l'esprit d'Achille toute la journée pendant qu'il s'occupait de la traite, chargeait des bottes de foin sur la remorque du tracteur pour les emmener dans le champ de devant, et mangeait son déjeuner solitaire dans la cuisine de la ferme. Les petites fenêtres n'avaient pas été nettoyées depuis la mort de son père, et la lumière printanière ne pénétrait que sous forme d'une vague lueur. Achille était économe et évitait d'utiliser l'électricité quand c'était possible, alors il prenait son déjeuner à la lueur d'une bougie.

La bougie était faite de suif. Il devait abattre ses filles quand elles devenaient trop vieilles, mais il faisait de son mieux pour tout utiliser. Il fondait le suif puis le versait dans un bocal en verre avec un bout de ficelle cirée comme mèche. La flamme projetait une lumière vacillante dans la pièce pleine de courants d'air.

C'est devenu fade.

Peut-être devrait-il tenter une sortie à Castillac. Ou à Salliac, le village dans l'autre direction. Salliac était plus petit, et Achille se demandait si c'était mieux ou pire. Mieux parce que moins peuplé. Mais pire parce qu'il pourrait se faire remarquer, attirer l'attention tant redoutée. Cela faisait des mois depuis sa dernière tentative en public, qui ne s'était pas bien passée.

Même s'il ne savait pas encore ce qu'il allait faire, il ne faisait aucun doute qu'il allait faire quelque chose. C'était toujours comme ça. Il commençait à entendre une phrase dans sa tête, encore et encore, et les mots ne le laissaient pas tranquille. La pression montait et montait jusqu'à ce qu'il passe à l'action. C'était le rythme de vie d'Achille et il en avait toujours été ainsi depuis aussi loin qu'il se souvienne.

Quand il était tout jeune, peut-être six ans ? Accroupi près de l'étang dans le champ ouest. Il avait observé les têtards éclore des masses d'œufs le long de la rive, puis les avait vus se développer au fil des jours en minuscules grenouilles. C'était le printemps et il allait à l'école, alors chaque jour en rentrant à la maison, il courait jusqu'à l'étang pour voir leurs progrès. Dans sa tête, encore et encore comme le refrain d'une chanson, il entendait « prends la grenouille ». Prends la grenouille. *Prends la grenouille.* La phrase le martelait, tambourinant avec insistance, si bien qu'il avait fini par voler un bocal dans la cuisine, percer plusieurs trous dans le couvercle avec un clou pour que la petite chose puisse respirer, et descendre à l'étang quand ses parents étaient occupés à autre chose.

Attraper l'une des bébés grenouilles fut assez facile. Il cacha le bocal dans sa chambre, ne le sortant qu'après être allé au lit le soir, et parlant doucement à la minuscule créature. Il ne le cachait pas parce qu'il pensait que ses parents s'opposeraient à ce qu'il ait un animal de compagnie — c'était qu'il aimait le secret. Aimait avoir le bébé grenouille rien que pour lui.

Quand elle eut l'air malade le lendemain, Achille eut le cœur brisé, en partie parce qu'il réalisa que c'était de sa faute pour ne pas lui avoir donné une nourriture appropriée. Il avait changé l'eau du bocal et donné à la grenouille un bâton pour grimper, mais d'une certaine manière, dans sa fascination pour son secret, il avait oublié que l'animal avait besoin de manger. Alors une fois de plus, il attendit que ses parents soient occupés, puis emporta le bocal à l'étang et relâcha la petite grenouille.

Elle lui avait manqué, parfois douloureusement. Mais il n'entendait plus *prends la grenouille* à chaque instant d'éveil, ce qui était au moins une compensation.

SES JAMBES ÉTAIENT SI POTELÉES qu'elle ne pouvait s'empêcher de les pincer de temps en temps comme si elle était une cliente très pointilleuse cherchant exactement le bon poulet pour le dîner du dimanche. Oscar était une fois de plus enveloppé dans son écharpe-porte-bébé, se balançant contre elle tandis que Molly marchait vers le village. Ned et Leslie n'étaient pas venus frapper à sa porte cette fois ; Molly avait simplement manqué le petit garçon et demandé si elle pouvait avoir sa compagnie pendant qu'elle faisait quelques courses.

Oscar avait tapé dans ses mains et lui avait souri radieusement, et son cœur s'était encore plus gonflé qu'avant. Elle avait même des fantasmes — des fantasmes ridiculement morbides, elle le savait bien — où Ned et Leslie mouraient dans un accident de voiture et ils n'avaient absolument aucune famille et il s'avérait qu'elle pouvait garder Oscar et l'élever.

Elle savait qu'elle était ridicule, et elle ne voulait pas vraiment que cela arrive. Mais plus pour le bien d'Oscar que pour celui de Ned et Leslie, si elle était tout à fait honnête.

Maintenant, pourquoi suis-je venue au village, pensa-t-elle. J'ai besoin de quelques pommes de terre à l'épicerie, et d'une ampoule. Je me demande quand les fraises seront disponibles ? Et la grande question : Valerie pourrait-elle être cachée quelque part dans le village ?

Et si c'est le cas, comment vais-je entrer dans les maisons des gens pour la trouver ?

Elle acheta les pommes de terre, saluant la femme de l'épicerie mais comme d'habitude évitant toute autre conversation parce que Molly ne comprenait pas son accent. Elle présenta Oscar à quelques personnes qu'elle connaissait de vue, et il babilla de façon charmante avec eux, laissant tout le monde souriant.

Molly se tenait sur le trottoir devant l'épicerie, regardant autour d'elle les maisons de la rue. Beaucoup d'espaces au rez-de-chaussée étaient des boutiques, avec des appartements aux étages supérieurs. Impossible que quelqu'un puisse être caché pendant sept ans dans un bâtiment comme ça, raisonna-t-elle. Pas moyen d'empêcher Valerie de crier, ou de frapper sur le sol ou les murs.

En partant de cette hypothèse, cela réduisait au moins un peu sa recherche. Elle se concentrerait sur les maisons individuelles. Et probablement que plus le terrain était grand, plus il serait facile d'y cacher quelqu'un. Il était temps de rendre visite à son ami à la mairie — il devait y avoir des plans montrant toutes les maisons dans et autour de Castillac, et elle supposait que jusqu'à ce qu'elle ait une meilleure idée, elle pourrait commencer d'une manière ou d'une autre à les vérifier une par une.

D'une manière ou d'une autre, en effet. Castillac n'était pas immense, environ quatre mille habitants, mais cela représentait quand même un nombre intimidant de logements à explorer. Même si la moitié de ces quatre mille personnes vivaient avec quelqu'un d'autre, et qu'un quart d'entre elles habitaient dans des appartements, cela faisait tout de même mille cinq cents maisons à inspecter. Cela prendrait des années.

Sans parler du fait que — comment exactement pensait-elle pouvoir entrer dans ces maisons ? Et même une fois à l'intérieur, elle ne pouvait pas courir partout à la recherche de trappes et de compartiments cachés derrière des bibliothèques truquées sans que les gens ne pensent qu'elle avait perdu la tête. Elle prit le chemin du retour, marchant lentement.

— Oscar, comment vais-je réussir ce coup ? murmura-t-elle dans ses cheveux doux. Il battit ses petits pieds contre son ventre, les yeux mi-clos.

Molly s'arrêta net. Garé sur le trottoir (probablement illégalement) se trouvait un scooter. Le scooter le plus chic et le plus délicieux que Molly ait jamais vu. Ses lignes ondulaient et se courbaient, la peinture brillait presque, même le tableau de bord était adorable. — Je veux ça, dit-elle à Oscar, et il ouvrit les yeux et donna des coups de pied plus fort.

Je ne peux pas me le permettre, se dit-elle. Mais...

Elle examina de plus près la magnifique machine, notant la marque et le modèle, puis jeta un coup d'œil dans la rue pour voir si quelqu'un se dirigeait vers elle. Elle voulait savoir où on pouvait acheter de telles choses, et combien elles coûtaient. Parce que bon sang, si elle ne pouvait pas avoir de bébé, elle allait avoir un scooter. Un point c'est tout.

II

Ce soir-là, Molly ne savait pas quoi faire. Avec l'aide de Constance, elle avait préparé une chambre à l'étage de sa maison pour le nouveau client qui avait accepté de prendre la chambre du haut — elle l'appelait la « chambre hantée » bien que rien ne se soit jamais produit pour justifier ce nom. C'était une petite pièce au plafond bas et quelque chose lui donnait la chair de poule, alors le nom était resté. Probablement rien de plus que le papier peint défraîchi, vaguement rose avec un motif de roses. Elle se souvenait d'un papier peint similaire dans un film d'horreur qu'elle avait vu à onze ou douze ans, dans lequel une vieille dame avait été assassinée par un bel inconnu à qui elle avait loué une chambre.

Peut-être, maintenant qu'elle y pensait, gérer un gîte en tant que femme célibataire n'était pas la meilleure idée qu'elle ait jamais eue ? Pourquoi ne s'était-elle pas souvenue de ce film jusqu'à présent ?

Mais Molly balaya cette inquiétude, sachant que malgré le faible risque de louer à une très mauvaise personne, l'entreprise lui convenait parfaitement. Elle avait apprécié chacun de ses clients ; certains d'entre eux, elle n'en doutait pas, resteraient en contact et reviendraient en visite pendant des années. Elle rangea les produits de nettoyage, prit une douche et se rendit à Chez Papa, imaginant à quel point elle serait élégante lorsqu'elle arriverait sur son nouveau scooter.

— Devrais-je prendre le rouge, ou peut-être un vert flashy ? demanda-t-elle à Lawrence, une fois installée sur son tabouret au bar avec un kir en route.

Lawrence but une gorgée de son Negroni. — Que dirais-tu du noir ? On ne se trompe jamais avec le noir.

— Trop sobre.

— Ah. Alors peut-être le rose ?

— Il y a un rose ?

— J'imagine que tu peux obtenir n'importe quelle couleur si tu le veux vraiment. Ce n'est pas comme si le scooter était très grand. Tu pourrais probablement engager quelqu'un pour le peindre en rose fluo avec des paillettes si c'est ce que tu as en tête.

— Là, ce serait de mauvais goût, dit Molly en riant. Pourquoi Nico a-t-il l'air si morose ? ajouta-t-elle, assez bas pour qu'il ne puisse pas l'entendre.

— Des problèmes au paradis, apparemment, dit Lawrence.

— Oh oh. Je craignais ça. Tu as vu Frances ?

— Nico vient de me dire qu'elle est partie à la côte avec quelqu'un qu'elle a rencontré la veille. Il avait l'air inconsolable.

— Quelqu'un de masculin ou de féminin ?

— Féminin.

— Bah, il n'a peut-être pas de quoi s'inquiéter. Bien qu'avec Frances... elle a laissé une traînée de débris romantiques derrière elle depuis nos treize ans. Tu sais que je l'aime. Mais constante en amour, elle ne l'est pas.

Lawrence hocha la tête. — Je connais le genre.

— Ton Julio marocain ?

— *Oui*, dit Lawrence, et il se retourna pour que Molly ne puisse pas voir son visage.

Chez Papa était calme un instant. Le soleil descendait vers le crépuscule mais la lumière entrait encore à flots par les baies vitrées, si brillante qu'elle donnait un aspect poussiéreux à l'endroit et mettait tout le monde sous un jour peu flatteur. Puis deux hommes à l'autre bout du bar commencèrent à se disputer à propos de politique, et une jeune femme entra en tenant un petit garçon sur sa hanche, appelant Nico, et le rythme du restaurant reprit.

— Je suis désolée, dit Molly à Lawrence, souhaitant avoir quelque chose de plus utile à dire.

Lawrence se retourna vers elle et haussa les épaules. — Alors dis-moi, Miss Molly, n'as-tu pas de fers intéressants au feu ? Des morts curieuses dans le village cette semaine ? Des étrangers mystérieux arrivés en ville ?

Elle sourit. — Non, pas que je sache. J'ai une question pour toi cependant, puisque tu connais tout le monde. La Dordogne était importante pour la Résistance, pendant la Seconde Guerre mondiale, n'est-ce pas ?

— C'est exact, dit-il, intéressé par la raison de sa question.

— Je me demandais s'il y avait quelqu'un à qui je pourrais parler de ça — je veux dire, quelqu'un qui aurait pu être là à l'époque ?

— As-tu rencontré Madame Gervais ? Elle a 102 ans, je crois, quelque chose comme ça. Elle vit dans... quelle est cette rue qui a la boutique avec les lampes ?

— Rue Baudelaire, dit Nico en s'approchant. Un autre ?

— Bien sûr, dit Lawrence. J'adore cette boutique de lampes. Je pourrais acheter des lampes toute la journée.

— La maison de Mme Gervais est la toute petite juste à côté, dit Nico.

— Qu'est-ce qui te rend si intéressée par l'histoire tout à coup ? demanda Lawrence, l'observant attentivement.

— Oh, rien, dit Molly. Nico, tu peux nous apporter des frites ? Et une salade pour moi. Lawrence, je t'ai dit que j'allais avoir un invité chez moi, puisque les Australiens restent plus longtemps ?

— C'est pour pouvoir parler à tes invités de l'histoire de la région, c'est ce que tu cherches ?

— Exactement, dit Molly, se sentant légèrement coupable de ne pas être honnête avec Lawrence, mais d'un autre côté, pas tout à fait sûre de sa capacité à garder quoi que ce soit pour lui. Les invités aiment bien connaître des histoires intéressantes sur l'histoire, tu sais ? Et quoi de plus intéressant que la Résistance ?

Lawrence hocha la tête et but une gorgée de son verre, mais il n'était pas dupe. Elle préparait quelque chose, mais apparemment, il n'allait pas découvrir quoi pour l'instant.

MOLLY FIT le tour du jardin avec Bobo avant de fermer à clé et d'aller se coucher. Elle avait voulu se plonger dans le dossier Boutillier dès que Dufort était parti la veille, mais elle s'était surprise à repousser le moment et à trouver d'autres choses à faire, peut-être pour retarder la déception de constater le peu d'éléments dont ils disposaient.

Maintenant, il était temps. Elle se lava et se mit au lit, disant fermement à Bobo que ses pattes étaient boueuses et qu'elle devait dormir sur son propre lit, qui était un tas de couvertures mangées aux mites dans le coin de la chambre. Molly grimpa dans son lit et remua les oreillers derrière elle, ouvrit le dossier et commença à lire.

D'abord, la transcription d'un entretien avec Mme Boutillier. C'était douloureux à lire, car son agonie était évidemment perceptible dans chacun de ses mots.

Valérie était une excellente élève et obtenait les meilleures notes de sa classe.

Elle allait intégrer l'*École Normale Supérieure*, une université extrêmement compétitive à Paris. Elle commençait à faire ses bagages pour son départ, prévu seulement deux semaines après sa disparition. Pas de petit ami. Jamais de relation sérieuse. Elle passait la plupart de son temps avec un grand groupe de camarades de classe.

Elle voulait devenir journaliste d'investigation. Elle avait un fort sens de la justice sociale.

Molly leva les yeux et se frotta les paupières. C'était tellement injuste que cette jeune femme ambitieuse et pleine de vie soit ainsi effacée, disparue, perdue. C'était une atrocité — peut-être à petite échelle pour le monde, mais immense pour sa famille et ses amis, et pour le village où elle avait grandi.

Valérie était un peu garçon manqué, portant des jeans la plupart du temps.

Elle portait ses cheveux châtain clair en tresse dans le dos.

Elle était allergique à la laine.

Son plat préféré était l'*aligot*. (Molly dut chercher ce que c'était. L'*aligot* est un plat de l'Aubrac, dans lequel du fromage, du Cantal ou de la Tomme, est lentement fondu dans de la purée de pommes de terre, créant un mélange réconfortant et délicieux, filant, fromager et pomme de terrien.)

Elle portait un collier avec un pendentif en forme d'étoile, que son frère lui avait offert.

Le jour de sa disparition, Valérie portait un pull vert, un jean bleu, des baskets et un foulard en soie à carreaux. Ses cheveux étaient en tresse dans le dos, sans ruban ; le collier avec l'étoile autour du cou.

Pas de bagues, pas de bracelets, pas de manteau. Sa mère disait qu'elle désespérait de voir Valérie porter un manteau quand il faisait froid — elle courait toujours partout sans en mettre un.

Elle n'avait pas de taches de naissance, de grains de beauté, de verrues ou de cicatrices visibles.

Elle aimait faire des farces. Elle riait beaucoup.

La dernière fois que sa mère — ou quelqu'un d'autre — l'avait vue, c'était le 29 octobre 1999.

❧   I I   ☙

La li lala lo.

Plus personne à la maison. Plus personne à la maison désormais.

Il faisait sombre et elle était allongée sur le matelas crasseux, plissant les yeux vers une minuscule fissure de lumière qui était récemment apparue entre deux des rondins formant une partie du plafond. Ce n'était pas une fissure suffisamment grande pour lui donner des idées de l'agrandir et de s'échapper d'une manière ou d'une autre, parce qu'elle ne pensait plus à s'échapper. C'était un concept qui lui avait échappé. Ce n'était pas qu'elle ne pensait pas que c'était possible, c'était que *l'évasion*, l'idée, n'existait plus.

Il venait à peine maintenant. Il ouvrait la porte et poussait un bol de lentilles et une cruche de lait, il emportait le seau qui servait de toilettes pour le vider, puis le ramenait. Mais il ne parlait plus, pas comme avant.

Il évitait de la regarder dans les yeux.

C'était déjà terrible avant, inimaginablement horrible. Elle n'était pas faite pour la captivité, personne ne l'est. Elle passait presque tout son temps sous terre, dans une cave à légumes qu'il avait aménagée au fil des mois, creusée dans une pente à côté de la grange. Et tout ce temps, ces longues journées — c'était interminable. Sa vie d'avant, son ancien moi, n'étaient plus qu'un rêve fugace.

C'était terrible avant, mais maintenant, avec lui qui ne lui parlait plus et ne la regardait plus dans les yeux — c'était pire. Valérie sentait qu'elle commençait à perdre le peu d'emprise qu'elle avait encore sur ce qui était réel ; cette emprise était déjà effilochée, déjà ténue, et menaçait maintenant de se rompre complètement. Mais Valérie n'avait pas peur. C'était comme si au fil des années, la peur avait été si profonde et si constante qu'elle s'était épuisée.

La li la, la li lo.

Elle chantait pour elle-même comme si elle était un bébé dont elle s'occupait. *La li la.* Sa voix était rauque et craquelée, tout comme ses lèvres et la peau de ses mains et derrière ses genoux.

Parfois, l'homme ouvrait encore grand la porte et la laissait sortir au soleil. Il attachait une corde autour de sa taille et autour de sa propre taille, et marchait avec elle dans le champ derrière, hors de vue de la route. Au début, il lui attachait les jambes pour qu'elle ne puisse marcher qu'à petits pas, mais finalement il lui avait fait confiance pour ne pas s'enfuir. Et il avait eu raison, car finalement l'espoir qui aurait alimenté sa fuite s'était presque éteint. Elle croyait que ses amis et sa famille l'avaient abandonnée. Qu'ils avaient arrêté de chercher, la laissant rester dans la cave à légumes avec cet homme pour toujours.

Pour toujours est une longue période n'importe où, mais encore plus longue, sans surprise, piégée sous terre, dans l'obscurité, seule.

❀ 12 ❀

Dans la ferme voisine de celle d'Achille Labiche, Gilbert, neuf ans, souhaitait que sa mère se dépêche de finir de dîner, mais oh, elle était si lente pour tout. Si méthodique, si pondérée. Il avait l'impression qu'il allait s'enflammer d'impatience.

—Maman, y a-t-il quelque chose que tu voudrais que je fasse dehors avant de commencer mes devoirs ? demanda-t-il, pensant que même faire des corvées serait préférable à rester assis à table une minute de plus.

Madame Renaud pencha la tête. Puis elle poussa quelques petits pois sur son couteau et les mangea, mâchant lentement. Elle prit une gorgée de vin. — Gilbert, tu sais que je n'aime pas que tu sortes la nuit. Veux-tu te faire enlever comme la pauvre Valerie Boutillier ?

Gilbert releva brusquement la tête, puis baissa les yeux vers son assiette. Avant aujourd'hui, il aurait gémi intérieurement face aux craintes de sa mère, las d'entendre ses avertissements incessants à propos de quelque chose qui s'était produit pratiquement avant sa naissance. Madame Renaud avait concentré une partie de ses anxiétés sans bornes sur l'affaire Boutillier — une coupure de journal, vieille de sept ans maintenant, était scotchée sur le réfrigérateur, si bien que Gilbert avait grandi en regardant le visage joyeux de la fille disparue — et quand sa mère mentionnait Valerie, c'était toujours pour l'empêcher de faire quelque chose qu'il voulait faire.

Tu ne dois pas sortir après la tombée de la nuit. Tu ne peux pas aller au marché sans moi. Tu dois être conscient, Gilbert, des gens autour de toi et des choses horribles dont ils pourraient être capables.

Mais malgré les anxiétés de sa mère, Gilbert n'était pas un enfant craintif mais plutôt intrépide, voulant être dehors à explorer le monde au lieu d'être enfermé dans la ferme. Et bien que Gilbert aimât sa mère, il ressentait du ressentiment envers sa nervosité, et pensait à Valerie comme à quelqu'un de plus mythique que réel, comme un personnage de conte de fées.

Mais c'était avant dimanche dernier.

Ce qui s'était passé était : Gilbert était un lecteur avide, et il avait lu un article dans le journal local sur le fait que le prix des truffes devait atteindre des sommets la saison prochaine. Il était attentif à la mention de tout ce qu'il pourrait faire pour gagner de l'argent, puisque sa mère et lui en avaient peu, et il y avait plein de choses qu'il désirait ardemment : un microscope et un hélicoptère télécommandé étaient sur sa liste cette semaine-là. L'article sur les truffes l'avait fait réfléchir aux chênes à l'arrière de leur propriété. Il se demandait s'il n'y aurait pas un trésor caché là, parmi les feuilles, s'il pouvait seulement trouver un moyen de dénicher ces précieuses petites pépites.

Les chiens sont presque universellement utilisés pour trouver les truffes de nos jours, et Gilbert le savait. Et il savait aussi qu'un chien aurait besoin d'un entraînement spécial — il ne pouvait pas simplement emprunter l'animal de compagnie d'un ami pour un après-midi et s'attendre à ce qu'il trouve des truffes immédiatement. Il pensait que la méthode à l'ancienne de la chasse aux truffes avec un cochon ferait l'affaire. Un cochon peut sentir la truffe et voudra la manger, donc l'astuce est de laisser le cochon la trouver puis d'intervenir et d'arracher la truffe avant que le cochon ne puisse l'engloutir.

Gilbert se promenait parmi les chênes depuis quelques jours, s'y rendant directement après l'école et rêvant de présenter à sa mère une liasse d'euros qu'il aurait gagnés au marché aux truffes, et d'installer son nouveau microscope brillant sur la table de la cuisine. Il avait seulement besoin d'emprunter le cochon du voisin et il serait en affaires. Il comprenait que c'était mai, et que la saison des truffes était en hiver, mais il se disait que cela lui donnait juste plus de mois pour les collecter.

Le voisin était un producteur laitier, un type plutôt calme, pas très abordable. Alors Gilbert y réfléchit et décida qu'il emprunterait le cochon en douce — il lui passerait simplement une corde autour du cou, le conduirait aux chênes à l'arrière de la propriété, et deviendrait riche.

Il n'avait que neuf ans. Dans son esprit optimiste, le plan semblait solide.

Alors dimanche, il nourrit et abreuva les poules et ramassa les œufs, balaya sa chambre, et aida sa mère dans le jardin pendant ce qui lui sembla être une heure interminable, jusqu'à ce qu'elle lui dise enfin qu'il pouvait aller jouer. Il enfila un pantalon vert et un T-shirt vert, pensant que cela ressemblait à du camouflage. Il se dirigea d'abord vers le bosquet de chênes, puis à travers un petit bois jusqu'au bord de la propriété de Monsieur Labiche.

Le voisin et sa mère s'entendaient assez bien, bien qu'ils y parvinssent en ayant le moins de contact possible. Madame Renaud trouvait Monsieur Labiche difficile à aborder. Pendant quelques années, ils avaient échangé des œufs contre du lait, mais cet arrangement avait pris fin il y a plus de huit ans quand le mari de Madame Renaud était décédé, puisque c'était lui qui s'occupait de traiter avec Labiche, et Madame Renaud ne voulait pas le faire, même si l'échange était en sa faveur.

Gilbert vit la grange de Labiche apparaître à travers les arbres. Il s'accroupit en s'approchant, s'arrêtant de temps en temps pour écouter, et n'entendant rien d'autre que les sons du printemps dans les bois : les oiseaux qui faisaient un vacarme, le bourdonnement des insectes, le coassement occasionnel d'une grenouille.

Comme il n'avait jamais visité la ferme du voisin, Gilbert ne savait pas où les cochons étaient gardés. Il se tenait derrière un chêne et regardait autour, soulevant une branche pour voir sous le nouveau feuillage vert.

Il entendit quelque chose... une femme qui chantait. Gilbert était à la lisière du bois et il s'allongea dans les feuilles, pensant que quelqu'un allait passer au coin de la grange.

Et quelqu'un passa. *Deux* personnes.

Monsieur Labiche marchait devant une femme, et ils étaient attachés ensemble à la taille. Elle était très mince, et Gilbert vit même de loin qu'elle était très pâle.

— Mais pourquoi ne viens-tu plus ? s'écria la femme, sa voix râpeuse comme du papier de verre. Je suis ta Valérie ! Regarde-moi !

Gilbert regarda. Il se tortilla dans les feuilles et plissa les yeux pour observer le visage de la femme. Avec stupéfaction, il vit sans l'ombre d'un doute qu'il s'agissait de Valérie Boutillier. Il la regardait droit dans les yeux, son visage ayant la même qualité floue que la coupure de journal avec laquelle il avait grandi.

La femme qui avait disparu depuis sept ans n'était pas perdue — elle vivait juste à côté.

Gilbert était un garçon intelligent. Il remarqua la corde, et même si elle avait dit *Je suis ta Valérie*, il n'oublia pas la corde, ni ne se méprit sur son usage.

❧

ACHILLE RINÇA la boîte qui avait contenu son déjeuner précoce et la mit à la poubelle sous l'évier. Il envisagea de s'allonger pour faire une sieste. Mais ensuite, avec un élan de confiance inhabituel — ou peut-être était-ce simplement céder à l'inévitable — il sortit, démarra le tracteur et tourna à gauche sur la route en direction de Salliac.

Ça devient monotone.

Le village était à six kilomètres et le tracteur était lent. Heureusement, il n'y avait pas de circulation, ce qui lui épargna d'avoir à décider s'il devait se ranger pour laisser passer quelqu'un. Achille avait largement le temps de changer d'avis, et savoir cela l'aidait. C'était comme s'il pouvait se mettre sur la route vers le petit village tout en se disant qu'il ne s'était pas encore engagé à y aller, même s'il s'en rapprochait de plus en plus.

Salliac avait quatre rues qui se croisaient à chaque extrémité. Achille gara son tracteur sur le large accotement juste avant que les rues ne se rejoignent, et marcha vers le centre. C'était jour de marché, bien que, s'il se souvenait correctement, cela ne représentait pas grand-chose à Salliac, et il ne s'attendait pas à beaucoup d'activité.

Et en effet, il n'y avait qu'une poignée de vendeurs. Une femme aux joues roses était là avec un étalage de légumes qui n'avaient pas été cultivés localement, Achille le remarqua tout de suite. Il passa rapidement, essayant de se cacher derrière les rares clients. Ensuite, il vit une femme plus âgée, à peu près l'âge qu'aurait sa mère si elle était vivante, qui vendait des *cannelés* faits maison.

Achille adorait les *cannelés*, et ils lui rappelaient sa mère puisqu'elle lui en avait fait autrefois. C'était une sorte de gâteau étrange, presque un croisement entre un gâteau et une crème, cuit dans des moules cannelés avec une croûte caramélisée et légèrement cireuse. Il ferma les yeux un instant, savourant le souvenir de sa mère qui lui permettait d'en manger plusieurs quand ils étaient encore chauds du four, et il pouvait presque sentir le goût de la vanille et l'arôme exotique du rhum.

Il jeta un coup d'œil à la vieille femme, essayant de voir si elle était abordable. Elle semblait presque endormie, le visage tourné vers le soleil, les yeux mi-clos.

Ça pourrait être un bon signe. Ou elle pourrait être comme un serpent, prête à frapper.

Puis il regarda à nouveau les cannelés, et son envie de goûter à son enfance l'emporta sur sa résistance. — Bonjour, Madame, dit-il, sa voix le surprenant par son assurance. Je peux en avoir six ?

Elle ouvrit les yeux, hocha la tête, et rassembla lentement six gâteaux dans un petit sac en papier pendant qu'Achille fouillait dans sa poche pour trouver de l'argent.

— Merci, Madame, dit-il, les bonnes manières que ses parents lui avaient enseignées revenant automatiquement, comme si on avait appuyé sur un bouton.

Il s'éloigna, pensant que son père aurait voulu qu'il ramène les cannelés à la maison pour les manger après un repas. Mais avec effort, Achille repoussa cette pensée et chercha un endroit tranquille où savourer sa friandise. Et puis, dans un moment inattendu où il ne cherchait même pas, il la vit : une adolescente, debout à côté d'un vélo, en train de discuter sur un téléphone portable.

Achille resta cloué sur place, les yeux fixés sur elle. La fille portait un T-shirt et un jean, ainsi que des baskets montantes qui semblaient étranges à Achille puisqu'il n'était guère au courant des dernières tendances de la mode. Il fit quelques pas de plus, plongea la main dans le sac en papier et mangea un cannelé sans s'en rendre compte. Il resta là à mâcher et à regarder, mais la fille était concentrée sur sa conversation téléphonique et ne le remarqua pas.

Il vit comment son T-shirt était froissé au bas comme si elle l'avait pris dans un panier à linge pour le porter au lieu de le prendre dans un tiroir de commode avec des vêtements soigneusement pliés. Il était rouge foncé avec quelque chose écrit dessus qu'Achille ne pouvait pas déchiffrer. Il vit ses yeux verdâtres s'écarquiller puis presque se fermer alors qu'elle rejetait la tête en arrière en riant.

Finalement, elle dit au revoir et glissa le téléphone dans son sac à dos. Achille s'approcha, se tenant bien droit, l'air plus assuré qu'à n'importe quel autre moment depuis qu'il était descendu de son tracteur à l'entrée du village.

C'était une jolie fille. Le visage frais et pas encore assez âgée pour penser que paraître blasée était attirant. Une constellation de taches de rousseur sur le nez, et des cheveux châtain clair tombant sur ses épaules. Il pouvait voir quelque chose dans son expression qui l'attirait ; il pouvait dire qu'elle essayait d'avoir l'air brave alors qu'elle ne se sentait pas ainsi. C'était lundi, aux alentours de l'heure du déjeuner, et sans aucun doute elle aurait dû être à l'école.

Quand il lui offrit un cannelé, elle sourit et le remercia.

— Laisse-moi deviner ton prénom, dit Achille avec un sourire timide.

La fille rit et secoua la tête alors qu'il énumérait tous les prénoms de filles auxquels il pouvait penser. Achille riait aussi et cachait sa frustration de ne pas pouvoir deviner.

— Je m'appelle

Aimée, dit-elle enfin, et Achille lui sourit avec satisfaction, car son nom était la perfection même : *Aimée*.

Achille se targuait d'avoir un sens exquis du timing. Alors, avant que quiconque au marché ne le remarque en train de lui parler, il sourit et lui dit au revoir, et fut récompensé par un grand sourire, auquel il pensa pendant tout le trajet du retour.

Le début... le début était la meilleure partie, et il espérait la prolonger aussi longtemps que possible.

Aimée.

Oui.

Gilbert avait essayé de bien réfléchir avant d'agir. Après avoir vu Valérie, sa première pensée avait été de courir chez lui pour le dire à sa mère, afin qu'elle puisse appeler les gendarmes immédiatement.

Mais en courant à travers le champ pour rentrer chez lui, il avait hésité. Sa mère le considérait comme un rêveur, toujours perdu dans le monde d'un livre. Elle lui répétait sans cesse qu'il avait la tête pleine de coton et d'idées farfelues. Elle l'accuserait d'avoir lu trop de romans policiers et de se prendre pour l'inspecteur Maigret ou quelque chose comme ça.

Gilbert était triste de le réaliser, mais sa mère n'était pas quelqu'un vers qui il pouvait aller en espérant être cru.

Très bien, s'était-il dit, il me faut un plan B. Et rapidement, il avait eu l'idée de laisser une note anonyme aux gendarmes. C'était uniquement par chance que sa mère avait dû se rendre à Castillac plus tard ce jour-là et avait accepté qu'il l'accompagne, et encore plus de chance qu'il ait réussi à s'éloigner d'elle suffisamment longtemps pour sprinter jusqu'à la gendarmerie, la note soigneusement pliée dans la poche de sa veste. Et une chance inimaginable que lorsqu'il s'était tenu devant la porte et avait regardé autour de lui, il n'y avait personne à proximité, personne qui regardait — et qu'il avait pu coller le ruban adhésif sur la porte verte et s'éloigner nonchalamment, le cœur battant.

Il avait été tenté d'entrer et de parler lui-même aux gendarmes. Si le chef Dufort avait encore été là, il l'aurait peut-être fait. Mais le nouveau responsable — chaque fois que Gilbert l'avait vu, il fronçait les sourcils et semblait peu amical. Le genre d'adulte qu'on voulait éviter, pas celui à qui on irait parler d'un problème.

Non, il valait mieux délivrer la grande nouvelle de manière anonyme. C'était la seule façon pour que les adultes écoutent.

Sur le chemin du retour, Gilbert avait réalisé avec horreur que malgré toute la chance du monde dont il semblait avoir bénéficié, il avait fait quelque chose de vraiment, vraiment stupide : il avait oublié de dire dans la note où Valérie *se trouvait*.

C'était lundi dernier, il y a plus d'une semaine. Une semaine entière de plus que Valérie avait dû vivre attachée, avec sa famille et ses amis pensant probablement qu'elle était morte. Il ne comprenait pas comment il avait pu être aussi idiot. Le but même de la note était d'alerter les gendarmes que Valérie était en fait toujours en vie pour qu'ils puissent la sauver ! Mais il s'était tellement laissé emporter par le processus de trouver les bonnes lettres et de les découper dans le journal et de les coller — tout cela sans que sa mère ne découvre ce qu'il faisait — qu'il avait omis l'information la plus importante. Une partie du problème venait du fait qu'une fois qu'il avait eu l'idée de découper des lettres plutôt que d'écrire simplement la note au crayon, il s'était engagé à le faire de cette façon, même s'il n'avait trouvé à utiliser qu'un journal local de quatre pages que sa mère récupérait parfois gratuitement au supermarché.

Il n'y avait pas eu assez de gros titres pour qu'il puisse épeler le nom complet de Valérie, ou même simplement « Valérie », alors il avait fait un compromis en mettant ses initiales, juste content d'avoir réussi à trouver un « V » et un « B ».

S'il avait écrit la note, se disait-il, tout le monde aurait pensé que c'était juste une farce d'enfant. Ce gendarme à l'air en colère l'aurait froissée et jetée à la poubelle.

Mais maintenant, coincé à la ferme loin du village, sans ressources — comment pouvait-il corriger son erreur ?

Il envisagea d'appeler la gendarmerie et de laisser un message, en baissant sa voix autant que possible, peut-être en mettant quelque chose sur le combiné pour que sa voix sonne bizarrement. Mais encore une fois — *ils penseront que je ne suis qu'un gamin qui fait l'idiot*. Il envisagea d'essayer de copier l'écriture d'un adulte, mais sa propre écriture était si horrible — de loin ses plus mauvaises notes à l'école — qu'il abandonna rapidement cette idée.

Ce n'était pas la première fois que Gilbert regrettait son père. S'il était sûr d'une chose, c'était que son père aurait été quelqu'un à qui il aurait pu parler de quelque chose comme ça, et il aurait su exactement quoi faire. Il eut un bref flash où il se voyait sur les épaules de son père en train de regarder un défilé, avec Valérie sur un char en train de saluer tout le monde, et tout le village qui l'acclamait.

Tout ce qu'il pouvait penser à faire était de faire une autre note et d'informer les gendarmes de cette façon. Mais il n'avait pas autant de chance cette fois-ci. Sa mère n'avait pas rapporté le journal. Elle n'avait pas mentionné avoir besoin d'aller au village pour quoi que ce soit — et s'il avait pris son vélo, les ennuis dans lesquels il se serait mis auraient été si terribles qu'il n'était pas sûr d'en sortir un jour.

Donc voilà, c'était la deuxième semaine, et il n'avait aucun moyen de faire la note, aucun moyen de livrer la note, et aucune idée de ce qu'il fallait faire ensuite.

MAINTENANT QUE LE NOUVEAU CLIENT, un certain M. Wesley Addison de Cincinnati, devait arriver, Molly se demandait si elle n'avait pas fait une erreur. Les Australiens restaient une semaine de plus, et elle en était ravie car elle redoutait de devoir dire au revoir au petit Oscar. Ils étaient tous installés dans le gîte, et quand l'arrivée d'Addison était prévue pour plus d'une semaine plus tard, il lui avait semblé plus simple de l'installer dans sa maison et de laisser Ned et Leslie là où ils étaient.

Le pigeonnier était tout prêt, mais elle avait des jeunes mariés hollandais qui arrivaient le lendemain. La femme qui avait fait la réservation avait clairement indiqué que ce qui l'avait convaincue, c'étaient les rayons de soleil qui traversaient les petites fenêtres artistiques de Pierre Gault, alors Molly ne voulait pas essayer de lui imposer une chambre à l'étage avec du papier peint défraîchi. La chambre hantée n'était pas hideuse, mais ce n'était guère l'endroit pour une escapade romantique. Molly savait qu'une erreur comme celle-là mettrait fin à tout espoir de clients réguliers ou de bouche-à-oreille positif.

Donc Addison arrivait vers l'heure du déjeuner, et il allait séjourner dans la chambre hantée. Molly n'avait échangé que quelques mails avec lui. Il avait payé ; il avait accepté le changement proposé du gîte à la chambre dans la maison sans discuter ; elle n'avait aucune raison d'avoir des appréhensions.

Pourtant, elle en avait.

L'idée d'avoir un homme étrange à l'étage de sa maison, pendant qu'elle dormait... c'était, maintenant que cela allait se produire, un peu déconcertant. Bien qu'elle pensait qu'il était injuste de sa part de se sentir si nerveuse. Tout allait certainement bien se passer, se dit-elle, comme si le dire allait le rendre vrai.

Elle passa la matinée à ranger comme elle le faisait toujours quand un nouveau client était sur le point d'arriver. Pas le temps de manger à part un déjeuner rapide de crackers et de camembert qui était sur le point d'être trop vieux. Alors qu'elle mettait une charge de linge mouillé dans un panier pour l'emmener dehors et l'étendre, elle entendit quelqu'un se garer dans l'allée — Castillac avait apparemment de nouveau un taxi, et sur la banquette arrière se trouvait l'imposante silhouette de Wesley Addison.

— Bonjour ! dit Molly, sortant et essuyant ses mains mouillées par le linge sur son jean.

— Bonjour, Mademoiselle Sutton, dit Addison, payant le chauffeur et récupérant son petit sac sur la banquette arrière. Je suis Wesley Addison.

Molly ne l'aimait pas. Oui, d'accord, c'était un jugement hâtif, mais le sentiment était fort et immédiat.

— Entrez donc ! dit-elle, avec une jovialité forcée qui la fit grimacer.

C'était un homme imposant, très grand, avec une carrure d'ancien joueur de football américain. Il avait de larges épaules et son cou n'était pas visible. Et quand il sourit, Molly put voir qu'il lui manquait une dent sur le côté.

— Très bien ! Laissez-moi vous montrer votre chambre — et merci beaucoup d'avoir accepté de changer. Comme vous pouvez l'imaginer, parfois la vie d'une propriétaire de chambres d'hôtes ressemble à un jeu d'échecs où l'on déplace les pièces !

Addison regarda Molly d'un air perplexe. — « Propriétaire de chambres d'hôtes » ? dit-il. Je croyais que vous aviez des gîtes.

— Oui ! Eh bien, parfois le français et l'anglais n'ont pas exactement les mêmes mots, vous savez ? Donc si je parle français je dis gîte, et en anglais je dis B&B, et je me qualifie de propriétaire de chambres d'hôtes. C'est plus ou moins la même chose.

— Cela signifie-t-il que vous servirez le petit-déjeuner ? demanda Addison, l'air confus. Et je comprends que je vais séjourner dans votre maison, mais ce n'est pas une auberge, n'est-ce pas ?

Molly prit une longue et profonde inspiration. — C'est tout à fait correct, Monsieur Addison. Désolée pour mon imprécision.

Ils montèrent l'escalier en colimaçon jusqu'au premier étage, et Molly lui montra sa chambre, qui avait l'air agréable maintenant qu'elle et Constance lui avaient donné un bon coup de nettoyage et que le lit avait une nouvelle couette. — Voilà, dit Molly, voulant en finir avec M. Addison le plus vite possible. Je serai la plupart du temps à La Baraque, donc si vous avez des questions ou besoin de quoi que ce soit, n'hésitez pas à m'appeler.

— M'appeler ? dit Addison. Curieux, j'aurais dit que vous étiez de Boston.

Molly fit un faux rire. — Oui, j'ai bien peur que mon accent me trahisse à chaque fois.

— Mais « m'appeler » est une expression du Sud des Appalaches. Pourquoi une personne de Boston choisirait-elle ce mot en particulier ?

Molly leva les sourcils très haut et haussa les épaules. — Je ne saurais dire, Monsieur Addison. J'ai peur que parfois j'ouvre la bouche et qui sait ce qui peut en sortir. Peut-être qu'à un moment donné j'ai eu un ami qui disait « m'appeler ». Peut-être que je l'ai entendu à la télé.

— La télévision, cracha M. Addison, en levant les yeux au ciel.

— Pas fan ?

— Elle a fait plus pour confondre et embrouiller la linguistique que toute autre influence. Je l'abhorre. Je suis bien content de voir que ma chambre n'en a pas, contrairement à la plupart des chambres d'hôtel. Maintenant, auriez-vous l'amabilité de m'apporter de l'eau minérale ? Je voudrais de la Vittel. Et puis après m'être réhydraté, je vais me reposer. Voyager, comme vous le savez sûrement, peut être extrêmement fatigant, surtout quand on traverse l'océan.

— Oui, Monsieur Addison. Je vais vous apporter de l'eau minérale dans un instant.

Molly descendit lentement les escaliers, pensant que ça allait être la plus longue semaine de toute sa vie.

❧ 14 ❧

Toute la journée à l'école, Gilbert était distrait par des pensées sur Valerie. Il cherchait des journaux supplémentaires qui traînaient et qu'il pourrait subtiliser, un vieux magazine, n'importe quoi — mais les gens ne lisaient plus comme avant. Ils obtenaient leurs nouvelles en ligne, lisaient leurs magazines en ligne, et les journaux épars pour faire des notes anonymes étaient difficiles à trouver.

Gilbert se demandait ce que les ravisseurs à l'ancienne allaient faire maintenant que leur principale source de papeterie avait disparu. Pendant le cours de sciences, il a inventé une longue histoire dans sa tête à propos de deux criminels en herbe maladroits qui enlèvent une petite fille de l'aire de jeux pendant que sa mère parle à une amie, mais quand ils ne peuvent pas trouver assez de journaux pour épeler leur demande de rançon, ils abandonnent et laissent partir la fille.

Amusant, au moins pour la durée du cours de sciences, que Gilbert trouvait extrêmement ennuyeux. Mais quand l'histoire inventée était terminée, il se retrouvait face à la réalité de Valerie attachée chez Monsieur Labiche, et sans aucun moyen que Gilbert puisse imaginer pour en parler à quelqu'un.

Il fut conduit dans le bus à la fin de la journée, comme d'habitude, et déposé au bout de l'allée de la ferme Renaud, également comme d'habitude. Il courut à l'intérieur à toute vitesse pour échapper à la pluie et embrassa sa mère pour lui dire bonjour. Elle était assise à la table de la cuisine, coupant des légumes pour la soupe.

— Maman, avons-nous de vieux journaux quelque part ? J'en ai besoin pour l'école.

— Je ne crois pas. C'est un risque d'incendie de laisser ces choses s'accumuler. J'essaie de les lire et de m'en débarrasser le plus vite possible. Nous ne voulons pas partir en flammes, n'est-ce pas ? Assieds-toi et prends ta baguette au chocolat.

Gilbert soupira. C'était toujours comme ça avec Maman : ils étaient toujours à un pas d'un incendie qui réduirait la ferme en cendres, les emportant tous les deux avec elle, ou à un pas d'être poignardés, empoisonnés, enlevés. Soudain, Gilbert ne supportait plus d'être dans la maison une seconde de plus. Il attrapa un imperméable sur le portemanteau près de la porte et dit par-dessus son épaule en ressortant : — Je vais vérifier les poules. Je reviens plus tard ! et claqua la porte avant que sa mère n'ait eu le temps de reprendre son souffle.

D'abord, il alla au poulailler au cas où sa mère regarderait par la fenêtre. Il entra, murmurant aux poules, qui étaient calmes et pour la plupart perchées, endormies. Les nuages de pluie assombrissaient le ciel, ce qui les faisait faire la sieste. Il attendit suffisamment longtemps pour penser que sa mère s'était rassise, puis retourna sous la pluie et courut à travers le champ en direction de la ferme Labiche.

Il pleuvait fort. Tout était brun et vert, strié et flou, comme s'il vivait à l'intérieur d'une aquarelle. L'imperméable avait une visière mais elle ne fonctionnait pas très bien, et il devait constamment essuyer l'eau de ses yeux pour voir où il allait.

Pourquoi il voulait voir où Valerie était, il ne pouvait le dire. Il savait qu'il ne pouvait rien faire pour elle. Mais peut-être, juste peut-être, pensait-il, avec l'optimisme de la jeunesse — peut-être que Monsieur Labiche avait laissé la porte déverrouillée, là où il la gardait. Peut-être que lui, Gilbert Renaud, pourrait découvrir sa cachette et la libérer, tout seul.

C'était génial d'y penser. Une fois de plus, un défilé figurait dans ses pensées, et il se voyait assis sur les épaules fortes de son père jusqu'à ce qu'il réalise que non, il serait *dans* le défilé, tout comme Valerie. Sur le char, saluant tous ses camarades de classe alors qu'il passait.

Finalement, il se retrouva dans les bois à regarder la ferme Labiche mais ne vit rien d'autre que des vaches. Il avait peur de s'approcher car l'imperméable était orange et si brillant qu'il pensait qu'une personne aveugle pourrait le voir. Alors, au final, Gilbert rentra chez lui en traînant les pieds, pensant au Commissaire Maigret, à Hercule Poirot, et même à Madame Sutton, qui était célèbre à Castillac pour avoir résolu le meurtre Desrosiers — comment l'un d'entre eux gérerait-il la situation, s'il avait neuf ans et personne à qui parler ?

— Gilbert ! cria sa mère quand il rentra, l'eau ruisselant et causant une petite inondation sur le sol de la cuisine. À quoi pensais-tu, à courir dehors par ce temps ? Tu ne sais pas que tu pourrais attraper la mort ?

— Oui, Maman, répondit-il machinalement, sachant qu'il ne fallait pas discuter. — Maman ! dit-il, frappé par une idée. Tu sais ce qui arrive après une pluie à cette période de l'année ?

— Beaucoup de choses, mon cher Gilbert. Parfois la laitue pourrit directement dans le sol. Le ruisseau déborde...

— Non, je veux dire quelque chose de bien ! Les herbes sauvages, Maman. Nos champs en seront remplis. Je veux en cueillir des paniers et des paniers, et les apporter au marché ce samedi pour les vendre. Je vais nous rendre riches, Maman !

— Oh, mon garçon, sortiras-tu un jour de tes rêveries pour entrer dans la vraie vie ? Tu penses nous rendre riches en fouillant dans la boue avec un panier au bras ? Mme Renaud rit et retourna à ses carottes.

Eh bien, pensa Gilbert, frissonnant dans ses vêtements mouillés. Elle n'a pas dit que je ne pouvais pas.

BEN AVAIT PRÉPARÉ le terrain en appelant Mme Gervais et en lui demandant si cela la dérangerait de parler à Molly de Castillac pendant la guerre. Elle avait volontiers accepté, toujours heureuse quand une personne plus jeune (et pour Mme Gervais, absolument tout le monde était une personne plus jeune) s'intéressait au passé. Molly passa à la Pâtisserie Bujold en chemin et acheta quelques croissants et deux *religieuses* au chocolat, la pâtisserie nommée d'après les religieuses parce que les deux choux à la crème l'un au-dessus de l'autre ressemblaient vaguement à une sœur. Très vaguement, mais Molly n'allait pas

pour être littérale. Elles étaient incroyablement délicieuses et ses préférées du moment.

Elle trouva son chemin jusqu'à la rue Baudelaire sans difficulté, s'arrêtant pour regarder la vitrine du magasin de lampes à côté de la petite maison de Mme Gervais, admirant les abat-jour en soie et l'étonnante variété entassée dans l'espace d'exposition. Elle n'avait jamais vraiment prêté attention aux lampes, mais elle en vit maintenant plusieurs qui, espérait-elle, n'étaient pas aussi chères qu'elles en avaient l'air, car elle avait immédiatement repéré l'endroit parfait pour elles à La Baraque. À contrecœur, elle s'arracha à la contemplation des lampes et frappa à la porte de Mme Gervais.

— Bonjour, Madame Sutton ! dit la vieille dame, ouvrant la porte presque immédiatement.

Molly fut soulagée d'entendre que l'accent de Mme Gervais était facile à comprendre. Elles entrèrent dans le salon — Mme

Gervais semblant beaucoup plus jeune que ses 102 ans — et s'installèrent confortablement.

— Alors, dites-moi, dit Mme Gervais en s'affairant dans la cuisine, mettant la bouilloire sur le feu. Ben était un peu évasif quand il a appelé. Y a-t-il quelque chose en particulier que vous voulez savoir sur les années de guerre ? Ou préférez-vous que j'en parle de manière plus générale ? Je peux vous raconter ma propre expérience, ou vous donner un aperçu plus global.

Molly réfléchit un moment. — Je ne vais pas être évasive, dit-elle. Je suis intéressée à la fois par votre expérience *et* votre aperçu. Maintenant que je vis à Castillac, l'histoire est importante pour moi pour toutes les raisons que je n'ai pas besoin de vous expliquer. Mais ce matin, je recherche quelque chose de spécifique. Vous pouvez garder un secret ? demanda-t-elle, avec un demi-sourire.

Mme Gervais rit. — C'est drôle que vous demandiez ça, parce que bien sûr, pendant la guerre, les secrets pleuvaient à torrents. Et c'était souvent une question de vie ou de mort.

— Celui-ci l'est peut-être aussi, dit Molly. Je suis sûre que vous vous souvenez de Valerie Boutillier ?

Mme Gervais hocha lentement la tête, surprise.

— Il y a eu une indication qu'elle pourrait être encore en vie, quelque part à Castillac ou dans les environs. Les autorités, pour une raison ou une autre, ne vont rien faire à ce sujet. Alors je prends en charge les recherches.

— Avec Ben ?

— Oui.

Mme Gervais lança un long regard à Molly. — Et pourquoi cela vous importe-t-il, à vous une Américaine qui n'a jamais connu Valerie ?

— N'importe qui qui pense à une femme disparue depuis sept ans essaierait d'aider s'il le pouvait, n'est-ce pas ? La plupart des gens, je veux dire. Et aussi — je suppose que c'est assez courant que les nouveaux arrivants soient plus protecteurs envers leur nouveau foyer que certaines personnes qui y ont grandi et le tiennent pour acquis ? Mes sentiments pour Castillac sont profonds. Et Valerie fait partie de ce village. Elle a fait forte impression avant sa disparition, et bien sûr elle est maintenant une source de chagrin collectif, et même de peur.

— Je ne veux pas avoir l'air grandiloquente, Mme Gervais. Ce n'est pas que je pense avoir des capacités spéciales ou quoi que ce soit de ce genre. Mais si Valerie est toujours en vie, j'aimerais la retrouver. J'aimerais au moins essayer.

— D'abord, je vais nous faire du thé. Maintenant, que pouvons-nous faire d'autre ? dit Mme Gervais en haussant les épaules. Et comment pensez-vous que je puisse vous aider ?

Molly regarda le visage de la vieille dame. Il était profondément ridé mais ses joues avaient de la couleur et ses yeux étaient vifs ; elle était pleine de vitalité, alerte et prête à participer. — Vous pouvez être d'une grande aide, comme je vais vous l'expliquer. Je pars du principe que lorsque Valerie a été enlevée en 1999, elle n'a pas été tuée, mais cachée quelque part. Et ensuite, je fais l'hypothèse supplémentaire que le ravisseur est quelqu'un du coin, et qu'elle est toujours à proximité.

— Retenue prisonnière ?

— Oui.

Les deux femmes réfléchirent à cette proposition.

— Parfois je pense qu'il n'y a pas de limite à l'horreur que nous, êtres humains, pouvons nous infliger les uns aux autres, dit Mme Gervais.

— Oui, dit Molly. Je pense la même chose. Elles soupirèrent ensemble. Alors, ce que je me demande, c'est si vous auriez des histoires sur la période de guerre qui pourraient être pertinentes. J'ai entendu dire qu'ici en Dordogne, des gens — surtout des Juifs — étaient cachés pendant de longues périodes, pour échapper à la fois aux nazis et à la *Milice* qui recevait ses ordres de Vichy. Comment ont-ils échappé à la capture ? Quels types de cachettes étaient utilisés ?

— Vous pensez que si le ravisseur est local, il pourrait connaître ces histoires aussi, et avoir essayé quelque chose de similaire ?

— Oui, exactement.

Mme Gervais finit de mettre les tasses et la théière sur un plateau, puis versa l'eau chaude dans la théière et apporta le plateau dans le petit salon.

— Je réfléchis, Molly. Vous connaissez la forêt appelée *La Double* ?

— Oui, Madame. J'y ai fait quelques promenades.

— Beaucoup de résistants s'y cachaient. Les hommes locaux avaient chassé dans la forêt avant la guerre et ils la connaissaient intimement — ils pouvaient facilement échapper aux nazis, et il y avait beaucoup d'histoires à l'époque qui se terminaient avec nos combattants harcelant les nazis d'une manière ou d'une autre puis disparaissant dans les bras protecteurs de la forêt.

— Mais je ne crois pas que ce soit le genre de chose que vous recherchez. Il va falloir que j'y réfléchisse davantage. Bien sûr, j'ai connu des gens qui cachaient des familles juives — la Dordogne était heureusement l'un des départements les moins oppressifs à cet égard, et nous avions des enfants juifs qui allaient ouvertement à l'école à Périgueux

pendant un certain temps. Ce n'est que plus tard que la Milice est devenue si incontrôlable et a commencé à exécuter des citoyens français à tout-va et à aller de maison en maison à la recherche de Juifs.

— Une chose que je peux vous dire, c'est que je regarderais de plus près du côté des fermes. Évidemment, il est plus difficile de cacher quelqu'un en ville, où le moindre bruit suspect peut être remarqué et où, en général, il y a moins d'espace. Sans doute avez-vous déjà réfléchi à tout cela.

Molly hocha la tête.

— De plus, poursuivit Mme Gervais, une ferme pourrait fournir une partie de la nourriture pour un captif à long terme.

Bien sûr, pendant la guerre, il y avait constamment des pénuries alimentaires et même les fermiers avaient du mal à se nourrir. Mais si vous avez une maison de village, vous pourriez peut-être fournir un peu de salade au captif, si vous avez la chance d'avoir un jardin. Mais le fromage et la viande, il faudrait les acheter. Il y a le coût, bien sûr, mais aussi — cela pourrait être remarqué. Si un homme seul — et je pense que nous n'avons pas besoin de nous soucier d'une quelconque idée politiquement correcte selon laquelle les femmes seraient tout aussi capables d'une telle chose, entre nous — s'il achetait assez de nourriture pour deux, cela pourrait, *pourrait*, finir par être remarqué.

— Bien que les gens ne soient généralement pas très observateurs, vous ne trouvez pas ?

Molly acquiesça à nouveau. — J'en ai bien peur. Moi y compris, la plupart du temps.

— Quant aux cachettes spécifiques, je crains de ne pas pouvoir penser à quelque chose de particulièrement inhabituel auquel vous n'auriez pas pensé. Les greniers, les caves et les granges, c'est ce dont je me souviens. Les pauvres gens devaient rester à l'intérieur presque tout le temps, entièrement dépendants de ceux qui les avaient recueillis, et tous sachant que la découverte signifierait probablement l'exécution ou la déportation pour tous les impliqués et peut-être même pour toute la communauté.

Mme Gervais baissa la tête, perdue dans ses souvenirs, et Molly resta assise avec elle en silence, sans l'interrompre.

15

Il avait plu pendant la nuit et la zone près de la grange était boueuse. Bourbon semblait porter des chaussettes marron. Après la traite du matin, les vaches se sont dirigées lourdement vers le champ ouest où il faisait de l'ombre pendant la première partie de la journée, car il faisait déjà très chaud.

— Bourbon ! appela Achille, et la chienne se retourna pour le regarder d'un air interrogateur. D'habitude, elle suivait les vaches jusqu'au champ pour s'assurer qu'elles y arrivaient en groupe ordonné. — On va vérifier la clôture, dit-il, et il crut voir Bourbon hocher la tête avant de trotter à ses côtés.

Lorsqu'ils passèrent devant un petit bosquet, Achille coupa une branche pour marcher avec. Pas pour s'appuyer dessus, car il était fort et n'en avait pas besoin, mais juste un bâton pour fouiller la boue ou fendre l'air s'il en avait envie. La clôture de la ferme n'était pas en très bon état. Certaines parties étaient en bois, avec quelques sections de fil barbelé. Plusieurs poteaux pourris avaient besoin d'être remplacés. Achille soupira en en trouvant un qui était tellement abîmé qu'on ne pouvait vraiment plus attendre. Quand il poussa le poteau, celui-ci faillit se casser net. Son père avait essayé de lui apprendre à se débarrasser des pires corvées dès le début de la journée, mais Achille n'avait jamais réussi à prendre cette habitude. Au lieu de cela, tout ce qu'il n'aimait pas faire, il le repoussait, l'évitait et l'oubliait, jusqu'à ce qu'il ne soit plus possible de l'ignorer.

— Si je ne le répare pas, les vaches vont s'échapper, dit-il à Bourbon. Et je ne serais pas du tout surpris que certains voisins en profitent pour en voler une. Ou même plus, dit-il, se mettant dans tous ses états. Bon, allons voir le reste de cette ligne pour voir s'il y a autre chose que je dois faire aujourd'hui, et ensuite on retournera chercher des outils.

Achille se mit en route en suivant la ligne de clôture, vérifiant chaque poteau au fur et à mesure, mais très vite ses yeux regardaient la clôture sans la voir. À la place, il voyait la jeune fille du marché de Salliac lundi dernier. Il estimait qu'elle avait environ douze ou treize ans. Il pensait à la façon dont elle lui avait souri quand il lui avait offert le cannelé. À son expression innocente. Ses baskets usées.

Plus il pensait à elle, plus il était convaincu qu'elle ferait l'affaire. Ce serait beaucoup mieux, raisonnait-il, d'avoir quelqu'un de plus jeune. C'était une erreur qu'il corrigerait cette fois-ci, en choisissant le bon âge. Plus jeune signifierait moins de résistance, raisonnait-il. Elle serait plus disposée, plus adaptable. Plus facile à contrôler.

Il avait besoin de la revoir. Et une fois qu'il eut cette pensée, Achille ressentit une sorte de pression frénétique au plus profond de lui-même, qu'il savait devoir supporter inconfortablement jusqu'au jour du marché la semaine suivante, où il pourrait essayer de la retrouver.

Et si elle n'est pas là ? Et si elle ne revient jamais ?

Oubliant le poteau de clôture, Achille fit demi-tour vers la maison, sifflant Bourbon. Son visage était crispé et une main était serrée en poing, tandis que l'autre frappait le sol avec la branche, encore et encore.

Ça a trop traîné.

Il devait agir. Ce n'était pas un choix mais un impératif, et cela devait arriver bientôt.

GÉRER un gîte s'avérait être comme beaucoup d'autres emplois - on jongle simplement avec une catastrophe après l'autre. Molly alla faire une dernière vérification du pigeonnier avant l'arrivée du couple néerlandais, les De Groot, dans l'après-midi, et découvrit que l'orage spectaculaire de la nuit précédente avait causé une fuite tout aussi spectaculaire dans le nouveau toit. Elle passa un appel d'urgence à Pierre Gault et mit ses écouteurs pour écouter du blues pendant qu'elle passait le reste de la matinée à éponger l'eau, à laver les tapis et à les étendre pour les faire sécher.

Repensant à ce que Mme Gervais avait dit l'autre jour, elle remarqua que le pigeonnier ferait un endroit parfait pour cacher quelqu'un. Il était bien éloigné de la route, pour commencer. Même s'il était assez lumineux à l'intérieur, les fenêtres étaient beaucoup trop petites pour que quelqu'un puisse s'y faufiler, et trop hautes pour qu'on puisse voir à travers. Elle se fit une note mentale pour chercher d'autres pigeonniers à la périphérie du village et dans la campagne environnante. Valérie aurait pu être comme Raiponce, enfermée dans une tour miniature pendant toutes ces années. Molly frissonna en ressentant une vague de claustrophobie à l'idée d'être enfermée si longtemps.

Le travail physique intense du nettoyage la mit de meilleure humeur, si bien qu'au moment où Pierre arriva, elle ne jurait plus mais se sentait optimiste à l'idée que les De Groot aimeraient l'endroit - si Pierre pouvait réparer le toit avant la prochaine pluie.

— Molly, je n'arrive pas à imaginer comment c'est arrivé, dit-il, depuis le toit. Il a dû y avoir une rafale de vent terrible - vous voyez, cette tuile ici s'est carrément cassée. Tu es sûre que personne n'est monté ici ?

— Pourquoi quelqu'un serait-il monté sur le toit ? Non, c'est calme ici comme d'habitude, et personne n'a demandé d'échelle pour grimper sur les toits.

— Je vais la réparer aujourd'hui, dit-il. Ce n'est pas un problème. Mais je vais devoir enlever les tuiles au-dessus avant de pouvoir remplacer celle qui s'est cassée. Peut-être que quelque chose est tombé dessus ?

— Qu'est-ce qui aurait bien pu tomber du ciel d'assez lourd pour casser une de ces tuiles ? demanda Molly, sceptique. Allez, Pierre - tu as dû somnoler quand tu l'as posée. Elle devait déjà être fissurée quand tu l'as utilisée.

Molly n'avait honnêtement aucun problème avec l'erreur ; elle acceptait parfaitement que des choses arrivent. Mais bon sang, quand on fait une bêtise, il faut juste l'admettre, pensa-t-elle, après avoir dit au revoir à Pierre et s'être dirigée vers sa maison pour se changer avant l'arrivée des De Groot.

Et c'était une bonne chose qu'elle se soit dépêchée, car le taxi du village entra dans La Baraque à peine quinze minutes plus tard, juste au moment où Molly essayait de se passer un peigne dans les cheveux avant d'abandonner, considérant que c'était peine perdue.

— Bonjour ! lança-t-elle, sincèrement heureuse de rencontrer les nouveaux invités.

— Bonjour, Molly ! dit Herman De Groot. J'espère que ça ne vous dérange pas que je vous appelle par votre prénom ? J'ai l'impression de vous connaître après notre échange de mails.

— Bien sûr, dit Molly avec un sourire. Je suis très heureuse de vous voir, dit-elle à Christophe, le nouveau chauffeur de taxi. Ce serait un peu serré d'amener des invités ici sur mon scooter.

Christophe sourit. Les De Groot avaient sorti leurs bagages du taxi et se tenaient enlacés, les yeux dans les yeux.

Ah, l'amour des jeunes, pensa Molly, avec une pointe d'envie supportable.

Herman dégagea les cheveux du visage de sa femme et se

pencha pour l'embrasser. Christophe pouffa et remonta dans sa pimpante Citroën verte avant de reculer dans l'allée.

Un moment gênant pendant lequel Molly resta là, attendant que le baiser se termine.

— Euh, eh bien ! dit-elle, essayant de conserver son air gracieux alors qu'à un certain moment, elle avait envie de leur donner un coup de pied.

Les De Groot se séparèrent et Anika eut la délicatesse de rougir un peu. Molly les conduisit à leur logement dans le pigeonnier impeccable, manquant de trébucher sur le chat orange qui était soudainement apparu et s'était mis dans ses jambes. Ils s'extasièrent sur la décoration, mentionnant le bois brillant et les petites fenêtres, et après les avoir installés, Molly retourna vers sa maison en se sentant un peu moins irritée envers Pierre Gault.

Mais le pire, c'était qu'elle avait l'impression que toutes les tâches de sa vie quotidienne — le nettoyage et l'accueil des invités, la réparation de ce qui était cassé, faire de La Baraque un endroit agréable et convivial où séjourner — toutes ces tâches l'empêchaient de se consacrer à ce qui importait vraiment, à savoir trouver un plan viable pour retrouver Valerie.

Qui avait laissé la note ? Et pourquoi, si cette personne avait vraiment vu Valerie Boutillier, ne pas simplement dire où elle se trouvait ?

16

Bien sûr, Molly espérait que tous ses invités appréciaient leur séjour à La Baraque, mais elle voulait vraiment que Ned et Leslie partent avec l'envie de revenir. Principalement — en fait, entièrement — parce qu'elle espérait qu'ils reviendraient avec Oscar. Les parents avaient fait plaisir à Molly en laissant Oscar rester avec elle quelques nuits, car il était évident que le bébé lui procurait beaucoup de joie. Et ça ne leur faisait pas de mal non plus de prendre une petite pause du petit bonhomme.

Ils avaient fait plusieurs autres excursions sans enfant et avaient passé un moment merveilleux, rentrant à la maison pour retrouver un enfant heureux et une baby-sitter rayonnante. C'était comme avoir une grand-mère qui adorait les enfants à portée de main, quelqu'un qui était toujours prête à mettre de côté ses tâches pour se mettre à quatre pattes sur le sol, au grand plaisir du bébé rampant.

Non pas que Molly aurait été ravie d'être considérée comme une grand-mère ; elle n'avait que trente-huit ans et n'avait pas complètement renoncé à avoir sa propre famille, pas tout à fait au fond d'elle-même. Mais la partie concernant le fait de mettre le travail de côté et d'être prête à jouer ? Oui, mille fois oui, et le bébé allait terriblement lui manquer quand la famille devrait finalement partir.

Ils partaient mardi. Molly voulait faire quelque chose d'un peu festif, alors elle invita certains de ses amis de Castillac ainsi que Wesley Addison de l'étage (parce que comment pouvait-on organiser une fête sans inviter un invité de *l'intérieur* de sa maison ?). Pas un dîner, juste des cocktails, ou *apéros* comme les Français les appelaient, accompagnés d'« amuse-bouches copieux », comme on appelait les hors-d'œuvre décents aux États-Unis.

Molly passa un bon couple d'heures dans la cuisine à préparer ces hors-d'œuvre : des *gougères*, petites boules de pâte au fromage ; une *pissaladière*, une tarte à l'oignon ; et une *brandade de morue*, qui était de la morue salée fouettée avec du fromage et des pommes de terre, prête à être ramassée avec des tranches de baguette grillée. Aucun des plats n'était difficile ou ne demandait une précision particulière, mais c'était tout de même un menu ambitieux pour une seule personne à réaliser en quelques heures. Juste au moment où les premiers invités devaient arriver, Molly glissait le dernier plateau de *brandade* dans le four et courait pour se doucher et se changer. Heureusement, elle savait que personne n'arriverait à l'heure exacte.

Elle avait oublié Wesley Addison.

Alors qu'elle entrait dans la douche, elle l'entendit descendre lourdement les escaliers. Cela la fit hésiter, d'être nue avec un homme étrange dans sa maison, juste au bout du couloir, mais il y avait un verrou sur la porte de la salle de bain et elle l'utilisa. Sûrement, il pourrait regarder de vieux magazines de jardinage pendant les quelques instants qu'il lui faudrait pour finir de se préparer.

— BONJOUR ! cria M. Addison.

Molly leva les yeux au ciel et mit du shampoing sur sa tête, le massant, et essayant de laisser l'irritation s'écouler comme la mousse dans ses cheveux.

— MADEMOISELLE SUTTON ! cria-t-il à nouveau.

Pour l'amour de Dieu.

— J'ARRIVE ! cria Molly en retour. Bobo regarda attentivement pendant qu'elle sortait de la douche en sautillant, se séchait et mettait un produit dans ses cheveux, s'assurant qu'il atteignait les pointes. Si elle sautait cette étape — si elle laissait ses cheveux faire leur truc naturel, sans aide humaine — ils s'emmêleraient en une boule de folie frisée et aucun peigne ou brosse ne pourrait les dompter. Mais elle soupçonnait que ce retard allait lui coûter.

Rapidement, elle enfila une robe courte de printemps, glissa ses pieds dans une paire de sandales et quitta sa chambre, espérant calmer Addison et se maquiller plus tard.

— Mademoiselle Sutton ! J'avais l'impression que vous m'aviez invité à une réunion sociale ce soir ? Il regarda ostensiblement sa montre.

— Oui ! dit-elle, avec un faux ton de gaieté dont elle était seulement contente que Lawrence ne soit pas là pour l'entendre, car elle n'en aurait jamais fini d'en entendre parler. — J'ai peur... oh ! Laissez-moi... La brandade sentait bon et elle se dirigea rapidement vers la cuisine pour la sortir du four. — J'espère que vous avez faim ! dit-elle, revenant de l'autre côté du comptoir tout en mettant un tablier. — Les autres devraient bientôt arriver. J'ai peur qu'ici à Castillac, l'heure donnée pour ce genre de chose soit plus une suggestion vague qu'un horaire de train. Elle rit.

Addison la fixa du regard. — Un horaire de train ? dit-il, l'air complètement confus.

— Je voulais juste dire... oh, peu importe. Que puis-je vous servir à boire ? Les kirs sont très populaires, ou j'ai du vin, et une bouteille de vodka quelque part...

Addison continua de la fixer sans répondre. Bobo grogna contre lui — doucement, comme s'il voulait être subtil à ce sujet.

— Ou si vous préférez quelque chose sans alcool, j'ai de l'eau minérale et du citron ?

Molly crut le voir hocher la tête à cela, alors elle prit un verre et lui prépara une boisson de Perrier froide, et ajouta un morceau de citron. — Alors, dites-moi comment vous vous êtes retrouvé à Castillac, lui demanda-t-elle. — Nous recevons bien quelques Américains en visite, mais pas si souvent. Je suis toujours curieuse de savoir comment les gens trouvent leur chemin jusqu'ici.

— J'étais déjà venu ici, dit M. Addison. Il porta le verre à ses lèvres et en but la moitié. — J'étais ici il y a sept ans, dit-il. — Et j'ai toujours eu envie de revenir, et de voir comment les choses avaient changé.

— Alors... à l'époque, vous étiez ici pour un long séjour ? À quelle période de l'année était-ce ?

— Trois mois, de juillet à septembre. Je rencontrais un groupe de Britanniques qui avaient déménagé ici, étudiant les progrès de leur acquisition du langage.

— Intéressant ! Et comment s'en sont-ils sortis ?

— Mal. Trop vieux. Vous savez qu'après un certain âge, la maîtrise d'une langue non maternelle n'est plus possible ?

Molly acquiesça. — Je ne suis pas surprise d'entendre ça. Bien que je me sente assez à l'aise en parlant français maintenant. À l'aise pour faire des erreurs embarrassantes, je suppose, dit-elle en riant.

Addison la regarda intensément. — Je ne comprends pas. Les erreurs vous mettent à l'aise ?

Inconsciemment, Molly recula de quelques pas, voulant un peu plus d'espace entre elle et Wesley Addison. Elle glissa la tarte à l'oignon dans le four pour la réchauffer et se fit un kir.

Un coup ferme à la porte et Michel Faure entra, ouvrant ses bras à Molly. — Salut enfin ! dit-il, et ils s'embrassèrent sur les joues.

— Je suis si contente de te voir ! dit-elle. Et où est Adèle ?

— Elle arrive, elle s'est juste arrêtée un moment à son appartement en chemin. Tu nous as manqué, Molls !

— Je pense que si j'avais été en vacances aux Seychelles, personne ne m'aurait manqué ! dit-elle.

— Je ne comprends pas, dit M. Addison. En quoi le lieu du

voyage aurait-il une influence sur les sentiments que l'on éprouve envers ceux qui ne sont pas présents ?

Molly prit une profonde inspiration. — Permettez-moi de vous présenter mon invité, Wesley Addison. Voici Michel Faure, qui a voyagé avec sa sœur Adèle, que j'espère voir arriver d'un moment à l'autre. Et maintenant, si vous voulez bien m'excuser un instant, j'ai des choses à faire dans la cuisine.

Pour la première fois, Molly aurait souhaité avoir une cuisine à l'ancienne, non pas ouverte mais sûrement fermée par une porte, où elle pourrait s'échapper et s'occuper de ses lourds amuse-gueules et peut-être boire la moitié d'un kir en paix avant de faire face à Addison à nouveau.

Elle savait que dans son métier, il fallait s'entendre avec tout le monde, et elle essayait d'accepter ce premier vrai défi avec grâce, même si elle ne le ressentait pas.

PEU APRÈS, le grand rez-de-chaussée ouvert de la maison de Molly était rempli d'amis riant et racontant des histoires. Ned et Leslie étaient venus, et Molly avait vu Mme Sabourin dans son jardin et l'avait invitée impulsivement. Les De Groots s'étaient excusés et s'étaient enfermés dans le pigeonnier. Adèle était arrivée avec un nouveau sac à main comme cadeau pour Molly.

Lawrence s'était contenté de vodka pure et des excuses de Molly pour ne pas avoir tous les ingrédients d'un vrai Negroni. — Tu sais que tu es une vraie philistine, dit-il affectueusement, en sirotant la vodka et en tendant la main vers une olive.

— Absolument, sourit Molly. Je n'ai pas de bons souvenirs de ce cocktail, ajouta-t-elle.

— Je pense qu'il y a une histoire là-dessous, dit Michel en haussant un sourcil.

— Oui, mais tu peux la deviner. La seule chose qui la rend

légèrement intéressante, c'est qu'après deux Negronis, je suis montée dans un taxi avec un tueur.

— Je ne pense pas pouvoir faire mieux que ça, dit Michel. Et écoute, ma belle, cette *brandade* est parfaite ! Il trempa un toast dedans et mâcha joyeusement.

— Michel a mangé tout ce qui n'était pas cloué au sol, rit Adèle. Le garçon a des goûts coûteux qui ont apparemment été négligés pendant trop longtemps.

— Tu aimes les sacs à main, j'aime le caviar, répondit-il. Pas besoin de juger.

— Alors tout le monde a un « truc » ? Les Negronis, les sacs à main, le caviar... Je ne suis pas sûre d'avoir ma place, dit Leslie.

— Je n'ai pas de truc non plus, dit Ned.

— Bien sûr que si ! dit Leslie. Elle déplaça Oscar sur son autre hanche et pointa son mari du doigt. Cet homme a un truc avec les chaussures que vous ne croiriez pas. On a dû apporter un sac de sport séparé pour le voyage juste pour les contenir.

— Intéressant, dit Lawrence, en regardant Ned de haut en bas. On ne trouve pas ça souvent dans le monde hétéro.

— Je les considère comme des outils, dit Ned. Chacune a son rôle. La pantoufle, la chaussure de course, la chaussure de randonnée — on veut porter une chaussure faite pour l'activité spécifique. Les chaussures polyvalentes sont de tristes petites choses : bonnes à tout, excellentes à rien.

— Je n'en avais aucune idée, dit Molly, en regardant les pieds de Ned. Mais tu portes des mocassins maintenant, pas des chaussures de ville chic. Si je te disais que ça ne va pas, pourrais-tu te mettre sur ton trente et un ?

— Bien sûr qu'il peut se mettre sur son trente et un, dit Leslie en riant. Il a failli mettre les chaussures de ville, il a juste changé d'avis au dernier moment.

Mme Sabourin souriait poliment en sirotant un kir. Elle ne connaissait que six mots d'anglais, donc la conversation était du charabia pour elle, mais elle trouvait quand même intéressant que les jeunes semblent s'inspecter les pieds avec tant de bonne humeur.

— Et vous, Wesley ? À quoi ressemble votre collection de chaussures ?

Wesley fixa Ned comme s'il ne comprenait pas tout à fait ce qu'il voulait dire. — Je suis désolé, dit-il finalement. J'ai du mal à me concentrer sur ce que vous dites parce que j'écoute votre accent plutôt que vos mots. Je suis linguiste, dit Wesley, en tendant la main pour serrer celle de Ned. J'ai écrit un article sur l'accent australien, discutant du degré de variation allophonique dans les occlusives alvéolaires, pour être précis.

Tout le monde fit une pause.

— Je n'ai pas la moindre idée de ce dont vous parlez, dit Ned. Alors que diriez-vous de prendre une assiette de cette nourriture incroyable et d'aller boire nos verres sur la terrasse pendant que vous m'expliquez ce que diable vous venez de dire.

— D'accord, dit Wesley, en faisant une demi-révérence.

— Bonjour petit oison, dit Molly en s'approchant pour faire des grimaces à Oscar. Oscar secoua la tête et lui sourit. — Vous allez tellement me manquer, dit Molly. J'ai l'impression que vous faites tous les trois partie de la famille maintenant.

— Nous sommes tristes de partir, dit Leslie.

Une bouffée d'air humide entra lorsque la porte d'entrée s'ouvrit et Frances fit une entrée théâtrale, suivie d'un Nico à l'air maussade. Frances avait l'air très dramatique, comme d'habitude, portant une robe courte en tissu vaporeux presque transparent, et des chaussures à plateforme massives qui faisaient paraître ses jambes encore plus longues.

— Eh bien, bonjour, espèce de folle ! dit Molly, en embrassant son amie sur les deux joues. Je te vois à peine ces temps-ci ! Oh mon Dieu, tu rougis ?

Frances rejeta ses cheveux noirs et raides de son visage et leva le menton. — Je ne rougis pas, dit-elle. Et laisse-moi te dire," chuchota-t-elle, "Nico est... c'est un tel homme de mystère !

— Hmm hmm, dit Molly, ayant déjà entendu cela de la part de Frances concernant les maris numéro un et deux. Je suis heureuse pour toi. Et si contente que tu sois venue. Tu dois goûter cette brandade. C'est mon nouveau plat préféré, je pense que je vais en manger trois fois par jour à partir de maintenant.

Frances rit et s'éloigna pour aller dire bonjour à Michel.

Molly se rendit à la cuisine pour sortir d'autres *gougères* du four. Elle les fit tomber dans un panier garni d'une serviette, puis s'arrêta un instant pour contempler la pièce remplie de gens qu'elle ne connaissait même pas un an auparavant. Mme Sabourin riait de bon cœur avec Adèle. Frances faisait rire Michel, et Nico les regardait d'un air maussade. Lawrence se tenait seul, caressant le chat orange. Les yeux de Molly commencèrent à se remplir de larmes, tant elle était reconnaissante d'avoir trouvé son chemin jusqu'à La Baraque, à Castillac, et d'avoir maintenant dans sa vie toutes ces personnes qui lui étaient si chères.

Elle était tellement *émue* que même le ton impassible de Wesley Addison sur la terrasse, alors qu'il faisait la leçon à Ned sur les diphtongues, la fit sourire avec tendresse.

Ce qui ne veut pas dire que Molly avait oublié Valerie. Une fois qu'elle était sur une affaire, celle-ci occupait son esprit à cent pour cent, même si ces pensées tournaient silencieusement en arrière-plan. Mais ce soir-là, elle avait le sentiment que la meilleure chose qu'ils pouvaient tous faire était d'être ensemble comme cela, à rire et à parler des chaussures des uns et des autres. Cela rendait plus supportable le fait d'affronter l'horreur de ce que les humains peuvent se faire les uns aux autres.

C'était vraiment le but de tout, en fin de compte.

17

Toute la semaine, Achille avait attendu avec impatience le lundi, jour du marché de Salliac. Et pourtant, en ce lundi matin, alors qu'il savait que les vendeurs étaient déjà installés et ouverts, il continuait à trouver des raisons de retarder son départ.

Il se disait qu'il était possible qu'Aimée ne convienne pas. Elle pourrait être trop jeune. Elle voudrait peut-être parler de choses d'adolescents dont il ne savait rien. Ils pourraient ne pas avoir assez de points communs. Mais ensuite, il repensait à son enthousiasme lorsqu'elle parlait à son amie au téléphone, à la façon dont elle avait secoué la tête comme une petite pouliche, à ses yeux verts qui s'étaient illuminés quand il lui avait offert un cannelé.

Il voulait cette vivacité près de lui. Il voulait qu'elle lui parle avec excitation comme il l'avait entendue le faire avec son amie. Et pourtant, bien qu'il soit vrai que le sourire et le rire d'Aimée l'attiraient, ce qui le faisait se sentir lié à elle était quelque chose de très différent. Il y avait une ombre sur la jeune fille. Une impression qu'elle était blessée d'une certaine manière, que quelque chose n'allait pas chez elle, peut-être même terriblement mal.

Achille n'y pensait pas directement. C'était plus un vague

sentiment qu'autre chose, bien qu'il ait remarqué ses vêtements froissés, le fait qu'elle soit au marché au lieu d'être à l'école, et même qu'Aimée accepterait un cannelé d'un homme inconnu. Toutes ces impressions le menaient à croire qu'elle avait besoin de lui.

Qu'il y avait quelque chose en elle qu'il comprenait.

Les travaux de la ferme terminés depuis longtemps, Achille passa quelques instants devant le miroir au-dessus du lavabo de la salle de bain, essayant d'améliorer son apparence. Bourbon l'observait attentivement, faisant les cent pas derrière lui. Il n'avait pas de brosse à dents mais il se cura les dents avec de fines baguettes de saule qu'il avait coupées près du ruisseau. Il se peigna les cheveux, s'assurant de défaire tous les nœuds. Il grimaça à son reflet, se demandant comment il était devenu un homme alors qu'il se sentait encore tellement comme un garçon à l'intérieur.

Le tracteur était vieux mais robuste, et il l'entretenait bien. Alors il ressentit comme une trahison lorsqu'il grimpa et tourna la clé, et que le moteur démarra puis s'éteignit. Nerveusement, il tourna à nouveau la clé, faisant attention à la pression sur l'embrayage au cas où il l'aurait relâché trop tôt la première fois. Le moteur fit la même chose - il sembla prendre vie, mais haleta puis s'arrêta.

Achille sauta à terre, un nœud à l'estomac. Le marché de Salliac avait lieu ce jour-là, et seulement le matin. Il ne contrôlait pas quand il pourrait voir Aimée : c'était sa chance, maintenant, et s'il n'y arrivait pas à temps, tout pourrait être perdu.

De la salive s'accumula aux coins de sa bouche tandis qu'il vérifiait les tuyaux et l'huile. Il ne put rien trouver d'anormal.

Très bien, se dit-il, calme-toi. *Calme-toi*. Le tracteur va démarrer cette fois. Il *va* démarrer.

Il remonta et tourna la clé. Et il démarra. Passant rapidement du soulagement à la surexcitation, il recula puis appuya sur l'accélérateur, descendit la courte allée jusqu'à la route, et tourna à gauche en direction de Salliac.

Il ne pensa pas à Valerie une seule fois.

Maintenant que le temps était à nouveau ensoleillé et chaud, beaucoup plus de gens se pressaient sur la place au centre du petit village. Il vit la femme qui vendait des légumes importés, un grand homme vendant des épinards et des laitues biologiques, et un autre homme vendant des casseroles et des poêles. D'un côté de la place, un camion de crêperie et un camion de pizzas faisaient de bonnes affaires. Puis, coincée entre un poissonnier et deux jeunes femmes vendant du fromage, Achille repéra la vieille femme assise à une table avec son maigre étalage de cannelés.

— Bonjour Madame, dit Achille, sa voix un peu tremblante. Puis-je en avoir six ?

Elle lui sourit.

— Oui, Monsieur Labiche, et mit lentement six des friandises dorées foncées dans un sac. Il sursauta en entendant son nom, mais la femme lui semblait familière et il se dit qu'elle avait probablement été une amie de ses parents. Tout le monde connaît tout le monde par ici, pensa-t-il en frissonnant.

Achille s'était dit qu'il n'avait pas le droit de chercher Aimée avant d'avoir le sac de cannelés prêt. Avec une perspicacité sournoise, il comprenait parfaitement que sans les cannelés, la fille n'aurait aucun intérêt pour lui. Il ne pouvait pas simplement la capturer comme une petite grenouille - il fallait d'abord l'apprivoiser, puis l'attirer.

Achille s'était exercé sur beaucoup de filles au fil des ans, les amenant même au point où il aurait pu les prendre, pour décider de ne pas le faire au dernier moment. Il aimait chaque partie de ce processus - chercher des prospects, essayer de voir ce à quoi elles réagissaient, rester vigilant pour pouvoir disparaître si quelqu'un d'autre semblait le remarquer. Pendant de nombreuses semaines, voire des mois, il n'avait pas pu venir au marché de Salliac, ni à aucun marché, car la présence de tant de gens était tout simplement trop écrasante. Mais une fois qu'il avait une cible en tête, les autres personnes n'existaient plus vraiment. Il était concentré sur *elle*.

Et beaucoup d'entre elles aimaient l'attention, la recherchaient même. Valerie, en revanche, était différente, et l'avait été depuis le premier instant où il l'avait vue. C'était la personne la plus animée qu'il ait jamais rencontrée, débordante d'énergie, un lutin joyeux qui ne s'arrêtait jamais. Valerie l'avait envoûté. Et à l'époque, il n'avait développé aucune des méthodes qu'il essayait d'employer avec la fille au marché de Salliac ; il soupçonnait, avec le recul, qu'elles n'auraient de toute façon pas fonctionné sur Valerie.

Parce qu'elle n'avait besoin de l'attention de personne : elle n'avait aucune trace de tristesse qu'Achille pouvait repérer à des kilomètres, aucune vulnérabilité qu'il pouvait exploiter. Il l'avait traquée, l'attrapant un soir alors qu'elle sortait de chez une amie pour rentrer chez elle. Pas en la cajolant et en l'attirant, mais en la prenant par la force brute. C'était un risque terrible, de l'attacher et de la bâillonner là, dans une rue de Castillac, et de la ramener chez lui sur le tracteur, assise entre ses jambes — n'importe qui aurait pu voir, et il comprenait les ennuis qu'il aurait eus s'il avait été pris. Elle avait failli rendre la conduite impossible avec ses débattements, mais il l'avait ramenée à la ferme sans que personne ne voie ce qu'il avait fait.

Il avait craint que la nécessité d'utiliser la force ne rende impossible le type de connexion qu'il recherchait, qu'elle serait en colère et lui crierait dessus sans jamais s'arrêter. Mais cela ne s'était pas passé exactement comme ça. Elle avait été en colère, mais finalement la colère s'était estompée. Et Valerie avait été sienne pendant sept années entières.

C'était certainement regrettable que cela devienne fade. Mais ce n'était pas sous son contrôle.

Il traversa le marché le dos bien droit, apeuré mais capable de le cacher, cherchant la fille. La pensée d'Aimée lui donnait force et détermination.

Aimé.

❦

CELA N'AVAIT PAS ÉTÉ facile et plusieurs fois Gilbert avait pensé qu'elle ne le permettrait jamais, mais enfin Maman avait dit qu'il pouvait aller chercher seul des orties et d'autres verdures de printemps, et s'il en trouvait assez, ils pourraient aller au marché de Castillac samedi pour les vendre. Gilbert avait eu cette idée pour la première fois à l'automne, pendant la saison des champignons, et depuis, il essayait sans relâche de la convaincre de le laisser faire, espérant gagner assez d'argent pour acheter un hélicoptère télécommandé qu'il avait repéré.

Maman disait qu'il était trop jeune, qu'il ne serait jamais capable de s'en tenir à la tâche assez longtemps pour que cela en vaille la peine, qu'il était trop perdu dans son propre monde imaginaire pour faire attention dans les champs. Il ne ferait que se décevoir lui-même. Mais Gilbert avait finalement réussi à la faire céder.

Maintenant l'hélicoptère était oublié, et à la place il était désespéré de trouver un moyen de retourner au village pour laisser une autre note aux gendarmes, cette fois sans oublier l'information cruciale sur l'endroit où se trouvait Valerie.

Après plusieurs jours à se châtier, il s'était habitué à son erreur et ne se sentait plus aussi coupable. Sûrement que même les détectives les plus célèbres, Maigret et Poirot, faisaient des erreurs de temps en temps. Peut-être même que James Bond avait fait une erreur quelque part en chemin, pas que Maman ne l'ait jamais laissé voir un film de Bond. En regardant vers l'avenir, il se dit que d'ici samedi matin, il aurait réussi à trouver le matériel pour faire une deuxième note ; une fois à Castillac, il dirait à

Maman qu'il devait aller aux toilettes, et collerait la note sur la porte du poste comme la dernière fois.

Pourvu qu'ils ne pensent pas que c'est une stupide blague, pensa-t-il avec un élan de prescience. Mais je ne peux rien y faire.

Lui et Maman cherchaient des champignons et des verdures depuis qu'il était petit garçon, et il n'avait aucune difficulté à identifier ceux qu'il voulait. Il savait où poussaient les orties et comment les cueillir sans se piquer. Il savait qu'il fallait cueillir les jeunes feuilles de pissenlit, l'achillée et le mouron des oiseaux, et que les feuilles de cresson plus âgées avaient plus de saveur.

C'était vrai : il *était* en train de rêvasser en quittant la maison et en traversant le champ derrière. Il imaginait de gentilles dames riches lui payant des poignées d'euros pour ses verdures fraîches de printemps. Peut-être qu'il pourrait sauver Valerie Boutillier *et* avoir cet hélicoptère !

Il ne pleuvait plus. L'air était frais et le sol humide. Il enfila une paire de gants de jardinage de sa mère et récolta un demi-panier d'orties en quelques minutes seulement. Il se demandait si Valerie avait faim. Est-ce que Labiche lui donnait autre chose que du lait ? Il s'enfonça dans les bois en direction de la ferme de Labiche, voulant juste vérifier si elle était dehors.

Aussi surprotectrice que Maman fût, elle lui avait toujours permis de se promener seul dans la ferme et de jouer dans les bois autant qu'il le voulait, et il considérait les champs et les bois comme son territoire, connaissant les arbres individuellement et les douces pentes, le ruisseau et les berges mousseuses, tous les détails du terrain avec une intimité facile. Mais maintenant qu'il avait vu Valerie, la fille disparue depuis longtemps, et réalisé qu'elle avait été volée au monde et cachée tout ce temps — par son voisin — les bois ne semblaient plus aussi amicaux qu'avant.

Gilbert sursauta quand une brindille craqua derrière lui. Il regardait rapidement autour de lui comme pour surprendre quelqu'un qui l'espionnerait. Ses peurs n'étaient pas centrées sur Labiche, bien qu'il redoutait de le voir ; c'était comme si une fois le voile de sécurité déchiré, tout devenait effrayant et suspect. Les troncs épais des chênes étaient parfaits pour se cacher derrière et il imaginait que quelqu'un était là, prêt à l'attraper.

Au début, toute sa concentration s'était portée sur la recherche de suffisamment de verdures pour justifier le voyage au marché le lendemain. Mais bientôt, il commença à s'inquiéter de Labiche

rôdant dans les bois et l'espionnant. Et si son voisin, qui semblait si placide, un homme plus intéressé par les vaches que par quoi que ce soit d'autre, pouvait s'avérer être un criminel malade, qui sait qui d'autre pourrait comploter quelque chose d'aussi diabolique ?

Gilbert se retourna. Les ombres du bois le rendaient nerveux. Peut-être devrait-il simplement oublier ce plan et rentrer chez lui, penser à une autre solution.

Attends une minute.

Il n'allait pas être comme sa mère, effrayé par un million de choses qui ne s'étaient même pas produites. Labiche avait gardé Valerie prisonnière pendant sept longues années, et pas une seule fois il n'avait fait le moindre geste pour ajouter Gilbert à sa prison. Et aussi, il n'avait jamais vu Labiche dans les bois, jamais. Tout ce que Labiche faisait, c'était se promener dans les champs avec son chien et parler à voix haute à ses vaches.

Les bois étaient la maison de Gilbert. Il y était en sécurité.

N'est-ce pas ?

ℬ 18 ℬ

chille avait terminé la traite du soir, dîné et fait la vaisselle. La vieille télévision était en panne depuis des mois, et il n'aimait pas lire. Il n'avait rien à faire et se sentait agité.

Il était de mauvaise humeur depuis le marché du lundi à Salliac. Il s'était enfin rendu dans le petit village, avait acheté les cannelés, attendu et observé... mais la fille n'était pas apparue. Il était tourmenté par l'idée qu'elle était peut-être venue plus tôt et qu'il l'avait manquée. Peut-être même l'avait-elle cherché, peut-être espérait-elle qu'il serait là avec son sac de cannelés frais, et il l'avait déçue. Et pour quoi ? Il n'avait même pas de raison. Il était arrivé tard au marché du lundi parce qu'il avait perdu du temps à regarder un journal et ensuite le tracteur n'avait pas démarré.

Il avait tardé parce que le marché signifiait une foule de gens, même dans un petit village comme Salliac, et se forcer à les rejoindre demandait du temps et des efforts.

Ou peut-être n'était-elle pas venue du tout. Peut-être ne se souvenait-elle même pas de lui.

Pour échapper à ces pensées angoissantes, il se rendit à la cave. Il se tint devant la porte, écoutant. Valérie était silencieuse. La porte était cadenassée et il sortit l'unique clé, qui était attachée à une petite chaîne fixée à sa ceinture. Il hésita.

Ça s'était éventé. Éventé parce que Valérie était si différente maintenant, parlant de choses insensées la moitié du temps, et ne l'écoutant plus comme elle le faisait avant. Elle n'était plus comme lorsqu'il l'avait enlevée, si pleine de vie et d'énergie.

Pour dire les choses simplement, il était fatigué d'elle.

Mais il ouvrit la porte, espérant que peut-être elle était redevenue comme avant et qu'ils pourraient passer une soirée ensemble comme autrefois, à parler de tout et de rien, et il la quitterait pour retourner dans sa maison et son lit en ressentant la chaleur de la compagnie, de prendre soin d'elle, tout comme il le faisait avec ses filles et son chien.

C'était tout ce qu'il recherchait. Tout ce qu'il voulait, c'était quelqu'un avec qui parler, quelqu'un dont s'occuper. Quelqu'un qui ne partirait pas. Qui ne le quitterait pas.

Il savait qu'il y avait d'autres hommes dans sa situation qui profitaient terriblement des femmes qu'ils gardaient — il avait lu un tel récit dans le journal il y a des années et cela lui avait donné l'idée de construire le bunker — mais Achille n'était pas comme ça et il méprisait les hommes qui se comportaient ainsi.

— *Bonsoir*, Valérie, dit-il doucement en entrant et en fermant la porte derrière lui. Il avait apporté une bougie dans un bougeoir en porcelaine et il craqua une allumette pour allumer la mèche.

— Lala lali lo, dit Valérie, sans le regarder.

— Ça recommence ? dit Achille. Je ne suis pas vraiment amateur de musique. On n'en avait jamais à la maison quand mes parents étaient vivants. Je n'y suis pas habitué.

— Leeeeelaaaaaa...

— Arrête ça ! Achille se plaqua les mains sur les oreilles.

— Je suis ta Valérie, dit-elle. Elle était recroquevillée sur son matelas, dans le coin de la cave. Elle faisait quatre pas de long et trois de large. Dans les premières années de sa captivité, elle marchait pendant des heures, ne pouvant jamais faire plus de quatre pas dans une direction.

— Oui, dit Achille, ressentant un élan momentané de tendresse pour elle. Il tendit la main et caressa sa joue creuse. C'est juste que... je ne sais plus quoi faire de toi maintenant.

— Fais fais fais, dit Valérie. Elle s'allongea sur le dos et posa ses pieds au plafond. Elle portait un jean qu'Achille avait acheté dans un magasin à Bergerac quatre ans auparavant. C'était toujours excitant d'acheter des vêtements pour elle. Il avait l'impression de presque dire au monde entier que Valérie vivait avec lui, comme s'il donnait un gros indice au monde qu'il avait une femme, quelqu'un dont il était si proche qu'il lui achetait des vêtements. Mais personne ne semblait jamais y prêter attention.

— Je suis allé au marché à Salliac aujourd'hui, dit-il en s'asseyant au coin de son lit.

Valérie ne dit rien.

— Je vais te le dire franchement. J'y suis allé parce que j'y ai rencontré une fille la semaine dernière. Elle a une queue de cheval brune. Elle me rappelle un peu toi, comme une version plus jeune de toi.

Valérie ne dit rien. Elle appuya ses pieds contre le plafond et quelques morceaux de terre tombèrent sur le matelas.

— Aimerais-tu avoir de la compagnie ? demanda Achille. Je veux dire, à part moi ? Aimerais-tu que je l'amène ici pour vivre avec toi ?

Valérie leva la tête et le fixa. — Je suis ta Valérie, dit-elle.

— Bien sûr. Rien ne pourra jamais changer ça, dit-il, et il le pensait. Mais j'ai tellement de travail à faire, je ne peux pas te rendre visite aussi souvent que nous le voudrions tous les deux. Alors peut-être que tu aimerais avoir de la compagnie. Je pense que la cave est assez grande pour deux, tu ne crois pas ?

— La li la, dit Valérie.

Achille sentit une vague de colère monter en lui. Pourquoi continuait-elle ces absurdités insensées alors qu'elle savait à quel point cela l'irritait ? Pourquoi avait-elle rompu leur lien qu'il avait travaillé si dur à construire et pour lequel il avait tant risqué ?

Valérie ramena ses genoux contre sa poitrine, entoura ses jambes de ses bras et se balança sur le matelas, d'avant en arrière, d'avant en arrière.

Soudain, tout dans la cave devint insupportable pour Achille : l'odeur, son chant, le vide là où elle était autrefois, l'obscurité.

— Bon, ça suffit alors, dit-il en se levant. Il prit son assiette et son bol sales d'une main, et le seau d'aisance de l'autre, et lui dit bonne nuit. Valérie ne répondit pas mais continua à se balancer.

Achille vida le seau dans un trou profond qu'il avait creusé et jeta une poignée de chaux par-dessus. Il rinça soigneusement le seau, déverrouilla à nouveau la porte et le replaça à l'intérieur du bunker sans un mot.

C'était sa routine nocturne depuis sept ans. Chaque fois qu'il rapportait le seau rincé, il avait toujours dit quelque chose d'affectueux, ne serait-ce qu'un « bonne nuit, *chérie* », mais ce soir-là, il ferma silencieusement la porte, la verrouilla et retourna péniblement vers la maison, le cœur lourd.

Il était fatigué d'elle et, pire encore, à cet instant, il ne l'aimait même plus. Alors que devait-il faire d'elle maintenant ?

LE LENDEMAIN MATIN, Molly arriva dans la cuisine en peignoir et pantoufles pour faire du café, mais s'arrêta net face au chaos laissé par la soirée de la veille. Lawrence l'avait gentiment aidée à remplir le lave-vaisselle avant de partir, et Adèle avait aidé à ranger la nourriture, mais des verres sales semblaient avoir poussé partout, des miettes tapissaient le sol, et Bobo se tenait dans un coin, l'air très coupable de quelque chose.

— Je suis sûre que tu as mangé quelque chose que tu n'aurais pas dû, dit Molly en lui grattant sous les oreilles. Mais bon, toi aussi tu as le droit de t'amuser de temps en temps. Juste ne tombe pas malade, je t'en supplie. Je ne suis vraiment pas d'humeur à gérer des vomissements maintenant.

Bobo se lécha les babines et poussa sa tête contre la main de Molly.

Juste une tasse de café, puis j'irai au marché chercher des croissants frais pour tout le monde. Je nettoierai à mon retour.

Elle laissa Bobo et sortit une tasse, y versa une généreuse dose de crème et prépara la cafetière française pendant que l'eau chauffait.

Bobo grogna.

Molly entendit les pas lourds de Wesley Addison descendant les escaliers.

Merde.

Elle serra fermement son peignoir et se composa un visage avenant. — Bonjour ! lança-t-elle d'une voix enjouée alors qu'il tournait au coin.

— Bonjour, dit-il en regardant autour de la pièce avec dégoût.

Molly remarqua que son accent était plutôt bon. — Je prends juste un café avant d'aller au village chercher du pain frais. Je sais que c'est le bazar mais je m'en occuperai à mon retour, expliqua-t-elle. Y a-t-il quelque chose en particulier que vous aimeriez que je vous rapporte ? Une pâtisserie que vous préférez ?

— Je ne mange pas de pâtisseries, dit Wesley Addison.

— Un problème de gluten ? demanda Molly avec sympathie.

— Non. Je n'aime simplement pas ça.

Bizarre.

— Eh bien, que puis-je vous rapporter d'autre pour votre petit-déjeuner alors ? Je peux vous préparer des œufs avec plaisir. Il y a un fermier au marché qui fait des saucisses incroyables, si vous pouvez attendre mon retour.

— Raoul ?

— Oui, dit Molly, c'est exactement de lui dont je parle. Rien que d'y penser, j'en ai l'eau à la bouche.

Addison parut alarmé.

— Non ! dit Molly. Je ne voulais pas... Je voulais juste dire que ses saucisses sont très bonnes, et je pense que j'en achèterai pour mon déjeuner. Donc vous connaissez Raoul de votre séjour précédent ? Vous aimez cuisiner ?

— Non.

Molly attendit qu'il développe. Finalement, Addison dit : — Je ne cuisine pas. C'est ma femme qui a trouvé Raoul et qui cuisinait les saucisses. Elle n'arrêtait pas d'en parler d'ailleurs. Elle en achetait tous les samedis et nous les mangions généralement le soir même, chaque semaine pendant des mois.

Molly acquiesçait. Son humeur s'améliorait rien qu'en pensant à la tasse de café presque prête. Elle jeta le filtre et le marc dans le seau de compost près de l'évier et versa le magnifique liquide brun foncé dans sa tasse. — Oh ! dit-elle, après avoir avalé la première gorgée ambrosienne. Je suis désolée, voulez-vous du café ?

— Non, dit Addison. Je ne bois pas de café.

Complètement dingue.

— Ma femme en était accro, cependant. Je vois que vous avez la même ferveur pour cette boisson qu'elle avait.

Molly sourit. — Et où est votre femme ? Elle n'a pas voulu faire ce voyage cette fois-ci ? Difficile de se libérer ?

— Oh, ce n'est rien de tout cela, dit Addison. Elle est morte. Elle est décédée près de Castillac, en fait.

— Oh ! Je suis... je suis vraiment désolée, dit Molly.

Bobo grogna.

— Chut, ma Bobo, dit Molly en lui caressant le dessus de sa tête tachetée.

Molly voulait en savoir plus sur cette histoire, mais pour le moment, son envie de manger l'emportait sur sa curiosité. Elle s'excusa auprès de Wesley Addison, se lava le visage, enfila quelques vêtements et se dirigea vers la rue des Chênes en direction de la Pâtisserie Bujold et du marché du samedi matin. Le soleil brillait pour la première fois depuis des jours, sa soirée avait été un grand succès, et Molly voulait profiter de tout cela — et pour une fois ne penser à rien de laid ou de triste.

Castillac était dans un état d'euphorie printanière. Après les pluies de la semaine passée, le soleil chaud faisait tant de bien à la peau de chacun, et Molly vit plus d'une personne tourner son visage vers le soleil, les yeux fermés, s'imprégnant de cette chaleur et de cette luminosité inhabituelles. Le marché du samedi était plus bondé que d'habitude. Chaque semaine, il semblait que davantage de vendeurs s'entassaient sur la Place alors qu'ils rivalisaient pour attirer les clients de la belle saison avec des produits frais, du fromage et de la viande locale. Molly pouvait sentir l'odeur du pain levé quelque part à proximité, ainsi que celle du café.

Ce scooter qu'elle avait repéré était garé avec désinvolture sur le trottoir et elle s'arrêta un moment pour l'admirer avec envie. Le chrome incurvé, poli et brillant. Le tableau de bord adorablement mignon avec ses cadrans et compteurs bien conçus. Même les petits repose-pieds et la selle en cuir élégamment façonnée — tout était parfait.

Elle passa sa main sur le guidon, s'imaginant zigzaguer dans la circulation comme un skieur de slalom, un sac de la Pâtisserie Bujold solidement fixé sur le petit porte-bagages derrière elle.

—Joli, n'est-ce pas ? dit une voix familière.

— Oh, bonjour Thomas, dit Molly d'un ton glacial, n'ayant ni oublié ni pardonné les infidélités de l'ex-petit ami de Constance.

— Tu es toujours en colère.

— Bien sûr que je suis toujours en colère ! dit Molly. Constance est mon amie et tu l'as traitée de façon abominable. Tu suggères que je devrais simplement passer à autre chose ?

— Non, bien sûr que non. Je... mais je veux que tu saches...

— Thomas ! dit une jeune femme apparaissant de la foule et tirant sur son bras. Allons-y, on va être en retard !

Thomas avait l'expression d'une vache harcelée par un border collie.

— Mais bon, content de t'avoir vue, dit Molly, souriant intérieurement et continuant son chemin. Elle aimait vraiment que le village soit assez petit pour qu'elle puisse voir beaucoup de gens qu'elle connaissait au marché du samedi, mais elle pouvait aussi constater que dans un endroit de cette taille, si une relation tournait mal, cela pouvait devenir compliqué.

Heureusement que je suis déterminée à rester célibataire, pensa-t-elle en se dirigeant vers le stand de Raoul. Elle prit un paquet de saucisses, se demandant brièvement comment exactement Mme Addison avait trouvé la mort. Elle fit signe à sa voisine, Mme Sabourin, qui remplissait un sac en papier de pruneaux.

— Manette ! dit-elle, surprise de voir son amie vendre des légumes à un endroit différent de d'habitude. Je suis complètement déboussolée de te voir de ce côté de la Place. Je pensais que tout le monde gardait ses emplacements habituels.

— D'habitude, oui, dit Manette d'un ton sombre. C'est ce nouveau type, celui qui vend du pain complet. Et ne le fais pas parler de son pain — il va s'étendre sans fin sur ses bienfaits pour la santé jusqu'à ce que tu aies envie de l'assommer pour le faire taire. Et si tu te demandes pour le goût, c'est correct tant que tu aimes le pain qui a la saveur de colle à papier peint. Et lourd comme un bloc de béton.

Molly rit. — Je pense que je vais prendre des poivrons et des aubergines pour accompagner mes saucisses, s'il te plaît.

— Celles de Raoul ?

— Bien sûr. Maintenant, dis-moi comment tu vas, Manette. Les enfants vont bien ? Comment va ta belle-mère ?

— Toujours malade. Ou faisant semblant d'être malade, c'est difficile à dire. Mais merci de demander. Les enfants vont bien. Turbulents, me poussant à bout, mais bien. Manette lui fit un clin d'œil et pesa les produits.

Quelque chose chez Manette faisait que Molly pensait à sa propre mère. Elle était si joviale et de bonne humeur — des traits que sa propre mère n'avait que rarement — et Molly ne pouvait s'empêcher d'avoir le fantasme fugace de rentrer chez Manette et de se fondre dans la joyeuse agitation de sa grande famille.

Mais le marché était bondé ce samedi et trop de clients réclamaient l'attention de Manette pour que Molly puisse continuer à bavarder avec elle. Elle paya, rangea ses légumes dans son panier et s'en alla avec un signe d'au revoir.

Un homme ridé qu'elle n'avait jamais rencontré était assis à une petite table, sur laquelle étaient soigneusement disposées des boîtes en plastique de noix. L'homme ressemblait lui-même à une noix, sa peau âgée plissée et profondément ridée, avec des yeux sombres et vifs qui en sortaient.

— Bonjour, Monsieur, dit Molly, avant de se présenter. Elle avait constaté que presque tous les habitants s'animaient considérablement quand ils apprenaient qu'elle vivait à Castillac et qu'elle n'était pas juste de passage.

Mais hélas, bien qu'il fût parfaitement amical, l'Homme-Noix avait un accent que Molly ne comprenait pas du tout. Il était si incompréhensible qu'elle ne put même pas saisir son nom et resta là, les yeux écarquillés et un sourire forcé, espérant simplement que les nuages se dissiperaient et que le sens deviendrait soudainement clair. Mais ce ne fut pas le cas. Se sentant un peu gênée et aussi agacée contre elle-même, elle acheta une boîte de noix méticuleusement décortiquées, adressa un grand sourire à l'Homme-Noix en lui donnant quelques euros, et continua son chemin.

À CÔTÉ de l'Homme-Noix se trouvait un garçon, également assis à une petite table. Le garçon semblait préoccupé par quelque chose — son front était plissé et il l'observait attentivement — ce qui fit dresser les oreilles de Molly comme celles de Bobo. Sur sa table s'entassaient des verdures fanées, et quelques sacs en plastique d'aspect crasseux.

— Bonjour, Madame, dit Gilbert, si doucement que Molly pouvait à peine l'entendre.

— Bonjour, dit Molly, ayant envie de toucher sa joue couverte de taches de rousseur mais se retenant. Tu as trouvé tout ça toi-même ?

— Oui, dit Gilbert, le visage rougissant. C'est le moment, se dit-il. Parle-lui ! Molly Sutton était la meilleure détective de tout le village, peut-être même de toute la Dordogne ! *Dis-lui simplement !*

Mais il n'arrivait pas à prononcer les mots.

Il n'arrivait pas à prononcer *le moindre* mot.

— Elles sont sauvages ? Je n'ai jamais vraiment cueilli quoi que ce soit, disait-elle. Enfin, j'ai cueilli dans le *supermarché*, rit-elle d'elle-même, mais pas dans la nature. Ce n'est évidemment pas du tout la même chose. J'aurais peur de faire une erreur. Non pas que je pense que *vous* ayez fait une erreur — elles ont l'air délicieuses et je suis sûre que vous savez ce que vous faites. Molly fit une pause et le regarda de côté. — Vous savez ce que vous faites, n'est-ce pas ?

Gilbert se figea. Il hocha la tête, le visage maintenant très pâle. Qu'est-ce qui ne va pas chez toi ! se cria-t-il intérieurement, en vain. Il n'avait même pas réussi à coller le mot sur la porte de la gare ; chaque fois qu'il descendait la rue en courant pour vérifier, il y avait une foule de gens qui allaient et venaient au marché. Pas moyen de le faire sans être vu.

Les garçons timides sont si adorables, pensait Molly. Elle devait presque retenir physiquement sa main avec l'autre pour s'empêcher d'ébouriffer ses cheveux, qui étaient plus longs sur le dessus et un peu bouclés.

— J'adore les légumes sauvages, surtout les orties, dit-elle. Combien demandez-vous ? Puis-je me permettre de tout acheter et de me faire un vrai festin ?

— Oui, Madame, dit Gilbert. Cinq euros, c'est tout.

— Vous ne demandez pas assez. Pour tout ce travail ? Cela a dû vous prendre des heures de cueillette pour trouver tout ça ! Êtes-vous sûr que cinq euros, c'est votre prix ?

Gilbert hocha la tête, retenant un sourire.

— Molly ! J'espérais te voir ici ! lança Ben Dufort en traversant la foule pour l'embrasser sur les deux joues.

— Salut, Ben ! On pourrait peut-être aller dans un café une fois qu'on aura fini nos courses ? J'ai une ou deux idées...

—J'en suis sûr, dit-il en lui souriant.

Gilbert les observait. S'il y avait jamais eu un moment pour lâcher ses informations, c'était bien celui-là. Madame Sutton et le Chef Dufort, ensemble, juste devant lui, et sa mère occupée à parler avec Manette.

Pourtant, il ne dit rien. Il les regardait ensemble. Le Chef Dufort — eh bien, Gilbert allait continuer à l'appeler ainsi même s'il n'était plus vraiment Chef — il était tellement... tellement grand, et fort, et beau. Gilbert était presque sûr que Madame Sutton le pensait aussi.

Sûrement, ce serait sans danger de leur dire. Ils n'étaient pas du genre à crier. Ils semblaient gentils.

Oui, ils *étaient* gentils. Mais cela ne voulait pas dire pour autant qu'ils croiraient ce qu'il leur dirait. Il n'avait que neuf ans. Ils penseraient qu'il rêvassait, qu'il cherchait juste de l'attention. Et il n'avait qu'une seule chance. S'ils tiraient la mauvaise conclusion, il n'aurait aucun moyen de les convaincre après.

Il devrait quand même leur dire. Prendre le risque.

Ou peut-être... peut-être qu'il pourrait acheter un appareil photo avec l'argent qu'il avait économisé en vendant des légumes, et il pourrait espionner Labiche et prendre des photos la prochaine fois qu'il le verrait dehors avec Valérie !

Une idée stupide. Cela prendrait des mois.

— Allô ? Tu rêvasses, mon ami ? lui disait Molly. Donc, cinq euros, c'est ton prix final ?

Gilbert hocha la tête, doublement mortifié car maintenant des larmes commençaient à s'accumuler au coin de ses yeux par frustration et ne sachant pas quoi faire de bien. Parfois, il détestait vraiment être un enfant.

Il prit son argent et regarda le couple disparaître dans la foule, pleinement conscient que sa meilleure chance de révéler son secret avait disparu en même temps qu'eux.

MOLLY ET BEN se frayèrent un chemin à travers la foule jusqu'au Café de la Place, où Pascal prit leurs commandes avec son habituel sourire éblouissant avant de disparaître dans la cuisine.

— C'est trop public ? demanda Molly à voix basse.

— Tout le monde n'est pas une indécrottable oreille indiscrète comme toi, dit Ben avec un sourire. Mais tu as raison, oui, nous devrions faire attention à ce que nous disons. Le succès de notre enquête pourrait dépendre du fait que le ravisseur baisse sa garde après tout ce temps, n'étant plus méfiant d'être découvert. Nous ne voulons pas que la moitié du village parle de ce que nous essayons de faire.

— J'y pensais aussi, dit Molly. Mais j'essayais de trouver un moyen de fouiner un peu sans éveiller les soupçons, et j'ai au moins une partie d'une idée.

Pascal revint avec deux cafés crème et des assiettes de croissants chauds, accompagnés de petits plats de beurre doux et de confiture de framboises. Molly se jeta dessus, affamée. — Eh bien, très simplement — et bien sûr, corrige-moi si je me trompe — je pense que je dois entrer dans les maisons des gens. Je sais qu'il n'y aurait aucun moyen pour moi d'inspecter vraiment quoi que ce soit, comme s'il y avait des compartiments cachés ou quelque chose comme ça. Être simplement invitée à entrer ne sera probablement pas suffisant. Mais c'est un début, non ?

Quoi qu'il en soit, mon plan est de faire du porte-à-porte, avec une sorte de sondage. Je serai armée d'un clipboard et de quelques formulaires, je demanderai si je peux entrer et leur poser quelques questions. Peut-être dire que je fais des recherches historiques sur la région, ou des recherches généalogiques. J'aimerais pouvoir dire que c'est une chose gouvernementale, mais ils croiront difficilement qu'une Américaine ferait ça.

— Et ils seraient moins enclins à ouvrir la porte.

— Mais donc, je me disais... si tu gardais quelqu'un prisonnier dans ton grenier ou ailleurs, ne serais-tu pas super nerveux si un étranger venait frapper à ta porte ? Tu penses que je serais capable de sentir cette nervosité ?

Ben avala une bouchée de croissant avant de répondre. — Peut-être, dit-il, mais il n'avait pas l'air très convaincu. Rappelle-toi, nous cherchons quelqu'un qui a réussi à garder ce secret pendant sept longues années. S'il était du genre à transpirer dès que quelqu'un s'approche de sa maison, il aurait été découvert depuis longtemps. Certains criminels sont faits de glace — ils peuvent mentir sans manifester aucun signe physique d'anxiété. C'est pourquoi les détecteurs de mensonges ne sont pas parfaits. Ironiquement, ce sont les plus grands menteurs qui ne se font pas prendre.

Molly hocha la tête, se sentant un peu abattue. Si Valérie était retenue dans une pièce secrète quelque part, comment diable Molly allait-elle jamais découvrir où ? Elle pourrait être juste sous leur nez — à l'étage du Café de la Place, pour ce qu'ils en savaient. Les jours passaient et ils en étaient toujours au point de départ.

Elle plongea son regard dans les yeux bruns et chaleureux de Ben et dit : — Tu penses toujours qu'elle a été tuée.

— J'en ai bien peur. Le rapport de mon côté est que mon ami à Toulouse va nous aider — il arrive cette semaine et amène un chien entraîné. Il est censé être capable de détecter un cadavre sur une grande surface.

— Alors qu'est-ce que tu vas faire, te promener dans le village avec lui en laisse ?

— J'ai l'intention de faire des cercles concentriques, en commençant par le centre du village et en m'éloignant progressivement. Mon ami me donnera probablement des indications sur la façon d'utiliser le chien le plus efficacement possible. Je veux aller assez rapidement dans la campagne. À moins que Valérie Boutillier ne soit dans le congélateur de quelqu'un quelque part, ajouta-t-il à voix basse, je m'attends à la trouver là-bas. Dans les bois — la forêt de la Double recèle de nombreux secrets. Et ce chien en dévoilera peut-être au moins un.

❦ 20 ❦

Après sa conversation avec Dufort, Molly était déterminée à faire avancer sa partie de l'enquête. Ainsi, cet après-midi-là, tout en nettoyant les dégâts de la fête de la veille, elle se composa un personnage de chercheuse en généalogie maladroite, intéressée par les vieux noms et les familles de la région. Elle pensait que cela serait inoffensif et ne nécessiterait pas de connaissances particulières de sa part. Dans sa vie d'avant en Amérique, Molly avait été collecteuse de fonds, habituée à aborder des inconnus, à les mettre à l'aise et à les faire signer des chèques avant qu'ils ne s'en rendent compte.

Bon, elle n'avait pas été très douée pour cette dernière partie. Ou du moins, elle n'y avait pas pris beaucoup de plaisir. Mais ce travail, cette enquête, était fondamentalement différent : la vie d'une femme était potentiellement en jeu. Ce qui était tout autre chose que de permettre à une école de construire un nouveau bâtiment luxueux dont elle n'avait pas vraiment besoin.

Au lit cette nuit-là, Molly lut ses questions à voix haute à Bobo, qui fut autorisée sur le lit juste pour cette fois. Elle créa un formulaire en ligne et trouva un carnet pour y mettre des copies du formulaire ainsi que quelques pages de fausses notes, dénicha de bons stylos, et se considéra prête.

Le lendemain matin, elle laissa des croissants pas tout à fait frais sur le comptoir avec un mot pour Wesley Addison, et partit pour le village, regrettant de ne pas pouvoir emmener Bobo avec elle pour sa protection. Pour s'entraîner, elle s'arrêta à la maison voisine où vivait Mme Sabourin.

— Bonjour, Mme Sabourin ! dit-elle avec enthousiasme.

— Bonjour Molly, répondit la vieille dame. Elles s'embrassèrent sur les joues. J'ai passé une soirée charmante l'autre soir. Vous avez des amis hauts en couleur, dit-elle avec un petit sourire.

Molly passa en revue ses questions, et Mme Sabourin y répondit de bon cœur, bien que Molly crût percevoir qu'elle se demandait de quoi il s'agissait. Puis, juste pour être méthodique, elle alla à la maison suivante sur la rue des Chênes, se présenta et parcourut sa liste de questions, puis à la maison d'après et ainsi de suite, marquant sur une carte quand personne n'était chez soi.

Les maisons de Castillac variaient des très anciennes — certaines datant du XVe siècle par endroits — aux toutes nouvelles dont le crépi avait à peine séché. Molly était reconnaissante que beaucoup de gens (surtout des femmes âgées) l'invitent à entrer et lui offrent une tasse de café ou de thé, et soient plus qu'heureux de lui donner les détails de leurs histoires familiales ainsi que l'histoire de la Dordogne. Elle entendit parler de la torture de l'aristocrate Alain de Monéys en 1870, et des perturbations causées par les guerres de religion du XVIe siècle. Des groupes de Huguenots quittant la France pour l'Angleterre et la Suède. Des héros de la Résistance, qui avaient fait preuve d'un tel courage en tenant tête aux nazis. Des étrangers qui étaient venus, au fil des décennies, mêlant leur sang et leurs noms à ceux de Castillac.

Au cours d'une très longue journée, elle apprit beaucoup sur ces familles, leurs relations et leurs connexions avec d'autres parties du pays et au-delà. Mais pas une seule fois elle n'eut le moindre soupçon que quelqu'un faisait quoi que ce soit de répréhensible, ni ne trouva le plus petit indice que Valerie Boutillier vivait quelque part dans les environs.

LE LENDEMAIN MATIN, Achille se réveilla et bondit instantanément hors du lit. C'était lundi, le jour du marché de Salliac, et il n'allait pas gaspiller la moitié de la journée à ne rien faire cette fois. Il allait y aller directement, juste après la traite du matin.

Il n'allait pas la rater encore une fois.

Les corvées du matin semblaient prendre une éternité : faire rentrer les filles du champ éloigné, les brancher à la machine, les mettre dans le champ ouest ; apporter son petit-déjeuner à Valerie et vider son seau ; apporter un seau de restes au cochon ; nourrir le chien.

Tous les animaux semblaient bouger au ralenti, et c'était frustrant pour Achille qu'il n'y ait rien qu'il puisse dire ou faire pour les faire avancer plus vite. Quand il pressa Bourbon, elle se retourna et le regarda de travers, et il se tut après cela.

Enfin, il était prêt à partir. Il envisagea de prendre une douche et de se peigner les cheveux mais ne voulut pas prendre le temps, alors il grimpa sur le tracteur sentant le fumier et la sueur, les cheveux dressés à l'arrière, terriblement pressé.

Le tracteur toussa et cracha mais le moteur finit par démarrer, et il descendit lentement la courte allée jusqu'à la route principale, puis vers Salliac.

Achille vendait son lait à une coopérative et venait de recevoir un paiement. Il se sentait riche et plein d'optimisme, imaginant le moment où la fille monterait sur son tracteur pour rentrer avec lui, et comment cela allait lui procurer plus de plaisir que tout ce qu'il avait jamais vécu dans sa vie entière. Il ne cessait de se représenter la scène, la rejouant dans sa tête encore et encore, changeant de petits détails et la rejouant à nouveau.

Il savait parfaitement que même s'il pouvait la convaincre de venir chez lui de son plein gré, elle ne voudrait jamais rester là-bas avec lui. Il ne se faisait aucune illusion à ce sujet. Mais la tenir, être entièrement responsable d'elle, responsable de tout ce qui la concernait — être son monde entier — c'était une partie du but. La meilleure partie, il se l'avouait parfois.

Au début, la nouvelle fille devrait rester dans le grenier. Il y ferait plus chaud la nuit de toute façon, bien qu'il doive probablement supporter quelques cris et pleurs.

Il n'aimait pas les pleurs.

C'était pour cela qu'il avait été contraint de construire la cave où vivait Valérie. Cela avait été une entreprise colossale et il était encore fier d'avoir réussi. Après quelques mois avec Valérie dans le grenier, il en avait eu assez de l'entendre pleurer et crier toute la nuit. Il avait un emploi du temps de traite à respecter et rien ne devait l'affecter. Il lui avait fallu des mois pour construire la cave, même en utilisant l'accessoire de pelleteuse sur le tracteur pour l'essentiel du creusement. Il avait dû faire des recherches, rassembler des matériaux — imaginez construire une habitation souterraine tout seul, et s'assurer que le toit ne s'effondrerait pas !

Ça n'avait pas été facile, non. Pas en plus de toutes les responsabilités quotidiennes qu'il avait déjà. Ce n'est pas comme si Valérie allait donner un coup de main. Elle avait passé ces mois à s'égosiller. Il avait eu beaucoup de chance qu'aucun des voisins n'ait rien entendu.

Alors qu'il s'approchait de Salliac, il chassa de son esprit toute pensée concernant Valérie et la ferme, et concentra toute son attention sur la recherche de la fille.

Il savait qu'elle était là, il pouvait le sentir.

C'était une belle journée, chaude avec une légère brise, avec plus de gens qui se promenaient que la dernière fois. Un homme le bouscula par derrière et Achille sursauta violemment, puis frissonna à l'idée que l'étranger l'ait touché comme ça sans avertissement.

Le marché semblait dangereux. À tout moment, quelqu'un pouvait commencer à lui parler, et il n'aurait aucune idée de quoi répondre.

Et puis il la vit. On aurait dit une scène de film, il pouvait même entendre de la musique comme si quelqu'un avait allumé une radio ou qu'un orchestre avait surgi de nulle part. Il leva les yeux et de l'autre côté de la Place, la fille se tenait debout, illuminée par le soleil, adossée contre un mur, un genou plié et le pied contre le mur, en train de parler avec deux amies.

C'est elle.

Achille voulait courir vers elle, prendre ses mains dans les siennes et regarder son joli visage. Il voulait commencer leur conversation maintenant, la conversation qu'il s'attendait à voir durer des années et des années. Mais il se retint.

Il savait que se précipiter serait une erreur. Et il y avait ses amies à prendre en compte. Il devrait être patient.

C'était au moins une chose utile que son père lui avait apprise pendant ces parties de chasse interminables. Ils devaient rester assis dans les bois, sans bouger pendant des heures, attendant que le gibier apparaisse. Vérifiant la direction du vent, leurs vêtements bruns et verts pour le camouflage, attendant et espérant. Le temps semblait infini.

Cette partie n'était pas l'agonie — c'était le fait de tuer qu'Achille n'aimait pas. Les parties de chasse auraient été merveilleuses s'il avait été autorisé à ramener les animaux à la maison, pour les garder et s'en occuper. Sa mère n'aurait pas objecté, car elle était absente la plupart du temps. Dans un hôpital spécial, c'était tout ce que son père disait. Tout ce qu'Achille savait, c'est qu'elle était là, puis elle n'y était plus, et elle partait encore et encore jusqu'à ce qu'elle ne revienne finalement jamais.

Toujours partir. Toujours le laisser derrière.

Achille ne quittait pas la fille des yeux. Finalement, une des amies s'éloigna, et il vit la fille embrasser l'autre amie, une grande fille avec des jambes si longues qu'elles lui rappelaient des pattes d'araignée.

Il avait oublié les cannelés !

Rapidement, il scruta les tables autour de la Place, cherchant la vieille femme qui vendait des cannelés. Il ne la voyait nulle part. Mais elle était nécessaire ; il ne pouvait pas aborder la fille les mains vides — elle comptait sur lui pour subvenir à ses besoins.

Il sentit sa gorge commencer à se serrer d'excitation. Ses mains tremblaient et soudain, toutes les autres personnes au marché semblaient à nouveau menaçantes. Elles étaient trop proches et bougeaient de manière trop erratique. Quelqu'un pourrait le bousculer à nouveau, quelqu'un pourrait lui poser une question.

C'était accablant.

Achille se retourna et marcha rapidement vers son tracteur. La journée n'était pas la bonne. Il y avait trop de difficultés. Il devait rentrer chez lui et se calmer et tout repenser.

Mais alors qu'il posait ses mains sur le siège du tracteur et s'apprêtait à se hisser, l'image de la fille debout dans la lumière du soleil surgit dans sa tête, et il fit une pause. Il laissa retomber ses mains et se retourna.

Je peux le faire.

Il chercha à nouveau la vendeuse de cannelés et ne la vit toujours pas. Alors à la place, il entra dans une boutique qui vendait des bonbons et acheta une poignée de caramels. Il sourit au propriétaire, mit les caramels dans sa poche, et partit à la recherche de son âme sœur.

Le lundi matin, Molly se promenait dehors en buvant sa première tasse de café et en admirant les jonquilles. — Bobo ! Ne piétine pas les fleurs ! cria-t-elle, alors que Bobo se précipitait droit dans la plate-bande et commençait à creuser frénétiquement.

Molly s'avança et la tira en arrière, puis se pencha pour inhaler le doux parfum des fleurs, fermant les yeux pour concentrer toute son attention sur cette odeur complexe et enivrante.

— D'accord, je le fais, dit-elle en se redressant avec une soudaine clarté d'intention. Elle n'aurait pas su expliquer pourquoi le fait de sentir la jonquille l'avait décidée à acheter le scooter ce jour-là — peut-être quelque chose à propos de carpe diem et de vivre l'instant présent — mais quelle qu'en soit la raison, elle rentra à l'intérieur pour prendre son sac à main et partit pour Castillac et la petite boutique à l'extrémité de la ville qui exposait un assortiment de scooters dans un arc-en-ciel de couleurs brillantes.

— Reste, Bobo ! dit-elle, et Bobo courut se blottir sur le pas de la porte comme si elle avait eu l'intention de le faire avant même que Molly ne dise un mot.

Il fallait environ une demi-heure de marche pour atteindre le magasin de scooters. Assez long pour que Molly essaie de trouver un meilleur plan que de faire du porte-à-porte, et échoue. Assez long pour penser à quel point Ben était gentil, et comme il était remarquable qu'il la traite comme si elle apportait une contribution significative à leur enquête, alors qu'il avait des années de formation et d'expérience et qu'elle n'en avait aucune.

Assez long, bien sûr, pour passer à la Pâtisserie Bujold et acheter un croissant aux amandes. Elle était de si bonne humeur qu'elle salua Monsieur Nugent avec plus d'amabilité que d'habitude, et sortit du magasin presque euphorique à l'idée de son nouveau scooter.

Mais elle s'arrêta soudain dans la rue. — Lapin ! dit-elle à voix haute, puis regarda derrière elle pour s'assurer que personne ne l'avait entendue. Il faut que je parle à Lapin, pensa-t-elle. Sa carrière consiste à fouiner dans les maisons des gens, et juste après un décès — un moment de grande vulnérabilité pour n'importe qui, mais peut-être surtout pour quelqu'un avec un terrible secret. Lapin, plus que quiconque, n'aurait-il pas des idées sur qui pourrait être assez déséquilibré pour garder un otage pendant sept ans ?

À regret, elle tourna dans la direction opposée au concessionnaire de scooters et se dirigea directement vers Chez Papa, où il y avait de bonnes chances de le trouver.

— Désolé, vous venez de le manquer, dit Nico, qui balayait. Il est venu prendre un café rapide et un croissant puis est reparti en vitesse. Je dois dire que je suis un peu curieux ? Je pensais que toi et Lapin n'étiez pas vraiment amis.

— Bah, dit Molly en agitant la main. On s'entend très bien. Et en effet, ils s'entendaient bien, mais cela ne signifiait pas qu'elle avait hâte de l'appeler et d'organiser une rencontre. Ça aurait été beaucoup mieux d'échanger juste quelques mots chez Papa, s'étant rencontrés par hasard. Ou du moins, cela aurait semblé être le hasard pour Lapin, ce qui était le principal.

— Tu veux un café ou quelque chose ?

— Non ! dit Molly. Je vais acheter un scooter ! Et la porte se referma derrière elle avec un bang tandis qu'elle se dirigeait une fois de plus à travers le village.

LE SCOOTER vert émeraude brillant de son imagination n'était pas ce que Molly finit par avoir. Comme cela arrive souvent, son rêve se heurta à son portefeuille, et elle se retrouva avec un modèle de dix ans, cabossé et bosselé, mais que le concessionnaire jurait fonctionner comme un rêve. Il était couleur de boue.

Molly l'adorait.

Le concessionnaire lui avait donné une leçon rapide sur le parking et Molly s'y était mise comme un poisson dans l'eau. Elle se sentait puissante en roulant dans le village — elle pouvait aller si vite ! Prendre des virages serrés ! Sentir le vent sur son visage !

Pas de remords d'achat, pas même un peu, malgré le fait qu'elle savait avoir dépensé de l'argent qui aurait probablement dû être consacré à un nouveau chauffe-eau. Elle aurait probablement besoin d'une voiture aussi, éventuellement ; c'était une sorte de miracle qu'elle ait passé l'hiver sans. Mais l'hiver prochain était loin, Castillac avait maintenant un nouveau chauffeur de taxi pour ses clients, donc tout allait bien dans le monde des transports, du moins pour le moment.

Molly consulta la carte dans son faux carnet de généalogiste. Elle avait fait des progrès considérables en faisant du porte-à-porte, couvrant près d'un tiers du village. Maintenant qu'elle était mobile, elle se dit pourquoi ne pas vérifier certains endroits en périphérie de Castillac — après tout, Mme Gervais lui avait suggéré de regarder du côté des fermes, et maintenant elle pouvait le faire sans perdre toute la journée à marcher pour y arriver.

D'abord, elle s'assura d'avoir suffisamment d'essence, puis choisit une rue au hasard et démarra. Comme tant de villages français, Castillac était situé au milieu de la campagne sans banlieue à proprement parler, elle se retrouva donc à rouler dans des terres agricoles en quelques minutes. Personne à la première ferme. À la deuxième, une gentille dame âgée l'invita à l'intérieur et lui parla sans arrêt de la fabrication du fromage. Elle goûta le fromage de la dame, sourit beaucoup et poursuivit son chemin.

La troisième ferme appartenait à Achille Labiche, selon la carte de la *mairie*.

Molly descendit l'allée et gara amoureusement son scooter près d'un arbre. C'était une si belle campagne, en mai tout était si vert que ça en brillait presque, et elle admira le troupeau de vaches noires et blanches dans le champ. Un border collie sortit furtivement de derrière un tracteur et l'observa attentivement, comme le font les border collies.

— Salut toi, dit Molly, parlant français parce que c'était, après tout, un chien français. Le chien ne bougea pas, ne reconnut pas son salut, mais continua de regarder.

Molly s'approcha de la porte et frappa fort. Elle était allée dans tellement de maisons que la routine l'avait quelque peu engourdie. Elle ne ressentait plus beaucoup d'inquiétude à l'approche de maisons étrangères, même si elle cherchait quelqu'un avec un dangereux secret. Bien qu'elle essayât de rester observatrice et sur ses gardes, il lui était difficile de maintenir un haut niveau de concentration quand elle avait la même conversation encore et encore, sans jamais voir la moindre chose qui semblait même vaguement suspecte.

Y avait-il quelqu'un à la maison ?

Elle envisagea de regarder par la fenêtre de la cuisine mais appela plutôt : — Bonjour ? Monsieur Labiche ?

Elle entendit des pas lents à l'intérieur de la maison et attendit.

La porte s'entrouvrit légèrement.

— Monsieur Labiche ? Salut ! Je m'appelle Molly Sutton. J'ai emménagé à Castillac l'été dernier, et je fais des recherches généalogiques sur les gens de la région. Je me demandais si vous pouviez m'accorder cinq minutes de votre temps ? Je vous en prie, comprenez bien que je ne vends rien ! Je voudrais juste en savoir un peu plus sur les noms de votre famille, si ça ne vous dérange pas de me parler quelques minutes.

Achille voulait claquer la porte et rentrer. Ses mains tremblaient. Mais la dernière chose qu'il souhaitait était d'attirer l'attention en paraissant impoli. Il ne voulait pas que cette étrangère aille raconter partout en ville que ce Labiche désagréable avait refusé de lui parler.

Il prit une profonde inspiration et la retint un instant.

— D'accord, dit-il en sortant au soleil et en fermant la porte derrière lui. Je ne sais rien de l'histoire de ma famille. Mon nom de famille est Labiche. Celui de ma mère était Maillard. C'est tout ce que je sais vraiment.

Molly sourit. — En général, je constate que les gens en savent plus qu'ils ne le pensent, dit-elle. Vos parents sont-ils toujours en vie ?

Achille hocha la tête. — Ils sont dans le pâturage derrière, en train de s'occuper d'une clôture, dit-il, et à l'instant où ces mots quittèrent sa bouche, une voix dans sa tête lui cria : *Imbécile ! Elle va te démasquer avec tes stupides mensonges !*

Il mit ses mains tremblantes dans ses poches. Il vit le scooter et se demanda si Valérie l'avait entendu descendre l'allée. Allait-elle se mettre à crier ?

— Très bien. Peut-être serait-il préférable que je revienne plus tard, quand je pourrai leur parler ?

— Ils sont très occupés, dit Achille, par-dessus la voix forte et le tourbillon sombre dans son cerveau. Je peux probablement vous dire tout ce qu'ils pourraient vous dire.

— Excellent, dit Molly, en glissant une poignée de boucles derrière son oreille. Sont-ils tous les deux originaires de Castillac ?

— Oui.

Pas très bavard, pensa-t-elle. *Oh, j'aime bien un défi de temps en temps*. Se penchant vers sa chaussure comme pour l'ajuster, elle recula d'un pas ou deux pour donner de l'espace à l'homme. Elle ne le regarda pas dans les yeux mais observa les champs verts avec un sourire — mais pas trop grand. Elle essayait de ne pas submerger l'homme craintif, pensant comme il était étrangement approprié que son nom soit *la biche*.

— Votre pâturage semble être en excellent état, dit-elle en montrant du doigt. Avez-vous toujours élevé des Holstein ?

— Oui, dit Achille. *Ne pouvait-elle pas comprendre l'allusion ? Partez, s'il vous plaît. Je vous en supplie.* Mais il ne trouvait pas les mots pour la faire partir, alors il restait là, les mains dans les poches, se sentant piégé.

— Il n'y a que vous et vos parents ici ?

— Oui.

— D'autres parents dans les environs ? Vos parents avaient-ils des frères ou des sœurs ?

— Je ne sais pas.

— Vraiment ? C'est inhabituel, dit Molly, d'un ton amical, pas du tout sur un ton votre-famille-est-un-tas-de-bizarres. Quand j'étais enfant, on me traînait à tant de réunions de famille. Ma tante Bethany ? Oh mon Dieu, elle pouvait parler pendant des heures. Pas vraiment ce qu'un enfant veut faire un samedi après-midi, vous savez ?

Labiche fit un pas en arrière, se cognant contre la porte.

Molly ouvrit son carnet et fit semblant de jeter un coup d'œil à ses notes. Puis elle regarda autour de la ferme, essayant de trouver quelque chose qui ferait parler Labiche. Elle vit l'étable de traite et l'enclos à cochons. Elle vit une porte encastrée dans une petite colline, probablement un endroit pour hiverner les pommes de terre ou quelque chose comme ça. Elle vit le border collie au travail, tournant autour du tracteur, les observant.

— Votre chien a l'air très concentré, dit Molly légèrement. Est-ce qu'il garde les vaches ?

— Oh oui, dit Achille, souriant malgré lui. Je ne l'ai jamais dressée. Elle sait simplement ce qu'il faut faire. Elle rend les filles folles à force de les harceler.

Molly rit. — J'ai un chien, je pense qu'elle a un peu de berger en elle, peut-être aussi un peu de chien de chasse ? Elle est un peu folle mais c'est une bonne compagnie. Je vis seule, ajouta-t-elle en haussant les épaules, espérant qu'un peu de partage l'aiderait à se détendre.

Mais le sourire momentané quand il parlait de Bourbon vacilla et disparut, et Achille ne dit rien d'autre. Molly comprit qu'elle ne serait jamais invitée à l'intérieur de la ferme, alors elle haussa les épaules et le remercia pour son temps.

Alors qu'elle démarrait le scooter pour retourner à La Baraque, il n'y avait aucun sentiment persistant à propos de Labiche, pas de sonnettes d'alarme, pas d'intuition. Au lieu de cela, la plus célèbre détective de tout Castillac — selon Gilbert, neuf ans — ne pensait qu'à la gloire de rouler vite sur une route étroite, et à ce qu'elle allait manger pour le déjeuner.

❧ 2 2 ❧

Achille retourna à l'intérieur de la maison et fit les cent pas dans la cuisine. Il serra le poing et le porta à sa bouche, mâchonnant une phalange.

C'est mauvais, se répétait-il sans cesse. *Mauvais.*

Cette femme rousse était une vraie pipelette, ça crevait les yeux. Elle allait aller au village et raconter des choses sur lui. Elle n'avait probablement pas perdu une minute et en parlait déjà ! Assise à un bar au milieu d'une foule, elle devait déblatérer sur sa ferme et tout ce qu'elle avait vu et entendu.

Elle dirait aux gens qu'il y avait quelque chose qui clochait chez lui. Il savait comment ça se passait. Il avait vu comment elle l'avait regardé, comment elle l'avait dévisagé.

Achille faisait les cent pas, encore et encore. Il pensait à elle, debout là, le regardant, tenant ce carnet. C'était là-dedans qu'elle notait tout. Tous ses jugements, ses diagnostics, tout ce qui allait lui attirer des ennuis. Et s'ils l'emmenaient, qu'arriverait-il à ses filles ?

Qu'arriverait-il à Valérie ?

Non, ça n'irait pas. Il ne pouvait pas le permettre. Elle était peut-être déjà en route vers la gendarmerie ! Et puis une horde de gens débarquerait sur sa ferme, fourrant leur nez là où ils n'avaient rien à faire. Il savait depuis toujours que ces gens cherchaient une excuse pour l'emmener, et elle allait la leur donner. Ils le mettraient dans le même hôpital où ils avaient mis sa mère, et ils ne l'avaient pas laissée sortir même si elle avait supplié de rentrer à la maison.

Il mâchonna sa phalange, entamant la peau et suçant le filet de sang.

Ils la trouveraient.

Et il irait en prison. Il n'avait aucune illusion là-dessus. Il savait qu'ils ne comprendraient jamais, qu'ils ne pourraient jamais saisir ce que Valérie et lui avaient représenté l'un pour l'autre toutes ces années.

Il devrait s'en occuper, et il ferait mieux d'agir vite.

Achille sortit, claquant la porte derrière lui, plissant les yeux face au soleil. Il trotta jusqu'à la remise à outils et prit une hachette. Bourbon se déplaça à côté de lui, observant.

Il déverrouilla la porte du bunker. Valérie était allongée sur le dos, les pieds contre le plafond.

— Bonjour, dit-elle.

Cela le fit hésiter. Elle ne l'avait pas salué comme ça depuis des mois ; elle était restée silencieuse ou bien chantait ces inepties qui lui tapaient sur les nerfs. Mais Achille ne changeait pas d'avis maintenant. C'était mieux pour elle ainsi.

Elle avait perdu la raison, n'importe qui pouvait le voir. Et quand un animal devenait fou, quelle était la chose humaine à faire ?

L'abattre.

L'abattre, *elle*.

Mais le sang : il devrait le faire dehors, où la pluie effacerait les preuves.

Il quitta la maison, sifflant Bourbon. Son corps était tendu. Des muscles tressaillaient dans ses mollets et le long de son cou.

Pour se calmer, Achille commença à aller vers ses vaches, pour marcher parmi le troupeau et sentir leur chaleur animale, mais il s'arrêta dans l'allée. Il se tenait là, se souvenant d'une des fois où ils avaient emmené sa mère. Comment il s'était tenu au même endroit, regardant, ne disant rien, craignant qu'ils ne l'emmènent aussi. Elle fredonnait, sa mère, et le souvenir de ce son dénué de mélodie suffisait à donner envie à Achille de hurler juste pour le bloquer.

Mais il ne hurla pas. Il avait des années d'expérience à rester silencieux, comme le voisin à qui personne ne pouvait rien reprocher. Il avait aussi appris à Valérie à être silencieuse, bien qu'il lui ait fallu un certain temps pour comprendre.

C'était *mauvais*.

— Allez, Bourbon ! appela-t-il en escaladant la barrière du pâturage ouest. Le chien fila vers lui et passa à travers les planches de la clôture, ressemblant à un pur-sang dans un steeple-chase. Achille rit.

Il ne voulait pas la tuer. Il n'était pas un meurtrier. Mais en ce mardi après-midi de mai, il ne voyait pas d'autre solution. Une fois que ce serait fait, tous les gendarmes du département pourraient venir fouiller sa ferme, et il n'y aurait rien à trouver.

Ce serait désagréable, mais beaucoup de choses dans la vie sont désagréables. Et une fois que ce serait terminé, il pourrait se concentrer sur la fille de Salliac. Il serait patient avec elle, irait très lentement, et peut-être que tous les bavardages à Castillac s'estomperaient. On le laisserait tranquille.

Si seulement cette étrangère était restée à l'écart. Elle n'aurait pas dû fouiner dans les affaires des autres, elle n'aurait vraiment pas dû.

LE JOUR que Molly redoutait était arrivé : les Australiens partaient, retournant jusqu'à Sydney, et il était temps de dire au revoir au petit Oscar. Elle savait que si elle voulait vraiment réussir dans cette affaire de gîte, elle ne pouvait pas s'attacher autant à chaque enfant qui venait séjourner à La Baraque. Visiblement, elle devrait trouver un moyen de les garder, sinon à distance, du moins pas si près de son cœur.

— Maman ! cria Oscar, levant ses petits bras potelés quand il l'aperçut marcher vers lui. Ned et Leslie étaient en train de charger leur voiture, et tous les trois regardèrent Oscar ramper sur l'herbe puis se hisser en s'agrippant à la jambe de Molly.

— Tu sais que tu vas bientôt marcher, dit-elle en le soulevant. Tu courras partout, faisant toutes sortes de bêtises ! Réprimant un sanglot, elle appuya son front contre sa tête, humant une dernière fois son odeur de bébé. Je vais beaucoup te manquer, dit-elle, la voix un peu tremblante.

Elle parvint à se ressaisir pour avoir une dernière conversation avec Ned et Leslie à propos de leur voyage de retour, puis des câlins pour tout le monde, et la famille était dans la voiture, s'éloignant dans la rue des Chênes. Molly courut directement dans la maison jusqu'à sa chambre, se jeta sur le lit et éclata en sanglots.

Elle a pleuré à l'idée de probablement ne plus jamais revoir Oscar. Elle a pleuré sur la difficulté de dire au revoir à tous ceux qui lui étaient chers. Elle a pleuré sur les bébés qu'elle désirait mais n'avait pas, sur la solitude de vivre seule, sur toutes les autres choses qui lui avaient causé un moment de chagrin ces dernières années. Elle a pleuré sur ses semis d'artichauts qui étaient morts parce qu'elle avait oublié de les arroser. Elle a pleuré de n'avoir pas fait le moindre progrès dans la recherche de la pauvre Valerie Boutillier. Elle a laissé le son et l'émotion se déverser, sanglotant sans retenue.

Et puis elle a fini. Elle a tendu l'oreille, guettant Wesley Addison, ayant complètement oublié qu'elle partageait sa maison. Son visage semblait avoir subi l'explosion d'une grenade à proximité, mais les larmes lui avaient fait du bien. Jusqu'à ce que ses pensées reviennent à Valerie.

Elle a envisagé de se rejeter sur le lit et de pleurer encore, mais cela ressemblait trop à un abandon. Elle a sorti le mince dossier que Ben lui avait donné et s'est installée pour le relire une fois de plus.

❧ 23 ❧

C'était regrettable, certes. Mais Achille avait réfléchi encore et encore et ne voyait pas d'autre solution.

Il avait des projets pour le prochain jour de marché lundi à Salliac. Il espérait faire un grand pas en avant avec la fille.

Aimée, Aimée, Aimée.

Il avait fermement décidé qu'elle était la bonne, qu'elle serait à lui. Pas la semaine prochaine — non, cela allait demander de la patience. Cette fois, il ne voulait pas la forcer, il voulait que la fille monte sur le tracteur de son plein gré. Il était prêt à investir du temps pour apprendre à la connaître et préparer le terrain. Autant de temps qu'il faudrait, il n'avait pas peur de manquer de patience.

Mais il ne pouvait pas y arriver avec cette nouvelle peur qui s'épanouissait dans sa poitrine. À cause de cette femme fouineuse, cette Molly Sutton, les gendarmes de Castillac étaient sur le point de débarquer dans sa ferme et de commencer à fouiller. Ils pouvaient arriver d'une minute à l'autre !

Valérie devait partir.

De son point de vue, il lui devait bien ça.

Achille savait très bien que s'il se contentait de déverrouiller le cadenas et d'ouvrir la porte, sans attacher Valérie mais en s'éloignant pour qu'elle puisse s'échapper, il entendrait bientôt la sirène des gendarmes et se retrouverait menotté et en garde à vue. Il savait qu'il ne pourrait jamais leur faire comprendre. Il ne se faisait aucune illusion à ce sujet.

D'une certaine manière, toute l'affaire était très simple. C'est ce qu'Achille se répétait en s'occupant de la traite du matin sous une pluie battante. Pendant qu'il préparait son petit-déjeuner puis apportait à Valérie une cruche de lait frais et trois œufs brouillés au beurre.

C'est très simple.

Il avait vécu à la campagne toute sa vie ; il savait comment tuer des animaux. Il n'aimait pas ça, ce n'était pas une partie de l'agriculture qu'il appréciait, mais il avait tué d'innombrables vaches et cochons au fil des ans, et aussi des poulets quand il était adolescent et que sa mère avait gardé des volailles pendant un moment lors d'une de ses phases lucides. Son père l'emmenait chasser et ils tiraient sur des sangliers et des colombes, bien qu'il fasse tout son possible pour éviter ces journées avec son père — car ce qu'Achille voulait, ce n'était pas tirer sur les animaux, mais les piéger et et les garder, ce que son père ne comprenait pas.

Valérie ne poserait aucune difficulté, techniquement parlant. Il pourrait probablement le faire pendant qu'elle dormait et elle saurait à peine ce qui se passait.

Mais *lui* le saurait. Et penser à ce qu'il ressentirait après lui donnait une sensation de malaise dans le ventre qui ne voulait pas disparaître. De manière déconcertante, l'idée de voir Valérie partir le remplissait à la fois d'un immense soulagement et d'une tristesse insupportable.

Donc, pas si simple après tout.

La pluie tombait vraiment fort, si fort qu'il pouvait à peine voir les arbres bordant le champ vers la ferme des Renaud. Il était assis dans la cuisine, regardant par la fenêtre sale, réfléchissant à la manière de s'y prendre. Ça lui semblait mal d'utiliser une méthode de mise à mort qu'il utilisait pour les animaux de la ferme sur une femme qu'il avait aimée, qu'il aimait encore. Mais d'un autre côté, il était à l'aise avec ces méthodes, il se sentait confiant avec elles.

Une lame de rasoir avait beaucoup d'avantages... mais c'était si salissant. Il voulait que ce soit rapide, le plus rapide possible, si rapide qu'elle n'aurait pas le temps de réaliser ce qu'il allait faire.

Il ne voulait pas le faire. Il n'était pas un meurtrier.

Mais parfois, on devait faire des choses qu'on ne voulait pas faire, n'est-ce pas ce que ses professeurs et son père lui avaient répété encore et encore ?

Et grâce à cette étrangère fouineuse, il ferait mieux de se dépêcher.

MERCREDI, Molly prit son carnet et monta sur son scooter, prévoyant de passer quelques heures à poursuivre l'enquête parce qu'elle ne savait pas quoi faire d'autre. Essayant d'être méthodique, elle traversa le village et tourna dans l'allée de la ferme voisine de celle de Labiche.

La ferme était petite et bien tenue. Molly entendit des coqs chanter. En se garant et en regardant vers la maison, elle vit deux têtes l'observer par la fenêtre.

Le mercredi après-midi, l'école finissait plus tôt, ce qui expliquait pourquoi le garçon, qui sortait de la maison avec un large sourire sur le visage, était à la maison.

— Eh bien, bonjour, puissant guerrier de la forêt ! dit-elle, reconnaissant Gilbert du marché.

— Comment as-tu appris à parler français ? demanda-t-il.

— Oh, tu peux dire que je ne suis pas une native ? dit-elle en souriant.

La mère de Gilbert sortit, s'essuyant les mains sur son tablier. — Bonjour, Madame, dit-elle à Molly, son expression beaucoup moins accueillante que celle de son fils.

— Bonjour, Madame, répondit Molly. J'ai rencontré votre fils au marché la semaine dernière. Les herbes sauvages ont fait une délicieuse salade ! Madame Renaud ne dit rien, alors Molly débita rapidement son discours sur la généalogie en ouvrant son carnet et en sortant son stylo.

— Ah, dit la femme, ayant l'air une fraction moins méfiante. Le nom de famille de mon mari était Renaud. Ma famille était les Tison. Il ne reste presque plus personne du côté de ma famille maintenant. Eh bien, j'ai ce cousin qui est parti en Amérique. On n'a presque plus de nouvelles de lui maintenant. Elle lança un regard noir à Molly comme si c'était de sa faute. — Vous êtes américaine, je suppose ? dit-elle.

— Je le suis. Bien que je n'aie pas l'intention de rentrer. Je suis très heureuse ici à Castillac.

— Et votre famille ? Ça ne les dérange pas ?

— Il ne me reste plus beaucoup de famille, dit Molly. Non, ce n'est pas grave — mes parents sont décédés il y a quelque temps, et mon frère et moi ne sommes pas particulièrement proches. C'est la vie, n'est-ce pas ?

Le garçon était passé derrière sa mère et regardait Molly intensément.

— Hé ! dit-il soudainement. Tu veux voir les poules ? Maman et moi élevons des poulets. Surtout pour les œufs, mais bien sûr on les mange quand ils deviennent trop vieux pour pondre. Gilbert avait l'air plein d'espoir. — Je vais lui montrer, Maman, tu peux retourner à l'intérieur.

Mais Mme

Mme Renaud se tourna vers son fils et mit son bras autour de ses épaules, lui adressant un sourire crispé.

Gilbert avait l'air abattu.

Molly essayait de déchiffrer la tension évidente, mais elle n'avait aucune idée de ce dont il s'agissait.

Mme Renaud parla encore un moment de quelques parents qui avaient déménagé plus au sud, mais Molly avait du mal à se concentrer. Gilbert s'était dégagé du bras de sa mère et était revenu derrière elle. Il fixait Molly, les yeux écarquillés, comme s'il voulait lui communiquer quelque chose. Mais quoi ?

— Oh, je vois que vous avez un si beau *potager*, s'exclama Molly. Pourriez-vous me le montrer ? Je commence tout juste le mien, et pour être honnête, j'ai beaucoup de retard. Je vois que vos épinards produisent depuis un bon moment déjà, n'est-ce pas ?

D'après l'expérience de Molly, les jardiniers aimaient parler de leurs jardins. C'était son cas, en tout cas. Mme Renaud était réticente, mais elle se dirigea vers le *potager* clôturé et désigna les légumes verts, nommant chaque variété à tour de rôle, bien qu'elle ne semblât prendre aucun plaisir à en parler.

Le potager était ravissant. Des rangées ordonnées de laitues ressemblaient à des joyaux sous le soleil, alternant vert clair, cramoisi, violet et vert foncé, toutes scintillantes après l'averse qui était tombée juste avant le déjeuner.

Peut-être que le garçon s'ennuie simplement ? Sa mère n'est pas très amusante, c'est sûr. Plutôt du genre maussade.

Impulsivement, Molly dit : — Dis, Gilbert, il y a un pré derrière ma maison qui regorge de toutes sortes de plantes que je n'arrive pas à identifier. Peut-être que tu aimerais venir déjeuner un jour et me donner une leçon ? Molly regarda Mme Renaud, lui demandant la permission du regard.

— Je ne crois pas, non, répliqua sèchement Mme Renaud. Madame Sutton, je ne sais pas comment les choses se passent en Amérique. Je n'y suis jamais allée et, franchement, je n'ai aucune envie d'y aller. Je vois à la télévision que les gens se font tuer rien qu'en allant au cinéma. Ici, nous faisons les choses différemment. Je suis sûre que vous êtes très gentille, mais je ne vais pas autoriser mon enfant à visiter votre maison tout seul. Vous êtes une étrangère pour nous, et une étrangère de surcroît... Non.

— Viens, Gilbert, rentre dans la maison. Il te reste plusieurs tâches à faire avant que ce ne soit l'heure de jouer. Et sur ces mots, Mme Renaud agrippa fermement l'épaule de Gilbert et le fit entrer sans un mot de plus à Molly.

Gilbert tourna la tête juste avant de passer la porte, et Molly crut voir sur son visage une expression d'angoisse.

Secouant la tête, elle remonta sur son scooter et se dirigea vers la ferme suivante sur la route, se sentant de moins en moins optimiste quant à ses recherches au fur et à mesure qu'elle avançait.

Pendant ce temps, Gilbert s'assit sur un tabouret de cuisine tandis que sa mère l'informait qu'il ne pourrait plus vendre de légumes verts au marché, si elle ne pouvait pas lui faire confiance pour rester à l'écart des gens qu'ils ne connaissaient pas et ne voulaient pas connaître.

— Mais je *veux* la connaître, elle ! protesta-t-il. C'est pratiquement la seule personne du village qui résout des crimes ! Dans un éclair de perspicacité, il se demanda si c'était la raison pour laquelle Molly était venue ici, travaillant sur une affaire, et si l'histoire de généalogie n'était qu'une couverture.

— Eh bien, résoudre des crimes n'est pas ton travail, Gilbert, dit fermement sa mère. Ton travail est de t'assurer que les crimes ne t'arrivent pas. Et cela signifie rester avec les gens que tu connais et en qui tu as confiance, tu m'entends ?

— Oui, Maman, dit Gilbert d'un air abattu.

— Nous allons complètement arrêter d'aller au marché pour le moment. C'est le printemps, le jardin produit bien et nous avons tout ce dont nous avons besoin ici même. Concentre-toi sur tes études et joue dehors quand tu as du temps libre.

Hier, dans son inquiétude et son découragement quant à ce qu'il devait faire à propos de Valerie, il aurait dit qu'il ne pensait pas que sa situation puisse empirer, mais c'était pourtant le cas. Pendant un bref moment excitant, il avait pensé pouvoir emmener Molly au poulailler et tout lui raconter. Il pouvait presque goûter le soulagement que cela lui aurait apporté.

Et maintenant... maintenant quoi ?

❧ 24 ☙

— Hue, ho ! dit Achille. Il glissa le manche de la hachette sous sa ceinture et ramassa la grosse corde. — C'est une belle journée, dit-il. Allons faire une petite promenade dans les bois. Sa voix semblait normale même s'il avait l'impression que tout à l'intérieur — son cerveau, son estomac, son cœur — tremblait et était sur le point de s'effondrer.

Valérie se leva et le laissa attacher la corde autour de sa taille. — Une promenade dans les bois, répéta-t-elle.

— Une promenade dans les bois, oui.

Elle se tenait debout, les mains ballantes, regardant Achille attacher les cordes. Autrefois, elle observait tout ce qu'il faisait avec tant d'intérêt, ses yeux si intelligents et curieux. Mais ce n'était plus le cas. Elle semblait à peine remarquer ce qu'elle voyait. Il la conduisit hors du bunker et à travers la cour de la ferme, se dirigeant vers le pâturage puis les bois.

Et sa démarche était devenue étrange. Elle ne marchait plus à côté de lui de manière régulière, mais saccadait d'un côté et de l'autre, non pas en essayant de se libérer, mais comme si elle ne comprenait plus la logistique de la corde et d'être attachée à lui.

Il se sentait impatient et en colère contre elle de le forcer à faire cela.

Tout ce qu'il voulait en cette belle journée de mai était de s'occuper de ses vaches et de rêvasser à la fille du marché de Salliac. Tout ce qu'il voulait, c'était une journée simple, sans complication, pour planifier et rêver tout en accomplissant la routine apaisante de ses tâches.

Il ne voulait pas marcher dans les bois, il ne voulait pas lui donner un coup de hachette dans le cou, il ne voulait pas, il ne voulait pas.

Ils gravirent une petite colline, Valérie s'empêtrant plusieurs fois dans les buissons en chemin. Achille la tirait brusquement.

Je ne suis pas un meurtrier, se dit-il, en regardant attentivement son cou, planifiant où viser le coup.

Valérie s'immobilisa. Elle ferma les yeux et leva le menton, comme si elle se préparait, résignée à ce qui allait se passer.

Achille sortit la hachette de sa ceinture. Il prenait bien soin de ses outils et savait que le tranchant était affûté, mais il le testa quand même avec son pouce, manquant de se couper.

— Je suis désolé, marmonna-t-il en levant la hachette au-dessus de sa tête.

Valérie ne bougea pas et n'ouvrit pas les yeux. C'était parfait, vraiment — s'il visait juste, elle partirait rapidement. Mais Achille laissa tomber la hachette de ses mains. Elle rebondit une fois et se posa sur un tas de feuilles humides, scintillant dans un rayon de soleil.

C'était sa *Valérie*.

Il n'était pas prêt. Il ne pouvait pas simplement la massacrer comme un cochon d'octobre.

Abattu, il la ramena hors des bois et redescendit vers la cave. Elle recommença à chanter ses absurdités, ce qui fit spasmer les muscles du cou d'Achille. Il pensa à Molly Sutton et au poison qu'elle répandait à son sujet dans le village, et il savait qu'il allait devoir trouver un moyen de finir le travail.

Il n'était tout simplement pas prêt.

Pas encore.

— JE CONNAIS CE REGARD, disait Frances en portant leurs assiettes du déjeuner sur la terrasse de La Baraque. Tu travailles sur quelque chose. Je peux le dire. C'est cette personne Boutillier dont tu parlais à la soirée, n'est-ce pas ? Crache le morceau, ma belle. Tu sais que tu en as envie.

Molly avait l'air penaud. Elle en avait envie. Mais elle supposait que Ben ne serait pas favorable à ce qu'elle parle de l'affaire à quelqu'un d'autre ; elle en avait déjà parlé à Madame Gervais.

— Allez, Molls. Ne me dis pas que tu as trouvé un autre cadavre !

— Non, non, rien de tel, dit Molly avec gratitude. En fait — ce que j'espère — c'est que cette fois, ce pourrait être juste le contraire. Trouver quelqu'un en vie que tout le monde suppose mort. Elle fit une pause, sa conscience faisant un dernier effort pour l'empêcher de parler. — Tu as raison, je cherche Valérie Boutillier, dit-elle.

— C'est... qui est-ce déjà ?

— On en a un peu parlé lors de la soirée il y a quelque temps. Tu te souviens que je t'ai parlé de deux femmes disparues à Castillac dont je n'avais pas connaissance avant de m'installer ici ?

— Eh bien, comment le saurais-tu, de toute façon ? Ce n'est pas comme si les agents immobiliers donnaient des rapports sur la criminalité, n'est-ce pas ?

— En effet. Eh bien, Valérie a disparu il y a sept ans. Une jeune femme sur le point d'aller à l'université, disparue de nulle part.

— Et donc — sans vouloir être impolie, bien sûr je respecte tes capacités. Mais pourquoi diable penses-tu qu'elle est toujours en vie ? Ou quelque part où tu pourrais la trouver ?

Molly raconta à Frances l'histoire du mot et sa collaboration avec Ben.

— Je savais qu'il ne ferait jamais l'affaire comme fermier, rit Frances. Je veux dire, vraiment, il n'est pas plus fait pour cette vie que moi ! OK, alors qu'as-tu trouvé ?

Molly baissa les yeux. Elle souleva sa fourchette et la reposa, regardant fixement vers le pré. — Rien.

Frances plongea dans sa salade et attendit que Molly élabore. Bobo fila autour de la maison et disparut.

— J'ai commencé à faire du porte-à-porte, posant des questions sur la généalogie, prétendant travailler sur un projet. Mais je ne pense pas que ça me mène quelque part. Si quelqu'un la cache, rester dans l'entrée pendant dix minutes ne va pas me donner d'indices, tu sais ? Et si on m'invite à m'asseoir pour prendre un café, ça ne veut pas dire que la personne n'a rien à cacher, n'est-ce pas ? Je ne sais pas à quoi je pensais — qu'elle serait à l'étage et frapperait sur le sol ? Crierait à l'aide ?

Si quelqu'un a réussi à la garder cachée aussi longtemps, il faudra plus de cinq minutes pour découvrir où elle est. Elle ne sera pas là où le facteur ou n'importe quel visiteur imprévu pourrait l'entendre, tu comprends ?

— Hmm. Oui, d'accord. Tu as besoin... d'un autre plan.

— Je sais. Mais je n'ai aucune idée, Franny. Tu as des suggestions ?

— Sers-moi un verre de ce rosé. Laisse-moi réfléchir.

— Je suis tellement frustrée, même si c'était plutôt amusant, en fait, de rencontrer tant de gens du village. Et ils sont si gentils — la plupart m'invitent à entrer, écoutent mon bavardage, font de leur mieux pour m'aider. Je te jure, j'adore cet endroit, vraiment.

— Visiblement, je m'y suis attachée aussi, dit Frances avec un sourire malicieux.

— Nico te traite bien ?

— Presque trop bien, répondit Frances avec une expression

légèrement déconcertée. Mais bon... revenons à Valerie. Elle avait un petit ami ou quelque chose comme ça ?

— Apparemment pas. C'était une fille ambitieuse, sur le point de quitter la ville pour commencer sa nouvelle vie dans une école prestigieuse. Sa famille est proche, elle a un petit frère et ses deux parents sont en vie.

— Tu as parlé à l'un d'entre eux ?

— J'aimerais bien. Mais ça semble déplacé pour le moment. Je veux dire, on n'a littéralement rien à part une note qui ressemble à une parodie de demande de rançon et qui parle peut-être ou peut-être pas de leur fille. Si je pensais que ça ferait vraiment une différence, je les appellerais peut-être. Mais pour l'instant, ça me semble juste les remuer pour rien.

— Ben est en train de faire dresser un chien pour trouver des cadavres, en fait je crois qu'il va commencer cette recherche cet après-midi. J'imagine que la famille serait soulagée de savoir d'une façon ou d'une autre, et d'avoir sa dépouille pour lui offrir des funérailles décentes.

— Il n'a pas cherché son corps il y a sept ans ?

— Je suis sûre qu'il l'a fait. Mais peut-être qu'elle a été tuée après les recherches, ou peut-être qu'il n'a simplement pas cherché au bon endroit. Il y a tellement de possibilités, et aucune piste pour nous orienter dans une direction ou une autre. Rien à part la note.

— Je ne ressentirais pas ça comme ça, dit Frances. Je veux dire, à propos de l'enterrement. L'idée même que des corps soient enterrés me donne totalement la chair de poule.

— Ouais. Eh bien, je dirais que toute cette idée de "tourner la page" est largement surestimée. Quoi qu'il arrive, quand quelqu'un qu'on aime meurt, il n'y a rien de vraiment fini.

Les femmes mangèrent en silence pendant quelques instants.

— Tu t'en sors bien avec le départ du petit ? demanda Frances, sachant à quel point Molly s'était attachée à Oscar.

Molly haussa les épaules. — Je sais que c'est ridicule. Ce n'est pas comme s'il faisait partie de ma famille, ou que j'avais passé tant de temps que ça avec lui. Juste un jour par-ci par-là sur deux courtes semaines. Mais...

— Ça te tue.

— Oui. Honnêtement, parfois je pense que l'amour, c'est vraiment nul.

Frances hocha la tête. — Je te comprends, ma sœur. Donc ça veut dire que tu ne cours pas après un certain agriculteur bio qui est plutôt nul dans son boulot ?

— La ferme, Frances, dit Molly en souriant, tandis qu'elle se levait pour aller chercher une autre baguette.

ACHILLE BUVAIT une tasse de café dans sa cuisine quand il entendit frapper à sa porte. Il se figea.

Il imagina Sutton debout dehors et sa gorge se serra, sa bouche commença à saliver comme s'il allait vomir.

Je dois me calmer. Cacher ma peur. Ils ne viennent pas m'emmener — ils ne savent rien.

Il se leva de la table de la cuisine et alla à la porte. Il fut si reconnaissant de voir Madame Renaud à la place qu'il sourit à sa voisine avec beaucoup plus d'amabilité que d'habitude.

— Bonjour, Achille, dit-elle d'une voix aiguë et tendue. Avez-vous vu Gilbert ?

— Non, Florence, je ne l'ai pas vu. Mais je viens juste de me lever après une sieste et je ne suis pas sorti depuis quelques heures.

— Le bus l'a déposé après l'école, comme d'habitude. Il a fait ses corvées dans le poulailler. Mais depuis, je ne l'ai vu nulle part. J'ai appelé et appelé et il ne répond pas !

— Je suis sûr que ce n'est rien. C'est juste un garçon, il aime se promener dans les bois !

— Je suis sûre que j'ai l'air surprotectrice. C'est cette Américaine, elle me met mal à l'aise.

Achille la regarda d'un air vif. — Une Américaine ?

— Oui — elle s'appelle Molly Sutton. Apparemment, elle vient de s'installer à Castillac. Elle est venue fouiner l'autre jour, posant beaucoup de questions. Vous savez qu'elle a même invité Gilbert chez elle ? Une parfaite inconnue ? J'ai essayé de lui dire qu'on ne fait pas les choses comme ça ici... qu'on ne laisse pas nos enfants partir avec des gens qu'on n'a jamais rencontrés et dont on ne sait rien... mais je ne pense pas qu'elle m'ait comprise. Ça me rend très nerveuse, Achille, des étrangers comme ça. On n'a aucune idée de ce dont ils pourraient être capables.

— Elle... elle n'avait pas le droit d'essayer d'emmener votre fils comme ça, dit Achille, ressentant de l'indignation pour Madame Renaud. Vous êtes une bonne mère. Vous restez à la maison, vous vous occupez de votre garçon. Vous vous inquiétez pour lui, comme une mère devrait le faire. Les mains d'Achille commencèrent à trembler et il les fourra dans ses poches. — Molly Sutton, dit-il avec mépris. Vous ne pensez pas qu'il est allé chez elle ?

Madame Renaud eut un hoquet de surprise. — Je n'y avais même pas pensé ! Eh bien, je ne pense pas vraiment que Gilbert me désobéirait de cette façon. Et elle vit de l'autre côté de Castillac par rapport à nous, dans cette vieille maison, La Baraque — vous connaissez ? Je ne pense pas qu'il lui viendrait à l'idée de marcher si loin, et son vélo est toujours dans le garage.

— Mais alors où diable est-il ? C'est presque l'heure du dîner. On mange toujours à la même heure et il sait qu'il est censé avoir fini ses devoirs et ses corvées d'ici là. C'est très dur pour moi, vous comprenez, Achille — c'est très dur, une mère seule comme je le suis, sans personne pour partager l'inquiétude...

— Je vais garder l'œil ouvert, je peux vous l'assurer, répondit-il. Il est peut-être même déjà rentré à la maison, vous verrez.

Florence hocha la tête, bien que son front fût encore plissé d'inquiétude. — Merci, je vais aller vérifier. Gardez l'œil ouvert, s'il vous plaît.

Achille lui ouvrit la porte et la regarda partir, traversant sa cour de ferme pour retourner chez elle. Si Valérie appelait à l'aide, Madame Renaud l'entendrait sûrement.

Mais Valérie n'appela pas.

Calme-toi. Personne ne sait.

Et Achille allait s'assurer que cela reste ainsi.

Il ne faisait que s'amuser dans la forêt, rêvasser et construire de minuscules maisons pour des créatures imaginaires avec de l'écorce et des bouts de mousse. Peut-être que Gilbert avait entendu sa mère l'appeler mais avait transformé ces sons en hurlements de bête dans son rêve fantastique, mais quoi qu'il en soit, il n'avait pas arrêté ce qu'il faisait pour rentrer chez lui. Il était en colère de ne pas être autorisé à aller chez Madame Sutton, alors il avait pris son temps, rentrant juste avant le coucher du soleil même s'il savait que sa mère allait lui crier dessus et probablement le punir pour ne pas être venu quand elle l'avait appelé.

Le lendemain, il recommença à s'inquiéter pour Valerie. Gilbert n'était pas sûr de ce que serait son nouveau plan, mais il décida sagement de faire ce qu'il pouvait pour rentrer dans les bonnes grâces de Maman pendant qu'il réfléchissait. C'était mercredi, il n'avait donc que la demi-journée d'école, alors dès qu'il rentra à la maison, il alla au jardin pour désherber, une tâche pour laquelle Maman devait habituellement le harceler pour qu'il s'y mette.

Le jardin était si chaud, sous le soleil de printemps brûlant. Il s'agenouilla et arracha quelques chélidoines, faisant un tas sur le côté. Si seulement on l'avait laissé parler seul à Madame Sutton. C'était une agonie de penser à quel point il avait été près de pouvoir lui dire le secret qui était comme un poids empoisonné dans sa poche dont il ne pouvait se débarrasser.

Bien sûr, Gilbert aurait pu simplement le lâcher. Il aurait pu dire : — Écoutez, le voisin retient Valerie Boutillier captive ! Elle a été juste à côté *tout ce temps* !

Il arrêta de désherber un moment et imagina ce qui se serait passé s'il avait ouvert la bouche et laissé sortir toute l'histoire. Maman aurait probablement eu une crise d'hystérie et l'aurait envoyé dans sa chambre. Ou elle aurait lancé à Mme Sutton un de ces regards que les adultes s'échangent, un regard qui disait : *Ne faites pas attention à lui, il est fou. Il raconte toujours des histoires.*

Et Mme Sutton aurait ri et elles auraient continué à parler de l'endroit où vivaient les cousins de Maman, probablement la conversation la plus ennuyeuse de toute l'histoire de l'univers.

Ou peut-être que ce n'est pas ce qui se serait passé. Peut-être qu'il ne donnait pas assez de crédit à Mme Sutton. On ne résout pas deux crimes graves en rejetant la vérité quand elle est dite directement, pensa-t-il. Peut-être que Mme Sutton aurait écouté. Peut-être qu'elle aurait sorti son téléphone portable et appelé Dufort immédiatement — ils étaient amis, il les avait vus parler au marché — et les gendarmes seraient en train de foncer, sirènes hurlantes, vers la ferme de Labiche à l'heure qu'il est.

J'ai probablement tout gâché encore une fois, pensa-t-il, alors que sa lèvre inférieure — à son horreur — commençait à trembler.

Gilbert arracha encore quelques chélidoines, brisant une partie de la racine.

Mais si les gendarmes allaient chez Labiche, ils auraient besoin de savoir où était Valerie. Gilbert ne l'avait vue qu'à l'extérieur, attachée à la taille du voisin. Il n'avait aucune idée de l'endroit où elle était retenue.

Il se leva d'un bond, laissant le tas de mauvaises herbes flétries dans le potager, et courut à travers le champ, essayant de passer la colline avant que Maman ne le voie et ne le rappelle. Il ne sentait plus le soleil brûlant maintenant qu'il bougeait et avait quelque chose d'important à faire.

Gilbert atteignit le couvert des bois, haletant. Il regrettait de porter un stupide t-shirt jaune vif. Pour éviter d'être vu, il se baissa et alla de buisson en buisson, se déplaçant vers la limite de la propriété, les yeux scrutant le moindre signe de Labiche.

La ferme était calme à l'exception d'un meuglement occasionnel ; les vaches étaient toutes dans le champ proche. À cause de la chaleur, la plupart d'entre elles étaient couchées, regroupées à l'ombre de quelques arbres. Gilbert pouvait voir la grande grange, et la ferme au-delà. Il se blottit dans les feuilles pour cacher complètement son t-shirt, et attendit, observant.

Attendre n'est pas si facile à n'importe quel âge, mais à neuf ans particulièrement. Il s'agita. Ses doigts déchiquetaient des feuilles pendant qu'il se forçait à garder les yeux sur les bâtiments pour voir si quelqu'un sortait.

L'image de Dufort au marché lui revint à l'esprit. L'ancien chef semblait si compétent, si fort. Gilbert se souvenait de la façon dont il avait regardé Mme Sutton avec une expression si intéressée. Comme s'il vous écouterait sans se moquer ni rejeter ce que vous aviez à dire, peu importe ce que c'était.

Et puis soudain, la pensée lui venant avec une telle force que c'était comme une gifle sur le côté de sa tête, Gilbert pensa — *peut-être que le Chef Dufort est mon père.* Peut-être que la raison pour laquelle Maman veut me garder à la maison tout le temps est qu'elle pense que je le découvrirai si je traîne dans le village. Quelqu'un me le dira. Les gens du village, même Dufort lui-même, pourraient même réaliser la vérité parce que nous nous ressemblons un peu.

Il leva son bras des feuilles et l'inspecta, comme s'il allait pouvoir discerner un lien avec Dufort dans l'apparence de son bras.

Puis Gilbert posa sa tête un moment, les yeux fermés, sachant que ce qu'il pensait n'était pas la réalité, mais savourant quand même jusqu'à la dernière parcelle de plaisir : son père venant le chercher, le prenant dans ses bras forts et bronzés, le hissant sur ses épaules et lui faisant faire un tour cahoteux, et puis, quand ils auraient fini de jouer, écoutant attentivement tout ce que Gilbert avait à lui dire.

Et puis il résoudrait cette affaire avec Valerie. Il serait capable de tout arranger. Tout.

Il saurait quoi faire.

𝑒🙠

— EH BIEN, monsieur Addison, je ne dis pas que vous devez déménager au gîte. Je dis simplement que maintenant que Ned, Leslie et le petit Oscar sont partis, il est libre si vous souhaitez l'occuper. Bien sûr, si vous préférez rester où vous êtes, vous êtes plus que bienvenu.

Molly souhaitait presque désespérément que Wesley Addison déménage au gîte. Financièrement, il était préférable qu'il reste où il était, car elle recevait parfois des réservations de dernière minute, et il était logique de garder le gîte disponible puisqu'il pouvait accueillir plus de personnes que la chambre hantée où Addison séjournait à l'étage. Mais quand même... elle préférerait de loin avoir sa maison pour elle seule.

Gérer une activité de gîte s'avérait être un plaisir. Elle aimait rencontrer de nouvelles personnes, les gens étaient pour la plupart intéressants et agréables, et c'était fantastique de ne pas avoir à s'habiller pour aller travailler dans un bureau, enfermée toute la journée au téléphone. Ce travail lui convenait beaucoup mieux que son ancien emploi dans la collecte de fonds.

Mais en même temps, les limites étaient toujours bonnes, et elle avait découvert, grâce à Wesley Addison, qu'elle préférait que les invités soient confinés au gîte et au pigeonnier, et ne se promènent pas dans sa maison tard la nuit, lui causant presque une crise cardiaque puisqu'elle n'était plus habituée à vivre avec quelqu'un d'autre.

Pourtant, Wesley Addison ne voulait pas déménager au gîte.

— Eh bien, c'est réglé, dit-il. Je pense prolonger mon séjour d'une semaine, ajouta-t-il, et le cœur de Molly bondit à l'idée des revenus inattendus pour retomber aussitôt face à la perspective de davantage de Wesley Addison. Voyez-vous, quand ma femme et moi étions ici il y a sept ans, elle est morte subitement. C'est... j'ai senti qu'il était important pour moi de revenir. Peut-être que c'est difficile à comprendre pour quelqu'un d'autre.

— Non, dit Molly, ressentant de la sympathie. Ce n'est pas difficile à comprendre. Mais ça semble être une épreuve difficile. Douloureuse. Puis-je vous demander ce qui s'est passé ?

Wesley Addison baissa sa grosse tête. Puis il la releva brusquement et joignit ses doigts en forme de clocher. — Elle est tombée. Nous visitions le château de Beynac. Vous le connaissez, bien sûr ?

Molly acquiesça, les yeux écarquillés.

— Alors vous savez qu'il se dresse à une grande hauteur, surplombant la Dordogne.

Molly hocha à nouveau la tête, ne voulant pas vraiment entendre la suite de l'histoire mais en même temps désirant ardemment savoir ce qui s'était passé.

— Elle a glissé, dit Addison, et haussa les épaules. Brisée en mille morceaux sur les rochers. Comme je l'ai dit, l'endroit est à une très grande hauteur.

La main de Molly vola pour couvrir sa bouche tandis qu'elle haletait, imaginant à quel point cela avait dû être horrible. — Je suis vraiment désolée, dit-elle, tendant impulsivement la main pour toucher son bras.

Addison se déroba. Molly compatissait pour le grand homme ; que pouvait-il y avoir de pire que de perdre son conjoint dans un accident pendant les vacances ?

Et puis *sept ans* déclencha une petite alarme dans sa tête. — Il y a sept ans, monsieur Addison ? Vous souvenez-vous d'une fille qui a disparu quand vous étiez ici ? Ça aurait été dans tous les journaux et à la télévision. Elle s'appelait Valerie Boutillier.

— Je ne me souviens de rien concernant une fille. Comme vous pouvez l'imaginer, mon attention était accaparée par la nécessité de prendre des dispositions assez complexes pour faire rapatrier le corps de ma femme à l'étranger. Je ne traînais pas dans les bars locaux à écouter les dernières nouvelles du coin.

— Bien sûr que non. Je voulais dire... eh bien, encore une fois, je suis vraiment désolée pour ce qui s'est passé.

— "Traîner". Un mot intéressant. Du vieil anglais, comme vous ne serez sûrement pas surprise de l'entendre. Il vient de "hob" et "nob", signifiant trinquer ensemble, en achetant des tournées alternativement. Donc vous voyez, j'ai utilisé exactement le bon mot à l'instant.

— Oui, je vois, dit faiblement Molly. Eh bien, j'ai des tâches de jardinage qui ne peuvent pas attendre. Passez une bonne soirée, monsieur Addison. Et elle sortit directement dans le jardin et appela Bobo, qui accourut du côté de la maison et lui rentra dans les jambes. Molly s'accroupit et laissa le chien lui lécher le visage.

— Tiens-moi juste compagnie un moment, dit-elle à Bobo, et elle commença à arracher les mauvaises herbes avec ferveur, se sentant seule et un peu bouleversée. Parfois, elle avait l'impression que trop de choses terribles se produisaient dans le monde, et qu'il n'y avait aucun moyen d'y échapper.

Elle soupira, puis soupira à nouveau, et le rythme du désherbage et la proximité de Bobo apaisèrent son esprit.

— La vie est compliquée, c'est tout ce qu'il y a à dire, dit-elle à Bobo en se levant et en rentrant pour prendre un kir.

❧ 26 ☙

Molly avait pris une douche et enfilé des vêtements propres, même s'ils n'étaient pas très à la mode. Elle était en train de se verser ce kir quand elle entendit un grincement venant de la cour avant, qu'elle devina être le vélo de Constance.

— Salut, Constance ! lança-t-elle alors que la porte d'entrée s'ouvrait, tout en sortant un autre verre.

— Molls ! Comment vas-tu ? J'ai entendu dire que tu travailles sur une nouvelle affaire.

— Quoi ? dit Molly en reposant la bouteille de crème de cassis. Comment es-tu au courant ?

— Je n'ai pas pu avoir de détails cependant. Que se passe-t-il ? Ne me dis pas que tu as encore découvert un cadavre ! s'exclama Constance comme si la propension de Molly à tomber sur des corps sans vie était hilarante.

— Premièrement, ce n'est pas drôle, et deuxièmement, y a-t-il la moindre intimité dans ce village ? Tout le monde a des caméras espions qui tournent 24 heures sur 24 ou quoi ? Je ne sais pas si je dois être ravie ou dégoûtée.

— Eh bien, ce n'est pas comme si tu n'aimais pas un peu les

ragots, Molls. Les *Castillaçois* sont pareils. Pendant que le reste du monde s'obsède sur le Prince William et Kate Middleton ou sur la énième cure de désintoxication d'une célébrité, nous, à Castillac, on s'intéresse plutôt à ce qui se passe avec les gens qu'on connaît. Ou si on ne les connaît pas, au moins ceux qu'on croise dans la rue de temps en temps.

— Je... pour être honnête ? J'ai envie de savoir ce que font les autres aussi, mais ça ne veut pas dire que je veux que les autres sachent ce que *je* fais.

— *Absolument !* dit Constance en riant. C'est ainsi que va le monde, et je suis un peu surprise que pour une fois, ce soit moi qui t'apprenne quelque chose plutôt que l'inverse.

Molly rit. — D'accord, voici un kir, assieds-toi et raconte-moi les nouvelles.

Les deux amies s'affalèrent sur le canapé et sirotèrent leurs boissons. Constance poussa un long soupir théâtral.

Molly pencha la tête. — Thomas ?

Constance hocha lentement la tête. — Je ne veux même pas parler de lui. Je ne veux rien avoir à faire avec lui. Mais en même temps, tout ce à quoi je pense, c'est lui qui se présente à ma porte en me suppliant de le reprendre.

Molly réfléchit. — Tu penses que ça pourrait arriver ? demanda-t-elle.

— Quand les poules auront des dents, dit Constance d'un air morne. Je n'ai même pas vu Thomas depuis des semaines et des semaines. Je suppose qu'il passe chaque minute avec cette horrible et détestable Simone Guyanet.

— Je suppose que ça n'aiderait pas de te dire que j'ai eu une relation comme ça une fois ? Un gars dont je n'arrivais pas à me détacher, même si on ne s'amusait pas vraiment ensemble et qu'il avait raison de rompre. Tu penses que c'est surtout la fierté blessée qui te fait tourner en rond ?

— S'il revenait, ça ne me dérangerait pas de le brandir sous le nez de Simone, dit Constance, les yeux s'illuminant à cette idée.

Bobo arriva en courant par la porte de la terrasse et posa ses pattes sur Constance. — Eh bien, salut ! dit-elle en grattant les oreilles tachetées. Ma mère disait toujours que personne ne t'aimera comme un chien. Je pense qu'elle avait raison.

Molly réfléchit. — Je pense qu'elle avait raison aussi. Du moins... l'amour d'un chien est tellement simple. Ils te voient, ils sont heureux, tu es heureuse, c'est tout.

— Ouais.

Elles restèrent silencieuses un long moment, sirotant leurs boissons et pensant à l'amour et aux chiens. Finalement, Molly décida de parler à Constance de l'affaire ; elle y pensait tout le temps, et comme Constance et Valerie avaient à peu près le même âge, elle pourrait avoir une petite information que personne n'avait réussi à découvrir.

— Alors, Constance...

Constance arrêta de caresser Bobo et Bobo posa sa tête sur le genou de Constance, la regardant avec espoir. — Quoi ?

— Valerie Bou-

— Boutillier ! Je le *savais* ! Je suis un peu vexée que tu ne m'aies pas appelée pour m'interroger. Je la connaissais, après tout.

— Je me le demandais.

— Ouais, elle avait quelques années de plus que moi, mais je la connaissais bien.

— Alors parle-moi d'elle. Comment était-elle ?

— Elle était comme... un peu comme... je ne trouve rien à quoi la comparer, une tornade ou quelque chose comme ça. On ne savait jamais ce qui allait se passer quand Valerie était dans les parages. Elle était super intelligente et pleine d'elle-même - le genre de fille qu'on a un peu envie de détester, mais dans son cas ? Elle méritait d'être pleine d'elle-même parce qu'elle était vraiment géniale. Très drôle, entre autres. Elle inventait toujours ces farces folles que les professeurs voulaient punir mais ils finissaient par rire avec tout le monde.

— Tu te souviens de certaines ?

Constance leva les yeux vers le coin de la pièce, réfléchissant.
— Eh bien, elle remplissait des salles au hasard à l'école avec des ballons, alors tu allais en cours et tu ouvrais la porte et les ballons se déversaient dans le couloir et tu ne pouvais même pas entrer tellement il y en avait. Une fois, elle est entrée dans la salle informatique et a mis une sorte de graines dans les claviers, là où on ne pouvait même pas les voir, et plus tard, des plantes ont commencé à pousser entre les touches ! Elle a failli avoir des ennuis pour celle-là. Les écoles sont un peu protectrices avec leurs ordinateurs. Mais finalement, ça n'a pas posé de problèmes.

— Donc, c'était une farceuse, mais pas méchante, tu vois ? C'est ce que les gens aimaient tellement chez elle. Elle rendait tout plus amusant mais pas aux dépens de qui que ce soit.

Molly hocha la tête. — Je me demande... cette qualité que vous décrivez... pensez-vous qu'un étranger aurait pu la percevoir ? Vous en parlez comme si elle rayonnait littéralement en marchant dans la rue.

— Eh bien, oui, je veux dire... elle aurait été la fille au centre d'un groupe de personnes, tous en train de rire. Elle aurait été l'énergie, vous voyez ?

Molly hocha à nouveau la tête. Elle pensait que si Constance avait raison, un étranger aurait pu facilement être attiré par l'énergie et la popularité évidente de Valerie. Quelqu'un du coin, ou simplement quelqu'un qui était à Castillac assez longtemps pour la voir dans le village.

— Était-elle belle ? demanda Molly.

Constance fit la grimace. — Eh bien, non, pas vraiment. Pas belle, je ne dirais pas ça. Mais totalement, totalement attirante. Tout le monde voulait être son ami.

— Et... je sais que c'était il y a longtemps, mais vous souvenez-vous avoir eu des idées à l'époque sur ce qui lui était arrivé ?

— Toutes les mères pensaient qu'elle avait été enlevée par un pervers. On ne pouvait aller nulle part seules pendant des mois. Je ne me souviens pas d'avoir eu peur ou quoi que ce soit moi-même... mes amies et moi essayions toutes de calmer nos mères. Je me demandais si quelque chose s'était passé pour la faire fuir. Je ne la connaissais pas si bien, je ne connaissais pas sa famille ni rien, donc je ne pense pas que j'avais des suppositions sur les raisons pour lesquelles elle aurait pu s'enfuir.

— Et bon sang, peut-être que j'aimais simplement mieux ce scénario que certains des autres dont les gens parlaient, vous savez ? Valerie en liberté, plutôt que Valerie morte, ou retenue captive quelque part, prisonnière d'un tordu.

Elles finirent leurs boissons et restèrent assises en silence pendant quelques minutes.

— Tu connais beaucoup de villageois, n'est-ce pas ? demanda Molly.

— Bien sûr. Je veux dire, pas tout le monde ! Mais tu sais, j'aime sortir, j'aime bavarder...

— Alors si tu penses à tous les gens du coin que tu as rencontrés au fil des années, est-ce que certains te paraissent... déséquilibré est-il le bon mot ? Complètement fous ? Sadiques ?

Constance se gratta la tête. Elle tripota un fil qui dépassait de son pantalon. Elle passa ses dents sur ses lèvres à plusieurs reprises. — Je ne sais pas, Molly, dit-elle finalement. Les gens sont bizarres, tu sais ? Beaucoup de gens sont bizarres, et probablement que Castillac est comme n'importe où ailleurs dans ce domaine. Mais quel genre de cinglé faut-il être pour faire quelque chose comme ça ? Et est-ce que quelqu'un pourrait le dire juste en te regardant ou en ayant une conversation ? Ou, disons, en te servant dans un café ou quelque chose comme ça ?

— C'est ça, c'est à peu près la question, exactement.

Elles hochèrent toutes les deux la tête. Elles avaient la question, mais les réponses s'avéraient extrêmement rares.

LÉON, l'ami de Dufort qui travaillait à la gendarmerie de Toulouse, était venu et reparti, lui laissant un robuste Malinois belge. Le gros chien s'appelait, peut-être trop évidemment, Boney. Il n'y avait pas eu le temps de donner à Dufort une grande séance d'entraînement, mais Léon semblait confiant que le chien saurait quoi faire.

Boney était assis près de la porte, observant Ben de ses yeux noirs intelligents.

— Tu as envie de t'y mettre, n'est-ce pas, dit Ben. Il le caressa entre ses oreilles dressées, admirant son museau noir. C'était un chien sérieux, pas une petite boule de poils, et il était clair qu'il voulait travailler. Ben n'avait jamais eu le droit d'avoir un chien ; ses deux parents travaillaient de longues heures hors de la maison et pensaient qu'un chien serait trop seul toute la journée. Il se sentait un peu maladroit avec Boney maintenant qu'ils étaient seuls ensemble. Il imaginait que le chien pensait qu'il parlait trop, ou pouvait voir qu'il n'était pas habitué à s'occuper des chiens.

Et il avait raison. Mais Boney ne s'en souciait pas particulièrement, tant qu'il pouvait travailler. Il se tenait près de la porte, regardant par-dessus son épaule musclée Ben qui nettoyait la vaisselle du petit-déjeuner et se préparait à sortir pour leur première recherche.

Boney était entraîné à chercher des cadavres, et uniquement des cadavres. Uniquement des cadavres *humains*. Son entraînement avait été intensif et Léon avait dit à Ben que Boney ne serait pas dérouté par des lapins ou des cerfs morts. Il pouvait flairer l'air ; c'est-à-dire qu'il pouvait capter l'odeur de la mort qui flottait dans l'air, et la suivre jusqu'à ce qu'il trouve sa source, même par-delà les collines, en remontant les ruisseaux, partout où l'odeur le menait.

Ben s'était habillé en manches longues et pantalon de toile avec des chaussures robustes, s'attendant à passer une rude journée dans la forêt. — Je te mets ça juste pour l'instant, dit-il à Boney en attachant la laisse. Ne le prends pas mal. Mais s'il arrivait quelque chose et que tu te précipites dans la rue et te fasses renverser par une voiture, je pense que Léon me démembrerait.

Il conduisit le gros chien à sa voiture et le chien sauta à l'arrière comme si c'était un endroit familier.

— Fais comme chez toi, dit Ben, le regardant dans le rétroviseur. Il regrettait maintenant de ne pas avoir invité Molly à venir. En fait, il le regrettait tellement qu'il fit demi-tour et conduisit jusqu'à la rue des Chênes pour lui demander si elle voulait les rejoindre, et Molly sauta sur l'occasion car elle se sentait un peu étouffée par Wesley Addison, qui n'avait montré aucun signe de quitter La Baraque ce jour-là.

— Ce n'est pas exactement une façon joyeuse de passer la matinée, n'est-ce pas, dit Molly, appréhensive en montant dans la Renault. Je veux dire... je ne *veux* pas trouver son corps, tu sais ?

— Vois les choses ainsi, dit Ben. Si nous fouillons tout autour de Castillac, et toute la forêt de La Double, et que Boney ne la trouve pas ? Alors elle n'y est pas. J'admets, ce n'est guère une preuve qu'elle est toujours vivante, mais c'est au moins quelque chose dans cette direction, non ?

Molly n'en était pas si sûre. — Si tu veux te débarrasser d'un corps, il y a un million de façons de le faire à part l'enterrer dans les bois voisins. Si c'était moi, je le découperais probablement et j'irais jusqu'à l'océan, je louerais un bateau, et j'irais très très loin...

— Vraiment, dit Ben. Tu sembles y avoir beaucoup réfléchi.

— Je dis juste ça comme ça, répondit Molly. Elle se retourna sur son siège pour atteindre Boney. Il n'aime pas vraiment les caresses, ajouta-t-elle. Il me tolère simplement.

— Il a hâte de commencer, dit Ben. Et moi aussi. Dès que je serai un peu plus loin sur cette route, je vais m'arrêter et on pourra le regarder faire son truc. Tu es prête à marcher ?

— Je suis prête.

Ben s'arrêta et recula sa voiture dans les bois suffisamment pour qu'une autre voiture puisse passer. Puis il ouvrit la porte arrière et Boney bondit dehors.

Ensuite, le chien s'immobilisa. Il leva le museau en l'air, renifla, puis s'élança dans les broussailles.

— Si je perds ce chien..., dit Dufort.

— Ne t'inquiète pas, dit Molly en riant. Mais viens ! Elle courut à travers les bois en essayant de garder Boney en vue. Le chien zigzaguait, en avant et en arrière, couvrant cinquante, cent fois plus de terrain que les humains.

Et c'est ainsi que se déroula le reste de la matinée. Boney courait en faisant des motifs, s'arrêtant souvent pour lever son noble museau noir dans l'air et renifler, puis il baissait la tête et courait comme s'il était tiré par son nez. Ben et Molly marchaient et couraient souvent pour le suivre.

Après trois heures, Boney n'avait absolument rien trouvé. Ben et Molly s'arrêtèrent près d'un ruisseau et le chien y entra pour laper de l'eau, puis s'allongea et laissa l'eau lui recouvrir le dos.

Pendant un moment, les humains étaient trop fatigués pour parler. Ils se tenaient dans les bois silencieux, près du ruisseau, et Ben passa son doigt dans la passante du jean de Molly et lui donna une petite secousse taquine.

— Et maintenant ? dit-elle, le visage rouge d'effort.

— On a presque fini cette boucle. Que dirais-tu qu'on aille chez toi après et que tu me prépares le déjeuner ?

— Tout ce que j'ai, c'est du salami et du pain rassis.

— Ça me semble parfait. Ben regarda Boney. Tu es prêt, mon grand ? On va se reposer et revenir plus tard ?

Boney se leva et sortit du ruisseau en trottinant. Il se secoua, offrant à Molly et Ben une fraîche bruine plus ou moins bienvenue, et tous les trois se dirigèrent vers la voiture.

Pas de corps. Pas de Valerie. Il était difficile de se sentir satisfait après avoir passé toute la journée à chercher quelque chose sans le trouver, mais ne pas trouver Valerie dans les bois était exactement ce qu'ils espéraient.

Le lendemain matin était un samedi. Molly restait couchée, ce qui était inhabituel pour elle car normalement, dès qu'elle se réveillait, elle filait directement à la cuisine pour faire du café. Mais au lieu de cela, elle se retourna sous une légère couette en pensant à la journée d'hier dans les bois avec Ben, et au déjeuner intime qu'ils avaient eu après. À Valérie et Oscar, à Constance et son cœur brisé, au petit garçon dont la mère était si protectrice... tous ces fils qui s'entrelaçaient pour former ses derniers jours à Castillac.

À l'étage, elle pouvait entendre Wesley Addison bouger, et elle savait qu'elle ferait mieux de se lever si elle voulait éviter une longue exégèse de son accent bostonien. Le gîte était encore vide, et les De Groot, qui logeaient dans le pigeonnier, avaient rarement été aperçus. Pour autant que Molly puisse en juger, ils sortaient pour acheter du vin et des pâtisseries, puis se dépêchaient de rentrer. Ah, les jeunes mariés...

Bobo s'était montrée très intéressée lorsque Molly était rentrée après la journée dans les bois avec Ben et Boney. Et qui est donc cet Autre Chien avec qui tu as passé ta journée ? semblait demander son visage tacheté. Voilà que le lendemain, Bobo était encore un peu distante.

— Je sais, Bobo, je t'ai un peu trompée. Mais c'était pour le travail, pas pour le plaisir ! On m'a expressément dit que tu n'avais pas le droit de venir. Boney devait travailler sans que tu le distraies. Mais je te promets, je te le jure sur un tas de friandises au foie, que je t'emmènerai bientôt en La Double pour une longue randonnée. Tu vas adorer.

Bobo laissa Molly lui caresser le poitrail mais elle évita son regard.

— Tu es dure en affaires, Bobo, murmura Molly. Bon, reste là et je vais aller au marché te chercher des os chez Raoul. Ça te va ?

Elle entendit le pas lourd d'Addison dans l'escalier, et se faufila par la porte de la terrasse pour rejoindre rapidement son scooter et filer vers le village.

Le marché du samedi ne manquait jamais de mettre Molly de bonne humeur. Chaque mois, elle connaissait plus de gens et s'y sentait plus à l'aise. Elle se souvenait combien elle avait été hésitante au début, combien cela la mettait mal à l'aise que les gens sachent qui elle était avant même qu'elle ne les rencontre. Et oh, l'état de son français ! Mais maintenant elle pouvait communiquer, même si le subjonctif lui échappait encore parfois. Molly faisait partie de Castillac, elle n'était plus une étrangère.

C'était en partie pourquoi la réaction de Madame Renaud l'autre jour l'avait surprise. Lors de sa tournée pour son faux sondage, presque tout le monde l'avait reconnue, soit comme la propriétaire de La Baraque, soit comme la personne qui avait résolu un crime ou deux. Avait-elle dit quelque chose qui l'avait offensée ? Son petit garçon était adorable, et Molly ne cessait de penser à lui, se demandant pourquoi il l'avait regardée avec tant d'intensité.

Sa mère le maltraitait-elle d'une manière ou d'une autre, et avait-il besoin de l'aide de Molly ?

Elle garderait un œil sur lui au marché, et peut-être qu'elle pourrait avoir un mot en privé avec lui et découvrir si quelque chose n'allait pas.

Molly et Manette ont ri lorsqu'une vieille dame digne a laissé tomber son panier et murmuré *merde* dans sa barbe. Elle a bavardé brièvement avec Rémy, et ils ont plaisanté sur le fait que Ben était le fermier le plus travailleur et le moins doué qui soit. Elle a acheté des lardons et des os chez Raoul, comme promis à Bobo. Et elle scrutait continuellement la foule — nombreuse maintenant que le temps était si beau — à la recherche de Gilbert et de quiconque semblait, eh bien, ressembler à un fou kidnappeur d'adolescentes.

— La bombe ! tonna une voix à trois centimètres de son oreille.

— Bonjour, Lapin, dit Molly en se retournant pour voir le grand homme debout, les bras ouverts, un large sourire sur le visage.

— Je ne te vois presque plus, dit-il en l'embrassant sur les deux joues. Comment s'est passée l'installation des meubles pour le pigeonnier ?

— C'est parfait, merci, dit Molly. L'endroit est loué en ce moment même, je suis heureuse de le dire. Grâce à toi et Pierre.

— Je suis ravi de l'entendre. Je ne sais pas si tu es au courant, mais j'ai ma propre entreprise commerciale, qui vient de démarrer. J'apprécierais ton soutien.

— Bien sûr, dit Molly, croisant les bras sur sa poitrine alors que les yeux de Lapin dérivaient dans cette direction. De quel genre d'entreprise s'agit-il ?

— J'ouvre une boutique, dit-il fièrement. Quelque chose que j'avais l'intention de faire depuis des années. Mon garage était plein à craquer de choses que j'avais mises de côté au fil des ans, avec ce projet en tête. Alors s'il te plaît, fais-moi l'honneur de passer. C'est tout au bout de la rue Baudelaire. Je sais que c'est un peu à l'écart, mais tu sais comment sont les loyers dans le centre du village.

Molly acquiesça. — Quels sont tes horaires ?

— Les matins, de 10h à midi. Fermé le mercredi. Tu m'appelles n'importe quand, j'accourrai pour t'ouvrir. N'hésite pas à appeler, ma chère !

— Je passerai sans faute, dit-elle, provoquant la surprise de Lapin qui écarquilla les yeux. Il était habitué à ce que Molly le tienne à distance autant que possible.

— En fait, dit-elle à voix basse. Tu as une minute ? Je voulais te parler.

— Bien sûr, dit Lapin, rayonnant. Entre dans mon bureau, dit-il, avec un geste grandiose vers la ruelle vide.

Molly ricana puis prit un air sérieux. — Écoute, Lapin, ce que je vais te dire est confidentiel. Mais je me disais que tu pourrais peut-être m'aider pour quelque chose. C'est important.

— Je suis tout ouïe.

— Nous... je... il y a eu une indication, et je ne veux pas dire comment ni pourquoi, que Valérie Boutillier pourrait être encore en vie.

Lapin fit un pas en arrière. — Quoi ? D'où te vient cette idée ?

— Je te l'ai dit, je n'entrerai pas dans les détails. Mais et si elle *était*

vivante, Lapin ? Et si, au lieu d'avoir été assassinée, comme tout le monde le suppose, même sa famille, et si au contraire, elle était retenue prisonnière tout ce temps, ici même à Castillac ? » Elle observa attentivement son visage.

Lapin y réfléchit. « Eh bien, j'ai lu des cas similaires dans les journaux. Est-ce inhabituel ? Je ne sais pas. Serait-ce possible dans le cas de Valerie ? Je ne parierais pas là-dessus. »

— Personne ne te demande de parier. C'est peut-être très peu probable, je sais. Mais... si c'est possible, même avec un faible pourcentage de chances, on devrait vérifier, non ?

— Bien sûr. Quand tu le présentes comme ça.

— Exactement. Donc je pensais que toi, plus que quiconque, tu pourrais être utile dans cette situation. Tu as fouiné dans plus de greniers que n'importe qui. Tu vois les gens quand leurs défenses sont baissées.

Lapin haussa les épaules.

Molly se pencha près de l'oreille de Lapin. « Peux-tu penser à quelqu'un dans le village ou aux alentours qui serait capable de faire une chose pareille ? De retenir quelqu'un prisonnier pendant sept ans ? »

Lapin prit une profonde inspiration qui sembla se prolonger indéfiniment. « Pas comme ça, non. Molly, j'y réfléchirai. Mais ma réaction instinctive à ce que tu suggères... c'est que si Valerie était retenue dans une maison où je suis allé travailler, je n'ai jamais rien soupçonné. Comme tu dis, quand j'arrive, les gens sont bouleversés. Quelqu'un d'important pour eux vient de mourir, il y a des papiers compliqués à remplir, et tous les changements et ajustements qui surviennent après un décès.

« Donc si les gens agissent un peu bizarrement, je ne leur en tiens pas rigueur, tu comprends ? »

Molly parut abattue.

— Écoute, j'y réfléchirai. Je ne peux pas faire grand-chose de plus, pas vrai ?

— D'accord, Lapin. Je me suis dit que ça valait le coup d'essayer. Mais continue d'y penser, parfois les choses ne nous viennent pas tout de suite... il faut un peu de temps pour que ça mijote, tu sais ?

Lapin acquiesça et ils se dirent au revoir.

Molly devait passer à la Pâtisserie Bujold pour prendre le petit-déjeuner de ses invités, puis le leur rapporter avant qu'il ne soit trop tard. Elle se dépêcha de finir ses courses au marché, remplissant son panier de légumes frais et de fromage de chèvre fabriqué par un fermier habitant à environ un kilomètre de La Baraque.

Elle était tellement absorbée par l'inspection des produits et les bavardages avec les vendeurs qu'elle ne remarqua pas l'homme qui la suivait, à distance, alors qu'elle passait d'un étal à l'autre.

Achille Labiche portait une salopette et avait les mains glissées sous le plastron. Il ne semblait prêter attention à rien d'autre sur le marché que Molly, ses yeux fixés sur elle tandis qu'il bougeait nerveusement ses mains sous le plastron de sa salopette, frottant ses doigts et faisant craquer ses articulations.

C'est de sa faute, pensait-il sans cesse.

Je ne vais pas la laisser tout gâcher.

LAPIN AVAIT LAISSÉ PARTIR Molly à contrecœur. Il la trouvait extrêmement attirante, bien qu'il faille dire qu'il trouvait la plupart des femmes ainsi. Il acheta un croissant à un vendeur à côté de Manette, puis marcha les nombreux pâtés de maisons jusqu'à sa nouvelle boutique rue Baudelaire.

Lapin était un brocanteur ou un fournisseur d'antiquités fines, selon à qui l'on parlait. Et comme il l'avait dit à Molly et comme l'intérieur de sa boutique le prouvait, il ne manquait pas de marchandises. À l'avant, il avait des tables et des comptoirs chargés de bijoux et de petits bibelots, puis plus loin de petits meubles tels qu'un bureau d'enfant et plusieurs tabourets encombraient l'allée, et tout au fond il avait disposé de grandes pièces : surtout des armoires, ainsi que quelques grands miroirs et une settee à l'aspect grandiose avec des ornements dorés. Les murs étaient couverts d'œuvres d'art allant d'imitations impressionnistes à d'anciens portraits en passant par quelques pièces modernes que les gens aimeraient ou détesteraient.

Quand quelqu'un mourait aux alentours de Castillac, Lapin était là en un éclair, offrant son aide pour organiser, évaluer, et aussi vendre, si les héritiers le souhaitaient. Il n'était pas dans l'ensemble un homme d'affaires sans scrupules, bien qu'il crût que les propriétaires devraient normalement avoir une idée de la valeur de leurs biens, et s'ils ne demandaient pas spécifiquement et que

Lapin n'aimait vraiment pas quelqu'un, il pourrait ne pas être enclin à leur faire savoir que la vieille chaise rayée dans le grenier était en fait un *fauteuil à la Reine*, fabriqué et estampillé par l'un des grands *ébénistes* du dix-huitième siècle — Jacob, par exemple — et valait un salaire annuel décent. Bien qu'il n'ait eu recours à ce genre de mensonge par omission que quelques fois dans sa carrière, quand l'héritier en question avait été particulièrement odieux.

Il savait s'y prendre avec les personnes en deuil, et son service leur apportait du réconfort. C'était utile d'avoir quelqu'un qui s'y connaissait pendant ces premiers jours après un décès dans la famille, quand il semblait y avoir tant de tâches légales et administratives inhabituelles, toutes réclamant d'être effectuées juste au moment où la famille essayait simplement de faire face au bouleversement massif de perdre un être cher.

Bien sûr, toutes les familles n'étaient pas si aimantes, et certaines personnes manquaient plus que d'autres. Lapin s'était lancé dans ce métier parce qu'il avait toujours aimé les belles choses, surtout les anciennes ; il ne s'attendait pas à devenir une sorte de thérapeute pour les familles, ou à voir l'envers peu reluisant des personnalités publiques convenables que la plupart des familles parvenaient à afficher.

Lapin espérait avoir ses premiers clients ce jour-là. Il n'était pas dans l'endroit le plus pratique, mais sûrement certains verraient les avis qu'il avait collés partout dans le village et à Salliac aussi, et seraient assez curieux pour passer. Il s'affairait au comptoir près de la porte d'entrée, sachant que ce serait la première chose que quiconque verrait en entrant. Il y avait un vieux bol en céramique contenant de nombreuses bagues. Un plateau avec des boucles d'oreilles disposées dessus. Un présentoir avec cinq ou six colliers suspendus, captant joliment la lumière du soleil.

Son téléphone portable sonna alors et il fut distrait. Il ne continua pas à accrocher les colliers pour l'exposition et laissa simplement la boîte en carton qui les contenait sur le comptoir à côté des boucles d'oreilles.

Niché dans la boîte, sur le dessus, se trouvait une chaîne en argent avec un pendentif en forme d'étoile. Le métal était terni et il n'y avait pas d'étiquette d'identification. Un collier en argent avec un pendentif en forme d'étoile... pour Lapin, cela ne signifiait rien. La chaîne était en véritable argent, mais elle n'avait pas de valeur au-delà de ça. Ce n'était qu'un autre bibelot à jeter dans une boîte en espérant que quelqu'un l'achèterait un jour.

Pour la famille et les amis de Valérie, cependant, le collier signifierait tout. Il pourrait enfin représenter un élément de preuve, une piste, quelque chose à quoi s'accrocher après sept longues années.

$\mathscr{K}$ 28 $\mathscr{K}$

La li la, la li lo.

Elle savait que c'était le printemps. Elle pouvait le *sentir*. Elle passait tellement de temps dans l'obscurité que ses sens autres que la vue s'étaient aiguisés, et alors qu'elle était allongée sur le matelas crasseux, Valérie imaginait qu'elle pouvait sentir les feuilles des arbres se déployer, les grenouilles éclore dans l'étang, les bulbes craquer sous terre et envoyer de grosses pousses vertes — les fleurs, bien sûr : elle pouvait les sentir s'ouvrir à l'approche de juin, même les nuits n'étaient plus fraîches.

La li la.

Au début, elle avait compté si soigneusement, comme si savoir combien de jours elle avait été retenue captive allait l'aider, la maintenir connectée à son ancienne vie d'une certaine façon. Mais environ trois ans plus tard, elle était devenue abattue et avait arrêté de faire les cent pas dans le bunker, arrêté de compter les jours, et restait simplement allongée face contre terre sur le matelas, sans manger. Elle n'avait aucune idée de combien de temps cette phase avait duré parce qu'elle ne comptait plus rien.

Elle ne ressentait plus rien.

Valérie attendait la mort, et la perspective de mourir, d'être délivrée de l'interminable incarcération dans le bunker — la mort était la seule chose à laquelle elle pouvait aspirer.

Mais Labiche s'était inquiété. Il ne supportait pas qu'elle ne mange pas. Alors il avait fait des efforts inhabituels en cuisine, allant même jusqu'à trouver un livre de recettes dans une librairie d'occasion et à lui préparer des plats. Il n'avait aucun talent de chef, mais il disposait de lait frais et de beurre, de porc et de bœuf de sa propre ferme, et de légumes frais du marché de Castillac, quand il parvenait à rassembler assez de courage pour y aller.

Et même si Valérie se sentait assez en colère et désespérée pour vouloir mourir, cet esprit profond en elle — ou peut-être simplement son nez et ses papilles — ne la laisserait pas partir si facilement. Labiche arrivait avec un bol de soupe à l'oseille, ou un ragoût de bœuf odorant de romarin, de thym et de Bourgogne, et elle se redressait pour manger voracement, essuyant le bol avec du pain croustillant. Parfois, il lui apportait de petites crèmes aux œufs saupoudrées de noix de muscade. Et il semblait si heureux de la voir manger qu'au début, elle avait laissé une petite étincelle d'espoir s'allumer.

Peut-être qu'il tient vraiment à moi et veut que je sois heureuse. Peut-être qu'il finira par me laisser partir.

Les étincelles d'espoir étaient vraiment la pire des choses. Parce que chaque fois que l'une s'allumait, puis s'éteignait, c'était tellement pire après. C'était comme se réveiller avec le pied d'un géant fermement posé sur la poitrine, un poids dont on ne pouvait se dégager, pris au piège, retenu, si écrasé qu'on pouvait à peine respirer.

ACHILLE N'ÉTAIT PAS ALLÉ au marché du samedi à Castillac depuis de nombreux mois, peut-être même un an. Dernièrement, bien sûr, il avait d'autres centres d'intérêt au marché de Salliac, des intérêts qui devaient être mis en veilleuse pour l'instant, jusqu'à ce qu'il puisse s'occuper du problème immédiat — et potentiellement grave — ici à Castillac.

Il était mal à l'aise dans le village. Le marché était beaucoup trop bondé, et il ne pouvait se débarrasser de l'impression que les gens se moquaient de lui dans son dos à cause de ce qui était arrivé à sa mère.

Elle *avait* été étrange, il le savait. Il y avait eu des moments où l'étrangeté allait trop loin et son père avait appelé à l'aide, et sa mère avait été emmenée à l'hôpital. Cela s'était produit sept ou huit fois. N'était-ce pas à cela que servait l'hôpital ? Achille ne comprenait pas pourquoi les gens devaient tant commérer. Il pouvait sentir leurs regards et les voir se détourner s'il se retournait. Il pouvait les entendre chuchoter.

C'était un village détestable rempli de gens détestables, et il ne serait pas venu du tout s'il n'avait pas eu une assez bonne idée que Molly Sutton serait là.

Et il ne s'était pas trompé.

Il avait garé son tracteur tout au bout du village parce que les rues étaient trop étroites et bondées pour s'approcher davantage. Il croisa Lapin Broussard dans la rue, lui faisant un signe de la main maladroit avant de détourner le regard. Lapin était venu à la ferme après la mort de ses parents et avait emporté une partie du vieux bric-à-brac qui traînait et dont Labiche ne voulait pas. Il lui en avait même donné un bon prix.

Mais il n'aimait pas voir Lapin parce qu'il lui rappelait ces jours malheureux après la mort de ses parents. Son père avait bien pris soin de lui — si bien, en fait, qu'Achille n'était pas tout à fait sûr de pouvoir se débrouiller seul. Il savait comment s'occuper de son troupeau et de son cochon, mais de lui-même ? Ça, il avait dû l'apprendre, et cela avait pris du temps.

Lapin était comme la faucheuse, pensait Achille, mettant

autant de distance que possible entre eux. Toujours à débarquer à la minute où l'enterrement est terminé. Et peut-être que c'est une sorte de signe, de penser à la faucheuse. Un signe qu'il devrait faire à cette femme ce qu'il avait déjà envisagé.

Il n'était pas un meurtrier. Il ne pourrait jamais se voir ainsi, quoi qu'il arrive.

Mais le problème était que... Molly Sutton fourrait son nez là où elle n'avait pas à le faire. Il était dans un état d'anxiété intense depuis sa visite, s'attendant à entendre le hurlement des sirènes à tout moment — et qui peut vivre comme ça ?

Par moments, il était certain qu'elle savait. Certain qu'elle avait vu le bunker et compris ce qu'il y avait à l'intérieur. Certain qu'elle allait le dénoncer, et qu'il passerait le reste de sa vie en prison.

Il savait qu'il ne pourrait jamais, au grand jamais, leur faire comprendre.

Il était facile de la trouver. Dans la partie centrale du marché où les étals étaient serrés les uns contre les autres et où la foule était la plus dense, il y avait l'Américaine, passant ses mains dans ses cheveux roux emmêlés en riant avec l'homme qui vendait des poireaux. Achille resta figé, l'observant.

S'il pouvait l'attirer dans une rue latérale où il n'y aurait personne, il pourrait arriver derrière elle et lui briser la nuque en un instant. Puis retourner à son tracteur et rentrer chez lui. Plus d'inquiétude à propos des sirènes. Libre de poursuivre ses divers projets.

Achille se déplaça derrière elle, lui laissant beaucoup d'espace car *Mon Dieu* il ne voulait certainement pas qu'elle le repère et lui parle. Cela serait totalement inacceptable. Il se plaça derrière un pilier en pierre qui soutenait le porche d'un vieux bâtiment, et il attendit.

Cette femme était vraiment bavarde, pensait Achille. Il la regardait plaisanter et sourire avec chaque vendeur à tour de rôle, remplissant son panier de laitue, de pommes de terre, de champignons. Il l'observait passer un long moment avec Raoul, l'éleveur de cochons, parlant avec de grands gestes jusqu'à ce qu'une file se forme derrière elle. Peut-être que quelqu'un le lui fit remarquer car elle se retourna brusquement pour regarder derrière elle, porta sa main à sa bouche et s'écarta. Achille pouvait l'entendre s'excuser. Son accent lui écorchait les oreilles.

Il se déplaça autour du pilier pour qu'elle ne le voie pas.

Elle passa à l'étal suivant puis au suivant, mettant une éternité à terminer.

Achille n'était pas un homme avec un appétit pour la nourriture. Sa mère avait été une terrible cuisinière et son père avait fait tout le travail dans la cuisine en plus de gérer la ferme. La nourriture avait été saine mais très simple, à peine plus qu'une pincée de sel pour l'assaisonner, et en conséquence Achille ne s'était jamais beaucoup soucié de ce qu'il mangeait. Les tentations du marché — les piles de croissants, les bottes d'asperges fraîchement cueillies, les truffes et les biscuits et le canard — ne lui faisaient aucune impression.

Il adorait nourrir Valerie, mais pour lui-même, il s'en tenait à de la viande bouillie et des légumes bouillis, peut-être avec un peu de beurre mais jamais de sauce, ni d'herbes, ni même de poivre.

Elle arrivait maintenant à la fin de la rangée d'étals. Les doigts d'Achille s'agitaient sous le plastron de sa salopette ; il joignit ses mains puis les sépara, caressant ses doigts un par un. Il était excité. Il pensait que briser sa nuque pâle pourrait apporter une certaine satisfaction.

Avec un signe de la main, Molly dit au revoir au dernier vendeur. Elle continuait à scruter la foule comme si elle cherchait quelqu'un en particulier. Elle commença à marcher puis se retourna brusquement, cherchant — et vit Achille. Leurs regards se croisèrent. Achille ne put soutenir son regard et il baissa les yeux vers ses pieds puis se déplaça derrière un grand groupe de personnes qui parlaient anglais trop fort.

Il attendit juste quelques secondes, maîtrisant sa peur. Puis il contourna la foule et Sutton réapparut dans son champ de vision. Elle prenait une rue latérale qui s'éloignait de la Place, une petite rue étroite qui serait parfaite pour ce qu'Achille avait en tête.

Rapidement, il trottina pour la rattraper, sortant ses mains de sous le plastron de sa salopette, et sentant un picotement dans sa nuque.

❧ 29 ❧

Molly avait espéré voir Gilbert vendre ses herbes sauvages. Plus elle pensait à lui, plus elle s'inquiétait que quelque chose n'allait vraiment pas et qu'il avait eu besoin de son aide l'autre jour. Mais elle ne voyait pas comment elle pourrait retourner à la ferme des Renaud — sa mère avait été très claire sur le fait qu'elle n'était pas la bienvenue, et Molly craignait qu'y retourner ne fasse qu'empirer la situation, quelle qu'elle soit.

Elle marchait d'un pas vif dans la rue étroite puis sur la plus large rue Saterne. Des retardataires se dirigeaient encore vers le marché et elle était contente d'y être arrivée relativement tôt. Tout ce qui restait sur sa liste de tâches matinales était une visite à la Pâtisserie Bujold, puis retour au scooter et à la maison.

Achille la regarda entrer dans la pâtisserie, et attendit.

Il y avait une file d'attente à la Pâtisserie Bujold et ils n'avaient plus de religieuses, ce qui était probablement une bénédiction, pensait Molly, car si elle ne commençait pas à freiner sa consommation de pâtisseries, elle allait devoir acheter une nouvelle garde-robe. Elle prit des croissants pour les De Groots et Wesley Addison, espérant qu'ils ne lui en voudraient pas de rentrer si tard, et quitta la boutique avec un signe de la main à Monsieur

Nugent qui était trop occupé avec les clients pour lui accorder son attention habituelle et importune. Dans la rue, elle se retrouva au milieu d'une foule de touristes, chose qu'on ne voyait pas tous les jours à Castillac.

— Excusez-moi, dit une femme dans un français étrangement accentué, pouvez-vous nous indiquer où se trouve le marché ?

— Je retourne justement dans cette direction, dit Molly en souriant. Suivez-moi !

Et elle guida le groupe de six ou sept femmes d'âge mûr le long de la rue Saterne puis dans la rue étroite jusqu'à la Place, bavardant tout du long de ses endroits préférés à visiter dans les environs.

Achille la regarda partir. Il n'y avait aucun moyen de l'avoir seule maintenant et il sentait la frustration bouillonner en lui.

J'aurais dû agir. J'en ai eu l'occasion, et je l'ai laissée filer. Qu'est-ce qui ne va pas chez moi ? Pourquoi suis-je toujours si paralysé ?

Achille partit vers son tracteur, fusillant du regard quiconque il croisait dans la rue. Par habitude, il regardait partout autour de lui en marchant, ne voulant jamais se retrouver dans la situation désagréable d'être pris par surprise. Il jetait un coup d'œil dans toutes les ruelles et les rues latérales en passant.

Dans l'une de ces ruelles, il vit un vieil homme agenouillé sur les pavés. Erwan Caradec était connu des villageois de Castillac — il était sans-abri et alcoolique, et les villageois le nourrissaient et veillaient sur lui, lui donnant parfois un endroit où dormir dans un garage ou un grenier. Ce matin-là, Erwan avait eu la grande chance de trouver une bouteille d'eau-de-vie dans un sac en papier brun, simplement posée sur le trottoir, et il en avait avalé tant de gorgées qu'il était maintenant plus ou moins perdu pour le monde.

En quelques enjambées, Achille fut sur lui. Erwan sentait fort et l'odeur se tordit dans l'esprit d'Achille — l'odeur de la crasse, de la maladie, de la folie. Cela le mit en rage et il tendit ses mains puissantes pour prendre le visage de l'homme dans ses paumes et le tordit si fort qu'il crut que la tête allait se détacher.

Erwan hoqueta et tomba en arrière sur la rue. Il était immobile, et sa peau se vida de toute couleur si complètement qu'il n'y avait aucun doute qu'il était mort. Achille baissa les yeux sur le corps recroquevillé, puis il mit ses mains sous le plastron de sa salopette et retourna vers le tracteur. Il ne regarda pas en arrière et ne regretta pas, même un peu, ce qu'il avait fait.

❀ 30 ❀

Molly était restée éveillée tard dimanche soir, relisant le dossier Boutillier pour la quatrième ou cinquième fois, et lorsque Bobo s'est mis à aboyer lundi matin, elle dormait encore profondément. Il lui a fallu plusieurs minutes pour émerger et se rappeler qui elle était et où elle se trouvait.

Quelqu'un frappait à la porte. Elle enfila rapidement quelques vêtements et alla ouvrir.

— Bonjour, Pierre ! Entre donc. Ça ne te dérange pas si je fais du café ?

— Pas du tout, Molly. Je suis juste passé en allant à un autre chantier pour voir si la réparation du toit a tenu bon.

— Eh bien, dit Molly en réfléchissant. Le pigeonnier est loué en ce moment, donc je n'y suis pas entrée depuis près d'une semaine. Mais je n'ai eu aucune plainte des invités, c'est donc bon signe.

— En effet, dit Pierre. Je suis content de l'entendre.

— Cela dit, il n'a pas plu, n'est-ce pas ? Je ne m'en souviens pas vraiment. Peut-être que le toit n'a pas encore été mis à l'épreuve par le mauvais temps.

— On a eu quelques légères averses, mais tu as raison, il a fait particulièrement beau ces derniers temps, n'est-ce pas ? Ma femme est une jardinière passionnée comme toi et elle est restée dehors du matin au soir tout le week-end.

Molly sourit. Elle n'avait jamais rencontré Madame Gault mais savait qu'elle travaillait à la *cantine* de l'école *primaire* du village, préparant d'excellents repas pour les jeunes élèves. Un soir, chez Papa, Lawrence lui avait raconté comment les enfants français se voyaient servir des repas à quatre plats à l'heure du déjeuner et apprenaient également les bonnes manières à table.

Impatiente, elle fixait sa cafetière à piston, souhaitant que le précieux liquide filtre plus vite.

— Dis-moi, dit-elle, soudain frappée par une idée. Tu fais toutes sortes de travaux en pierre, n'est-ce pas Pierre ?

— Oui. Comme tu le sais, les bâtiments de la région sont généralement en pierre, du moins les plus anciens. Je ne manque pas de travail pour réparer ces vieilles bâtisses, ainsi que les murs en pierre.

— Est-ce que tu fais d'autres types de construction ? Est-ce que tu construis parfois des choses à partir de rien ou tu ne fais que des réparations ?

— Oh oui, j'ai déjà construit de nouveaux bâtiments quand un client le demande. Il y a une autre entreprise de gîtes de l'autre côté de Salliac, tu as rencontré Madame Picard ? Elle m'a engagé pour construire une série de bungalows autour d'un petit lac sur sa propriété. Je crois qu'ils sont plutôt réussis. Tu cherches quelque chose dans ce genre ?

— Peut-être, dit Molly, réfléchissant intensément. Bon, ça va te paraître une question étrange, mais j'ai beaucoup lu sur la Résistance, et j'ai parlé de la guerre avec Madame Gervais. Et je me demandais s'il y avait des... des bâtiments, des structures, n'importe quoi auquel tu pourrais penser... où des Juifs ou des résistants auraient pu être cachés. J'aimerais y jeter un coup d'œil, si quelque chose de ce genre existe encore.

Pierre se caressa le menton. — Je ne suis pas sûr de connaître quelque chose comme ça, dit-il. D'après ce que je sais, des histoires que j'ai entendues, les gens étaient surtout cachés dans des granges et des greniers. Pendant la guerre, les gens n'avaient probablement pas les moyens de construire quelque chose de neuf — c'était une période très difficile économiquement, comme tu le sais. Et en plus de ça, un nouveau bâtiment aurait attiré l'attention, ce qui était bien sûr l'opposé de ce qu'ils voulaient.

— D'accord, dit Molly. Imaginons, juste pour l'exemple, que tu cachais quelqu'un et que pour une raison ou une autre ton grenier ne convenait pas. Peut-être que tu n'avais ni grenier ni grange. Et tu décides de construire quelque chose pour y garder cette personne, à l'abri des regards indiscrets. Tu dois construire la cachette avec des matériaux qui n'étaient pas trop difficiles à trouver. Que ferais-tu ? À quoi cela ressemblerait-il ?

— Puis-je avoir un café ?

— Oh, bien sûr ! Désolée, je suis à peine réveillée. Molly sortit une tasse et versa du café à Pierre.

— Juste noir, dit-il, avant d'en prendre une longue gorgée. Eh bien, ce à quoi je pense — ta personne imaginaire vit à la campagne, j'imagine ? — je pense que je construirais une sorte de pièce à moitié souterraine, qui ressemblerait à une cave à légumes. Je creuserais suffisamment d'espace dans le flanc d'une colline, je renforcerais le plafond avec de bonnes poutres solides. L'avantage, c'est que tu as une température constante. Comme c'est creusé dans la terre, il ne fera ni trop froid ni trop chaud à l'intérieur. Ici en Dordogne, ça resterait toujours au-dessus de zéro. Et bien sûr, tu n'as pas besoin de matériaux pour les murs, puisque les murs sont en terre.

— Tu prévois de cacher un de tes invités ? ajouta-t-il en riant.

— Ha, dit-elle, pensant à Wesley Addison. Pas vraiment. Même si j'ai eu le plus adorable petit garçon ici pendant un moment. Oscar. Il est retourné en Australie maintenant et j'ai bien peur qu'il ait emporté un morceau de mon cœur avec lui.

— Je suppose que c'est l'inconvénient de ton métier, hein ?

Même si parfois, moi aussi, je rencontre un jeune enfant et je ressens un pincement en pensant que ma femme et moi n'avons jamais eu d'enfants.

— Oh ! dit Molly. J'espère que je n'ai pas...

— Non, non, tu n'as rien dit de mal. Iris et moi avons essayé quand nous étions jeunes, mais ça ne s'est pas fait. Tout ça semble bien loin maintenant. Et bien sûr, elle est avec des enfants tous les jours au travail, à la *cantine*. C'est ce qu'elle aime dans son travail.

— Je comprends, dit Molly, saisissant parfaitement, et sachant aussi que son amour pour ce travail était probablement doux-amer.

— Donc, pour en revenir à la raison de ma visite — les invités sont-ils là en ce moment ? Pourrais-je jeter un coup d'œil rapide au toit juste pour m'assurer que tout va bien ?

— Ils quittent à peine le pigeonnier, rit Molly. Tu sais, des jeunes mariés. Pourquoi ne passerais-tu pas après la prochaine grosse pluie, et nous y jetterons un coup d'œil ?

Pierre finit son café et partit.

Molly appela Bobo et déambula à l'extérieur, heureuse de trouver des tulipes en fleur autour d'une dépendance en ruine dont elle n'avait pas encore trouvé l'utilité. Mais peut-être que Pierre pourrait lui donner quelques idées, pensa-t-elle. Il lui avait certainement donné matière à réflexion ce matin : une cave serait l'endroit parfait pour Valerie.

Mais oh, pensa Molly, comme il ferait sombre là-dedans. Sombre et humide. Elle frissonna, son imagination rendant le trou humide dans la terre beaucoup trop réel.

❧

LE LUNDI MATIN, Thérèse Perrault prit l'appel et courut directement de la gendarmerie jusqu'à l'endroit dans une ruelle donnant sur la rue Saterne. C'était tôt le matin et un groupe de personnes se tenait dans la rue, scrutant la ruelle où gisait le corps d'Erwan Caradec.

Elle s'agenouilla à côté de lui, posant deux doigts sur son artère carotide pour la forme — personne voyant son visage gris (ou dont le nez fonctionnait) n'avait le moindre doute qu'il était mort.

— Bon, qui l'a trouvé ? demanda-t-elle en se relevant.

— C'est moi, Agent Perrault, dit un garçon d'environ neuf ans en s'avançant. J'habite ici, dit-il en pointant du menton la maison d'à côté. Je sortais les poubelles, c'est mon travail tous les matins avant l'école. Et c'est là que je l'ai vu. Les yeux du garçon se posèrent à nouveau sur Erwan, s'écarquillant comme s'il était surpris de le voir encore étendu là.

Perrault appela Maron puis Florian Nagrand, le médecin légiste. Elle demanda aux badauds de reculer, leur rappelant que jusqu'à ce qu'elle en décide autrement, la zone était considérée comme une scène de crime. Bien qu'elle parlât sans grande conviction, car elle s'attendait, comme les autres, à ce qu'Erwan soit mort d'un problème lié à l'alcool.

— Pauvre homme, dit Madame Tessier, la commère la plus assidue du village qui habitait justement rue Saterne. Ses yeux brillaient et elle fit un geste vers le bas de la rue. Je l'ai vu là-bas, sur le banc devant la maison des Villar, pas plus tard qu'avant-hier. Dans un état d'ébriété avancé, bien sûr. Mais nous avons quand même échangé des banalités sur la météo avant que son menton ne tombe sur sa poitrine et qu'il ne glisse du banc sur le trottoir.

— Comment semblait sa santé par ailleurs ? demanda Perrault. S'est-il plaint de ne pas se sentir bien, quelque chose comme ça ?

Mme Tessier secoua la tête. — Non. Monsieur Caradec ne se plaignait jamais de rien, en fait, sauf quand il n'avait rien à boire. Là, il se plaignait de *tout*.

Le groupe gloussa.

— Allez, François, tu vas être en retard à l'école ! cria un homme par la porte de derrière d'une maison.

Le garçon qui avait trouvé le corps regarda Perrault. — Je peux y aller ? Est-ce que je devrai aller au tribunal ou quelque chose comme ça ? demanda-t-il plein d'espoir.

— Désolée, tu n'as pas cette chance, dit Perrault, bien qu'elle compatisse grandement à son désir de manquer l'école sous n'importe quel prétexte, surtout un aussi excitant que la découverte d'un cadavre dans la ruelle derrière sa maison. Je te contacterai si j'ai besoin de toi.

— C'est assez incroyable qu'Erwan ait tenu aussi longtemps, dit une femme avec un foulard sur la tête.

— Il adorait le canard rôti, dit un homme âgé en secouant la tête.

Et ce fut là toute l'étendue de l'éloge funèbre rendu à Erwan Caradec ce lundi matin de mai, dans le village de Castillac dans le sud-ouest de la France.

 ❧ 31 ☙

Pendant que Perrault attendait l'arrivée du médecin légiste rue Saterne, Achille Labiche, fraîchement devenu meurtrier, se rendait en tracteur au marché de Salliac, déterminé à voir Aimée et à faire des progrès avec elle. C'était encore une belle journée, étincelante et verdoyante, et il était presque certain que quiconque pouvait être dehors par un tel temps le serait, donc il ne s'inquiétait pas de son absence. N'importe qui serait tenté de sécher les cours par une si belle journée.

Comme d'habitude, il avait calculé son arrivée juste avant le déjeuner. Il gara son tracteur à l'entrée du village comme il le faisait toujours. Il portait la même salopette que la veille, et il glissa ses mains sous le plastron comme il l'avait fait alors, heureux d'avoir découvert ce nouvel endroit où les mettre. Toute sa vie, Achille s'était senti mal à l'aise avec ses mains quand il était entouré d'autres personnes, ce qui le rendait gêné. Ses mains étaient grandes et pendaient au bout de ses bras, s'agitant parfois et attirant l'attention. Les garder en sécurité sous le plastron était bien mieux, et c'était réconfortant d'entrelacer et de délier ses doigts.

Il arriva sur la Place et chercha la fille du regard, en veillant à ne pas être trop évident. Il ressentait une certaine pression, venant du plus profond de lui-même, du centre de son corps, pour tout accélérer. Cela faisait une éternité qu'il n'avait pas eu quelqu'un à qui parler, et sa solitude avait atteint un point si douloureux qu'il commençait à craindre pour sa santé mentale. Au moins maintenant qu'il s'était prouvé à lui-même qu'il pouvait tuer non seulement du bétail mais aussi un être humain, il croyait que sa prochaine tentative avec Valérie réussirait.

Sans Valérie pour compliquer les choses, sans Valérie avec ses chansons fausses et son refus de parler sensément en restant allongée sur le lit — avec Valérie partie, la voie était libre. Dès que la fille serait prête, elle pourrait venir vivre à sa ferme avec lui. Peut-être même qu'elle habiterait dans la maison avec lui, et il pourrait lui apporter ses repas sur un plateau. Il se demandait si elle aimerait manger les mêmes choses que Valérie, ou s'il devrait élargir son répertoire. Il avait hâte de connaître toutes les particularités et les préférences de la fille, de faire de son mieux pour la rendre heureuse.

La vendeuse de cannelés était à sa place habituelle, et Achille n'eut pas besoin de rassembler son courage pour lui parler comme il le faisait d'habitude, mais marcha avec assurance vers son étal et acheta une demi-douzaine, puis changea d'avis et en demanda une douzaine complète. Il se sentait si expansif, si optimiste après son « petit travail » de la veille, comme il l'appelait intérieurement.

Mordant dans le cannelé frais et souriant au flot de souvenirs qu'il lui rappelait, il se retourna et scruta à nouveau la foule. Et comme si elle l'attendait, la fille se tenait là, à côté d'un vélo, juste devant lui, ses cheveux en queue de cheval, parlant encore une fois au téléphone.

Avec un sourire, il se dirigea vers elle, une main sous le plastron et l'autre tenant le sac de cannelés. Alors qu'il n'était plus qu'à une vingtaine de mètres, à son grand effroi, il vit Molly Sutton arriver dans l'autre direction, se dirigeant droit vers lui.

Achille fit rapidement demi-tour et s'éloigna. Heureusement, elle fouillait dans son sac à main et il était presque sûr qu'elle ne l'avait pas vu. Mais le marché de Salliac était si petit qu'il n'y avait pas de foule où se perdre. Il se faufila derrière un camion, le cœur battant, serrant les dents si fort que sa mâchoire commença à lui faire mal.

Que faisait cette femme ici ? Elle allait tout gâcher !

Il jeta un coup d'œil de l'autre côté du camion. Sutton parlait au marchand de légumes, riant comme d'habitude. Pensait-elle que le monde entier était une blague, se demanda amèrement Achille. Il décida de s'éloigner de la Place pour essayer de se calmer. Si Sutton était là à sa recherche, et il pensait que c'était fort probable, ne vérifierait-elle pas derrière les camions tout de suite ? Il ferait mieux de trouver un autre endroit où se cacher.

Salliac était un petit village avec seulement quatre rues : deux larges rues allaient du nord au sud, et deux rues étroites, à peine plus larges que des ruelles, reliaient les deux autres. Les maisons allaient du majestueux au délabré, toutes en pierre, toutes construites dans les siècles passés. La croix verte au néon d'une pharmacie clignotait plus loin dans la rue. Il passa devant un magasin de chaussures avec des souliers poussiéreux en vitrine, une *boulangerie* avec des piles de petits pains sur le comptoir ainsi que des paniers de baguettes, et un minuscule café avec deux tables sur le trottoir et un serveur ennuyé en tablier appuyé contre l'embrasure de la porte.

Il n'y avait personne d'autre dans la rue et c'était bien. Il pouvait respirer.

Mais s'il restait absent trop longtemps, qu'adviendrait-il de la fille ? Elle avait peut-être déjà sauté sur ce vélo et était partie, et il devait la voir ce jour-là, devait lui parler.

Devait lui donner le cannelé qu'elle attendait.

Brusquement, Achille fit demi-tour et trotta vers la Place. Il n'allait pas laisser cette femme Sutton ruiner ce qu'il avait prévu et dont il avait rêvé depuis si longtemps. Il trouverait un moyen de s'occuper d'elle, c'est sûr. N'avait-il pas prouvé qu'il pouvait faire des choses difficiles ?

La fille était ce qui comptait. Peut-être pourrait-il s'approcher d'elle, hors de la vue de Sutton, et l'appeler. Elle lèverait les yeux et sourirait et viendrait à lui, juste sous le nez de cette femme, et ne serait-ce pas excitant ?

Il ralentit en atteignant la Place, tournant doucement la tête pour voir où était la fille, et Sutton aussi. Elles étaient toutes les deux exactement là où il les avait laissées, la fille debout à côté de son vélo, et la rousse bavardant avec le marchand de légumes.

Sutton ne me cherche pas, pensa-t-il. Ou si c'est le cas, elle est sacrément rusée. Et je pense qu'elle *est* rusée. Ma mère avait l'habitude de... enfin, peu importe. Je ne pense pas à elle en ce moment.

Il prit une profonde inspiration, posant son regard sur la jeune fille. Elle bougeait en parlant au téléphone, mettant sa main dans la poche arrière puis la ressortant, repoussant ses cheveux de son visage, sautillant sur un pied.

Il trouvait ce sautillement sur un pied si adorable. Elle était jeune — il n'allait pas commettre la même erreur deux fois, et s'était reproché pendant des heures interminables d'avoir choisi Valérie alors qu'elle était déjà une jeune adulte. Une jeune adolescente sera beaucoup plus adaptable, pensait Achille. Elle s'habituera à sa nouvelle situation. Elle sera heureuse à la ferme, heureuse avec moi.

Nerveusement, il jeta un coup d'œil à Sutton. Elle leur tournait le dos ; il pouvait tranquillement s'approcher d'Aimée sans que Sutton ne voie quoi que ce soit. Mais elle pouvait toujours se retourner. Elle attendait peut-être qu'il fasse un geste pour bondir.

Une petite camionnette était garée non loin d'Aimée, et Achille se faufila à côté, s'en servant comme couverture. Ce n'était pas idéal. Il ne pouvait pas s'approcher autant qu'il le voulait. Mais au moins, il était hors de vue de Sutton pour le moment.

— Bonjour, Aimée, dit-il d'une voix légère et amicale. Cela l'étonnait, les intonations qui sortaient de lui quand il avait le courage d'aborder quelqu'un comme ça. Il avait l'air normal. Comme n'importe qui. Pas comme qui il était vraiment — et il en était reconnaissant.

— Salut, dit la jeune fille, offrant un sourire éclair. Puis elle recula d'un pas, puis de deux.

Achille était déçu. Mais il savait qu'il ne fallait pas la suivre. — Tu sais que je ne peux pas manquer un marché de Salliac, dit-il, sans la regarder directement. On ne trouve pas de cannelés comme ça à Castillac, oh non. Il en sortit un du sac et le soleil le frappa, le faisant ressembler à un bijou doré qu'un royal pourrait porter.

La jeune fille avait l'œil sur le cannelé. Achille le tendit de quelques centimètres, quelques centimètres d'invitation.

Aimée fit un autre sourire rapide et prit le cannelé de sa main.

Mon Dieu, je vous remercie.

Achille fut soudain pris de peur et il avait besoin de savoir où était Sutton — mais la camionnette était dans le chemin. Il s'avança vers l'avant du véhicule et essaya de regarder à travers les vitres mais ne pouvait voir ni Sutton ni le marchand de légumes. Ses mains glissèrent sous sa salopette et il caressa rapidement ses doigts, se mordant la lèvre.

— Bon, eh bien, merci encore, dit Aimée en passant une jambe par-dessus le vélo.

— Attends, dit Achille, d'une voix calme et paternelle. Elle s'arrêta et pencha la tête, attendant d'entendre ce qu'il avait à dire.

❧ III ❧

❧ 32 ☙

Il devait faire vite. C'était sa chance.

Après être rentré de l'école, Maman était partie chez une amie malade avec un pot de soupe. Elle s'absentait si rarement de la ferme que Gilbert savait qu'il ferait mieux d'y aller maintenant, même si elle découvrait qu'il était allé au village à vélo tout seul, la punition serait d'une sévérité inoubliable. Son plan était d'aller à Castillac, de coller un nouveau mot sur la porte du poste — cette fois-ci indiquant où se trouvait Valerie — et d'être de retour bien avant Maman. Elle allait sans doute parler longtemps avec son amie malade, et il devrait avoir largement le temps ; il ne s'autoriserait même pas à aller à l'épicerie pour acheter des bonbons.

Juste l'aller-retour, c'est tout. Et puis — si les gendarmes faisaient leur travail — Valerie serait enfin sauvée. Il ne leur faudrait pas plus d'une demi-heure pour vérifier la ferme de Labiche, et s'ils savaient qu'elle était là, ils la trouveraient. N'est-ce pas ?

Gilbert regarda la voiture de Maman disparaître au tournant de la route, puis courut dans sa chambre. Il sortit soigneusement le mot du tiroir de son bureau où il l'avait caché sous des papiers d'école. Une fois de plus, il avait utilisé des lettres découpées dans un journal, donc cela ressemblait encore à une note de rançon d'un film :

VaLerie B à la feRme de LABiche

DÉPêchez-vous

Il ouvrit son livre de maths et y glissa le mot avant de le refermer, puis mit le livre et un rouleau de scotch dans son sac à dos, et courut dehors. Il faisait nuageux et un peu plus frais que d'habitude, mais Gilbert ne remarqua ni le temps, ni les coqs qui chantaient, ni le son des oiseaux qui gazouillaient en construisant leurs nids de printemps. Toute son attention était concentrée sur le fait d'arriver à Castillac le plus vite possible et de coller le nouveau mot sur la porte.

Il se sentait un peu comme Superman sur son vélo — jamais il n'avait pédalé si vite et senti le vent sur son visage avec autant de force. C'était un lundi calme et il n'y avait pas de circulation. La route n'était pas vallonnée et il n'y avait que six kilomètres jusqu'au village. En un rien de temps, Gilbert était à Castillac et presque au poste —

— Salut, Gilbert ! cria un autre garçon.

C'était son camarade de classe, François Bardon. Gilbert n'avait pas pensé à l'avance qu'il pourrait rencontrer des amis. — Je ne peux pas m'arrêter maintenant ! cria-t-il en retour, et accéléra.

La rue devant le poste était vide. Parfait. Il laissa son vélo tomber sur le trottoir et enleva son sac à dos. Ses mains tremblaient lorsqu'il l'ouvrit et sortit le livre de maths. Le posant sur le trottoir, il prit le scotch et en déchira un morceau, puis un autre. Il sortit le mot du livre et le colla sur la porte. Regardant autour de lui et ne voyant personne dans la rue, il utilisa un autre morceau de scotch, puis un autre.

La sensation qu'il éprouva en traversant le village à vélo était indescriptible. La culpabilité de n'avoir pas dit aux gendarmes où se trouvait Valerie avait été si oppressante qu'il n'avait pratiquement pas connu un moment de joie depuis. Mais maintenant, il volait à travers les rues étroites avec un large sourire sur le visage, lâchant le guidon ce qui horrifierait Maman, les bras levés au-dessus de la tête comme s'il franchissait la ligne d'arrivée du Tour de France.

— Gilbert !

Il avait oublié François. Son intention avait été de ne s'arrêter pour rien au monde, mais maintenant que le mot était bien collé sur la porte, il changea d'avis. Maman prendrait probablement une éternité chez cette amie, à parler de tricot et de la météo et de toutes ces autres choses ennuyeuses. Il dirigea son vélo vers le trottoir.

— Je croyais que tu n'avais pas le droit d'aller au village à vélo, dit François, qui était désespérément impatient de raconter à Gilbert comment il avait trouvé le corps sans vie d'Erwan Caradec juste derrière sa maison, mais retardait ce plaisir autant qu'il le pouvait.

— Je n'ai pas le droit, et alors ? dit Gilbert en haussant les épaules. François était tellement agaçant.

— Devine ce que j'ai trouvé ce matin avant l'école.

Gilbert haussa à nouveau les épaules.

— Un cadavre. Juste derrière notre maison, là-bas. Il montra l'allée du doigt. Mon père a appelé les gendarmes et tout.

Les yeux de Gilbert s'écarquillèrent malgré lui. — Un vrai cadavre ? C'était qui ?

— Monsieur Caradec, répondit François, regrettant que ce ne soit pas quelqu'un de plus inattendu.

— Waouh, dit Gilbert. Il avait l'air de quoi ?

— Il était tout affaissé et sa peau était grise. C'était bizarre. Je veux dire, j'ai vu Monsieur Caradec évanoui un million de fois, mais j'ai tout de suite su que cette fois-ci, ce n'était pas comme les autres.

— Il s'est probablement étouffé dans son vomi, dit Gilbert.

François hocha la tête, désolé de ne pas pouvoir affirmer que c'était un meurtre.

Les deux garçons restèrent sans parler, regardant l'endroit où Erwan avait rendu son dernier souffle. — Bon, dit finalement Gilbert, il faut que je rentre. À plus tard. François hocha la tête et rentra chez lui.

Alors que Gilbert quittait le village, pédalant rapidement et zigzaguant entre les voitures, il oublia François et Erwan et fut envahi par le plaisir d'avoir corrigé un échec douloureux. L'inquiétude que sa mère découvre son absence le tourmentait, mais de façon supportable.

Ce n'est que lorsqu'il était presque arrivé chez lui, quand le ciel s'est ouvert et que la pluie s'est mise à tomber à seaux, qu'il a accordé la moindre pensée à la météo. Est-ce que le ruban tiendrait sous une telle averse ? se demandait-il. Et comment pourrait-il le savoir, d'une façon ou d'une autre ?

C'est horrible, pensa Gilbert en s'engageant dans l'allée de la ferme, trempé jusqu'aux os, voyant la voiture déjà garée devant la maison.

Horrible.

— Mais qui au monde voudrait tuer Erwan ? demanda Perrault à Maron alors qu'ils étaient assis dans son bureau, discutant de leur nouvelle affaire.

Maron haussa les épaules. — Je ne pense pas que Nagrand puisse se tromper sur une nuque brisée.

— Mais n'aurait-il pas pu tomber et se la briser de cette façon ?

Maron soupira. — Pas selon Nagrand. Il dit que la nuque a été tordue avec une grande force. Pas du tout ce qu'on verrait dans une chute. De plus, la seule chute qu'Erwan aurait pu faire était de la position debout à allongée. Il n'était pas près d'escaliers ou quoi que ce soit de ce genre. Nagrand était catégorique.

Perrault luttait avec ses sentiments contradictoires habituels face à la situation. Les choses avaient été terriblement calmes à Castillac depuis des mois, et elle était secrètement ravie d'avoir une enquête pour meurtre dans laquelle se plonger. D'un autre côté, bien sûr, elle n'aurait jamais souhaité du mal à Erwan - il avait déjà assez de problèmes sans être assassiné par-dessus le marché.

— Très bien alors, Chef, que fait-on maintenant ?

— Commençons par le b.a.-ba. Nous allons faire du porte-à-porte dans le quartier, voir si quelqu'un a vu ou entendu quelque chose.

— J'ai déjà parlé à Madame Tessier. Elle avait discuté avec Erwan samedi, en rentrant du marché, vers onze heures. Elle a dit qu'il s'était procuré une bouteille d'eau-de-vie et qu'il y avait déjà fait un sacré sort. Mais il était vivant, sinon sobre, quand elle l'a quitté.

Maron fronça les sourcils. — J'espérais que Tessier nous apporterait à nouveau quelque chose. *Bon*, mettons-nous au travail.

Perrault se leva d'un bond et enfila son imperméable. Le gros orage était passé mais il bruinait encore dehors. — Je prends l'ouest de la rue Saterne ? demanda-t-elle à Maron.

Maron acquiesça. Il trouvait Perrault plutôt compétente et s'entendait mieux avec elle maintenant qu'ils ne rivalisaient plus pour l'attention de Dufort. Elle serait probablement mutée dans les prochains mois, et il regretterait son départ - ce qui, venant de Maron, était un grand compliment.

Ils quittèrent le poste. Perrault était plongée dans ses pensées, essayant de trouver une raison pour laquelle quelqu'un voudrait tuer une âme aussi pathétique qu'Erwan Caradec. Elle se pencha et ramassa un bout de papier trempé dans la rue. Elle ne regarda pas le côté avec les lettres découpées soigneusement arrangées. Le ruban n'avait pas tenu et le tout n'était qu'un amas détrempé, et pensant qu'il s'agissait d'un déchet, elle le jeta dans une poubelle en se rendant à son premier entretien.

❧ 33 ☙

Molly gara son scooter sur le trottoir devant Chez Papa, le mit sur sa béquille et se précipita à l'intérieur.

— Je ris à chaque fois que je te vois sur cet engin, dit Nico en essuyant un verre avec un torchon.

— Tu es juste jaloux, répliqua Molly. Et qui ne le serait pas, elle est tellement magnifique.

— Tout comme toi, ma chère, dit Lawrence, à l'aise sur son tabouret habituel avec un Negroni posé devant lui sur le bar.

— Eh bien, merci, dit Molly, sincèrement heureuse du compliment. Elle ne se sentait pas au mieux ces derniers temps, elle et Ben n'ayant fait aucun progrès sur l'affaire Boutillier. Alors, quel est ce dernier potin que tu as pour moi ? Ce n'est pas ton genre d'être si mystérieux quand tu m'envoies un message.

— Ce n'est pas vraiment un potin, en fait — c'est une nouvelle. Et comme ça s'est passé il y a quelques jours, tu l'as probablement déjà entendue. Jouant avec elle, il fit une longue pause pour boire une gorgée de Negroni.

— Un kir ? demanda Nico, déjà la crème de cassis en main. Molly acquiesça.

— Il y a eu un autre meurtre dans le village, dit Lawrence.

Molly agrippa le bras de Lawrence. — *Quoi ?* Vraiment ? Qui ?

— Erwan Caradec. Tu l'as sûrement vu traîner dans le village, la plupart du temps ivre mort sur son vieux derrière ridé ?

— Tu veux dire le type qui traîne près du manoir des Desrosiers ?

— C'est lui. C'était une figure du quartier. Sans domicile fixe, et alcoolique, évidemment. Les voisins veillaient sur lui — lui donnaient à manger, un abri quand il faisait vraiment froid, ce genre de choses.

— C'est gentil de leur part, dit Molly distraitement. C'était un ivrogne violent ? Il criait, était agressif, quelque chose comme ça ?

— Non, je ne crois pas. Parfois, il s'emportait sur la politique et parcourait le quartier en vociférant que la droite était une bande de proto-nazis et qu'il fallait les chasser du pays. Mais je ne pense pas qu'il ait jamais dirigé sa colère contre quelqu'un ici dans le village, pas que je sache.

— Tu es sûr qu'il a été assassiné ? Comment as-tu appris ça ? demanda Molly, toujours curieuse des sources de Lawrence.

— C'est définitivement un meurtre. Perrault et Maron ont passé l'après-midi d'hier à faire du porte-à-porte pour voir si quelqu'un savait quelque chose.

— Nico, on peut avoir deux assiettes de frites ?

Nico acquiesça et se dirigea vers la cuisine. Personne d'autre n'était chez Papa ce mardi, en début de soirée. Molly descendit de son tabouret et commença à faire les cent pas.

— Je remarque que tu reprends vie quand quelqu'un meurt, dit Lawrence d'un ton sec.

— Je réfléchis, c'est tout, dit Molly. Ça semble tellement aléatoire, non ? Un sans-abri — inoffensif — que tout le monde connaît — est tué comme ça, sans raison ? Ça ne sonne pas juste.

— Eh bien personne ne dirait qu'il y a quelque chose de juste là-dedans. Je n'ai pas entendu dire si Perrault et Maron avaient des pistes.

— Mais qui ferait une chose pareille ? Quel pourrait bien être le mobile ?

— Peut-être qu'il n'y avait pas de mobile, dit Lawrence. Peut-être que le meurtrier l'a fait simplement parce qu'il le pouvait.

Molly secoua la tête. — Peut-être que dans certains endroits du monde, ça aurait un sens. Mais ce genre de dépravation de sang-froid, ici à Castillac ?

— J'adore la façon dont tu t'accroches à tes fantasmes. C'est un de tes aspects charmants. Mais Molly, pourquoi imaginerais-tu qu'un endroit — y compris Castillac — soit magiquement dépourvu de sociopathes ?

— Je n'ai pas dit ça, répondit-elle d'un ton grincheux. Ou, ce n'est pas exactement ce que je voulais dire. Tu sais, apparemment le pourcentage de sociopathes est plus élevé qu'on pourrait le penser, quelque chose comme quatre pour cent. C'est juste que même si la plupart d'entre eux sont incroyablement difficiles, ils ne sont pas violents.

— Bien noté, dit Lawrence en souriant alors que Nico revenait avec les frites. Tu m'as complètement gâté, tu sais. Avant, je mangeais aux heures de repas comme le font les Français, et maintenant je m'empiffre de frites à n'importe quelle heure du jour ou de la nuit, grâce à toi.

— Heureuse d'être utile, dit Molly en saisissant une frite brûlante au sommet du tas luisant. Alors Nico, comment va Frances ? Je ne la vois presque plus.

— Elle a un grain, dit Nico en fronçant les sourcils.

— Oh oh, rit Molly.

La porte s'ouvrit derrière eux et le doux parfum du printemps égaya la pièce. — Salut, Dufort, dit Lawrence.

— Salut Lawrence, Nico, Molly, dit Ben, puis il embrassa Molly sur les deux joues.

— Alors, qui aurait pu tuer Erwan Caradec ? demanda Molly.

Ben recula et leva les paumes en l'air. — Wow, Molly, tu vas droit au but, hein ?

— Lawrence vient de me le dire. C'est quoi ce bordel ? Je veux dire, un meurtre pour une raison, c'est une chose. Mais maintenant des gens sont tués au hasard, ici à Castillac ? L'endroit que je pensais être tout calme et serein ?

Nico et Lawrence rirent. — Est-ce que ça t'est déjà venu à l'esprit que tu n'aimes pas vraiment ces choses-là ? dit Lawrence.

Molly lui lança un regard. — Sérieusement, les gars. Donnez-moi juste un mobile à moitié crédible et je me tairai à ce sujet.

Personne ne dit rien.

— Comment a-t-il été tué ? demanda-t-elle.

— Le cou brisé, dit Ben.

Personne ne dit rien. Lawrence baissa la tête.

Ben a demandé à Nico un verre de whisky. Quand il s'est penché vers le bar pour le prendre, il s'est rapproché de Molly et elle a senti l'odeur de la forêt sur lui. C'était une bonne odeur, jusqu'à ce qu'elle se souvienne pourquoi il avait probablement été là-bas.

— Tu étais dans les bois aujourd'hui ? a-t-elle demandé.

Il l'a regardée dans les yeux et a hoché la tête. Puis il a serré les lèvres et a secoué la tête.

Molly voulait lui demander des détails mais savait que l'arrangement avec Boney devait rester privé — alors, avec Nico et Lawrence qui les observaient, elle a changé de sujet pour parler des légumes qu'il fallait commencer à faire pousser à l'intérieur avant de les planter dans le jardin, sujet dont aucun d'entre eux, y compris l'agriculteur biologique à plein temps assis à côté d'elle, ne connaissait la moindre chose.

LE LENDEMAIN MATIN, Molly a travaillé dans le parterre de fleurs devant la maison, taillant, désherbant et rêvassant. Puis, se sentant agitée, elle a sauté sur le scooter et est allée au village, pensant qu'elle marcherait à nouveau dans le quartier des Desrosiers et vérifierait l'endroit où Caradec avait été tué. Elle n'essayait pas vraiment de résoudre l'affaire, juste curieuse du dernier meurtre de Castillac, qui, d'après ce qu'elle pouvait constater, était totalement dépourvu de mobile.

Je suppose que ça ne peut pas être lié à Valerie, a-t-elle pensé, après avoir garé le scooter et déambulé dans la rue Saterne. C'est drôle comme notre esprit cherche toujours à créer des schémas et des connexions même là où il n'y en a pas.

— Bonjour, Madame Tessier, a-t-elle dit à la vieille dame assise sur une chaise devant sa porte d'entrée. Elles n'avaient pas été présentées mais chacune savait qui était l'autre, et elles avaient un certain respect semi-professionnel l'une pour l'autre, de commère à commère.

— Bonjour, Madame Sutton, a répondu la vieille dame. J'allais justement rentrer pour commencer à préparer le dîner, mais le temps est tellement spectaculaire, n'est-ce pas ? Aucun signe d'un autre gros orage cet après-midi.

Molly a souri en signe d'accord. Elle voulait demander exactement où Caradec avait été trouvé mais a pensé qu'il serait impoli d'aborder directement le sujet, alors elle a parlé plutôt de la salade qu'elle avait préparée la veille avec de la frisée, des lardons et une vinaigrette à la moutarde. Mme Tessier a hoché la tête en signe d'approbation puis, semblant un peu impatiente, a raconté comment elle avait été la dernière personne à parler à Erwan Caradec. Molly était soulagée de ce changement de sujet.

— À moins, bien sûr, que le meurtrier ne lui ait parlé, a ajouté Mme Tessier. Je ne peux rien dire à ce sujet, évidemment. L'agent Perrault ne semblait pas savoir quand il avait été tué. Cette ruelle n'est pas très fréquentée. Je ne dirais pas qu'il aurait pu être là pendant des jours parce que, comme je l'ai dit, je lui ai parlé la veille de sa découverte. Saviez-vous que c'est un petit garçon qui l'a trouvé ? François Bardon, il vit dans cette maison juste là-bas, qui donne sur la ruelle, vous savez. Il sortait les poubelles comme un bon garçon, et est tombé sur le pauvre Erwan. Mme Tessier a secoué tristement la tête.

— La mort fait partie de la vie, a-t-elle dit, agitant son doigt vers Molly. Mais je pense que nous pouvons convenir que ce n'est pas la partie la plus agréable, même si elle nous donne un bref élan de bonheur quand on réalise que c'était le tour de quelqu'un d'autre et pas le nôtre.

— Comme c'est vrai, a dit Molly gravement. Les deux femmes se sont dit au revoir et Molly a continué à marcher jusqu'au bout de la rue Saterne, heureuse d'être dehors au soleil et de faire un peu d'exercice. Elle a tourné dans la rue Baudelaire et a admiré les lampes dans la vitrine du magasin de lampes (qui semblait toujours être fermé) et est passée devant la maison de Mme Gervais. Et puis, sans avoir eu l'intention d'y aller du tout, elle s'est retrouvée à regarder par la vitrine de la boutique nouvellement ouverte de Lapin. Laurent Broussard, disait l'enseigne, son nom formel souligné en or, et paraissant très sérieux.

Elle a poussé la porte au son d'une clochette. Il ne plaisantait pas quand il disait avoir beaucoup de stock, a-t-elle pensé, en voyant des chaises empilées contre un mur et plusieurs boîtes de jouets anciens à ses pieds, tout l'endroit presque rempli jusqu'aux combles de bric-à-brac et de trésors d'autres personnes.

— Lapin ? a-t-elle appelé.

Elle a entendu du bruit à l'arrière, puis des jurons. Mais personne n'est apparu.

— Lapin ? a-t-elle appelé, plus fort.

Plus de bruit, plus de jurons.

Puis elle a vu la grosse tête de Lapin apparaître au-dessus d'une pile de boîtes. — La bombe ! a-t-il dit. Je pensais avoir entendu la cloche il y a une minute. Tu me fais un grand honneur en visitant mon humble boutique, a-t-il dit, se frayant un chemin à travers les meubles et les boîtes jusqu'à l'endroit où elle se tenait près de la porte d'entrée, et l'embrassant fermement sur les deux joues.

— Maintenant, je connais une chose ou deux sur les clients, a dit Lapin, les yeux brillants. J'ai travaillé assez de marchés aux puces pour apprendre certaines choses : certaines personnes aiment qu'on leur fasse visiter. Elles aiment qu'on leur montre les bons morceaux, elles aiment le contact personnel. Toi ? a-t-il ri. Toi, Madame Sutton, tu es le genre qui aime flâner sans aucune guidance, ai-je raison ? Donc si, disons, je te suggérais que tu pourrais aimer certains des bijoux que j'ai juste ici — ces colliers par exemple — tu te hérisserais et voudrais être laissée tranquille.

Molly a ri. — Dans le mille, Lapin, a-t-elle dit. Bien que pas exactement laissée tranquille. Juste pas de vente forcée. Laisse-moi regarder et décider ce que je pense avant que tu n'essaies de me dire ce que je devrais penser, tu vois ?

— Oh oui, a-t-il dit avec un sourire, je vois.

Par réflexe, Molly a croisé les bras et a marché le long d'une allée encombrée. — Donc toutes ces choses viennent des successions des gens ?

— Presque tout. Ceci et cela, je les ai récupérés dans des ventes de greniers et autres. Mais principalement, quand quelqu'un meurt, il reste un tas d'objets que la famille ne veut pas, et c'est là que j'interviens. Ou la famille veut gagner un peu d'argent supplémentaire, alors ils me font venir pour estimer ce dont ils sont prêts à se séparer.

— Tellement. de. choses, a dit Molly, remontant l'autre allée. C'est étrange de penser qu'à un moment donné, les gens étaient vraiment attachés à tout ce qui est ici, tu sais ? L'enfant de quelqu'un s'est assis dans cette petite chaise et a appris à lire, ou une femme s'est regardée dans ce miroir chaque après-midi pour arranger ses cheveux avant que son mari ne rentre à la maison.

— J'ai toujours su que tu étais un romantique, Sutton.

— Ne te fais pas d'idées, dit Molly. Bon, il est temps que je rentre chez moi.

Elle s'arrêta au comptoir d'entrée et regarda les bagues empilées sur un plateau bordé d'or, puis en glissa une à son doigt.

— Joli, dit-elle en tendant la main et en admirant la délicate bague en argent ornée d'une petite pierre bleue.

— Comme nous sommes de vieux amis, dit-il, je peux te faire une offre incroyablement basse pour celle-là. C'est un modèle extrêmement rare, ce genre de bague. Une vraie pièce unique.

— Nous ne sommes pas de vieux amis et tu racontes n'importe quoi, Lapin, rit Molly.

Elle retira la bague et la remit sur le plateau. Puis elle laissa glisser entre ses doigts les colliers suspendus, en or et en argent, anciens trésors de quelqu'un d'autre.

Elle commença à jeter un coup d'œil dans la boîte où, à leur insu, reposait le collier de Valérie, mais à ce moment-là, la clochette tinta et un autre client entra. Molly se retourna, fit un signe d'au revoir à Lapin et rentra chez elle.

❧ 34 ☙

Molly était allongée dans son lit, écoutant Wesley Addison faire du bruit au-dessus de sa tête, retardant le moment de se lever dans l'espoir vain qu'il quitterait La Baraque pour la journée et lui laisserait un peu de tranquillité. Sa fenêtre était ouverte et le vacarme des oiseaux était étonnamment fort. Une brise fraîche agitait les rideaux. Bobo était dehors en train d'effectuer sa patrouille post-aube des lieux, les De Groots n'avaient pas été aperçus depuis trois jours, et elle avait enfin obtenu une réservation pour le gîte — une autre famille pour deux semaines — et serait en mesure de rembourser Pierre Gault et d'arrêter de s'inquiéter pour la facture d'électricité.

Tout à La Baraque était comme il se devait... sauf, bien sûr, le problème persistant de Valerie Boutillier.

Elle attendait la visite de Ben pour une séance de planification, alors elle abandonna l'idée d'éviter Addison et enfila un short et un T-shirt, pensant qu'après le départ de Ben elle passerait quelques heures dans le jardin.

Un café, un morceau de pain de la veille tartiné de beurre doux, et elle était prête.

Bobo aboya son aboiement "bonjour, ami" (qui sonnait très

différemment de son aboiement "qui est cet étranger ?") et Molly alla ouvrir la porte d'entrée avant que Ben n'ait le temps de frapper. Ils se dirent bonjour, s'embrassèrent sur les joues, puis se regardèrent avec des expressions de déception.

— Le truc, commença Ben, c'est que je ne sais pas si le mot n'était qu'un canular et si nous avons fait une chasse aux chimères, ou si nous avons — ou plutôt si j'ai — encore échoué à l'aider.

Molly acquiesça. — Je sais. Elle lui tendit une tasse de café noir. — Tu veux qu'on se promène dehors pendant qu'on parle ? C'est une si belle matinée.

Ils se promenèrent dans le pré, Ben lançant des bâtons à une Bobo ravie, le chat orange les suivant à distance.

— Alors, tu n'as rien obtenu avec Boney ?

— Eh bien... dit Ben, en ce qui concerne Valerie, c'est exact. Je parierais gros que son corps n'est nulle part près de Castillac. Boney et moi avons couvert beaucoup de terrain. Je ne l'ai eu que pendant une semaine, mais j'ai demandé du temps libre à Rémy pour pouvoir en faire autant que possible avant que Léon ne vienne le chercher. Ce chien est incroyable, vraiment. Je jure que je pense qu'il comprenait exactement ce que je voulais qu'il fasse et pourquoi.

Il a cependant trouvé quelque chose d'autre d'intéressant, sans rapport avec l'affaire Boutillier. Un corps enterré profondément dans la forêt de la Double. Impossible de dire depuis combien de temps il est là — Florian enquête et j'espère avoir des informations d'ici le début de la semaine prochaine.

— Bon sang — *encore* un corps !

— Il pourrait être assez ancien, il sera peut-être presque impossible d'aboutir à quoi que ce soit. Ou bien sûr, il pourrait s'agir d'une mort naturelle sans aucun crime. Mais il y a une liste des personnes disparues, à la fois pour le département et toute la France — bon sang, nous devrions peut-être même regarder la liste internationale — donc avec un peu de chance, nous obtiendrons de l'ADN utilisable et Florian pourra me donner une idée de la durée pendant laquelle le corps est resté là.

— Est-ce qu'il te tiendra encore au courant même si tu n'es plus à la gendarmerie ?

— Eh bien, pas "au courant". Mais je pense qu'il prendra le temps d'avoir une conversation, dit Ben avec un petit sourire. Florian et moi nous agaçons mutuellement. Mais c'est plus une question de style qu'autre chose. Le respect est aussi mêlé à tout ça.

— La gendarmerie te manque ?

— Non. Oui. Eh bien, dit-il en riant, le stress ne me manque pas. J'ai vraiment apprécié cette semaine avec Boney, de pouvoir me concentrer sur une seule chose sans m'inquiéter de négliger d'autres devoirs ou d'avoir à justifier le temps passé. J'aime vraiment, vraiment être mon propre chef plutôt que de faire partie d'une unité militaire.

— Alors, tu ne vas pas y retourner ?

— Je ne pense pas. Cela signifie que je vais devoir trouver autre chose... il s'avère que l'agriculture biologique n'est pas là où résident mes talents, selon Rémy.

— Il m'a dit que tu avais enterré les plants d'épinards sous trente centimètres de paillis, dit Molly en riant.

— Oh, c'était une erreur de débutant. J'ai fait bien pire depuis. Il m'a donné mon jour de congé aujourd'hui même si c'est la haute saison et qu'il y a une tonne de travail à faire. Le pauvre m'aurait viré depuis longtemps s'il n'était pas un si bon ami.

Ils passèrent devant le pigeonnier où tout était calme, et atteignirent le bout du pré.

— Tu as beaucoup exploré ces bois ? demanda Ben.

Molly secoua la tête. — Tu veux continuer à marcher ?

— Allons-y, dit-il. Je suis déjà passé par ici avec Boney, donc au moins je peux t'assurer que tu ne seras pas surprise par des corps.

— Contente de l'entendre. Alors... Valerie.

— Valerie.

— J'étais tellement sûre que le mot était vrai, dit Molly. Bien sûr, je n'avais aucune raison de le croire, et je comprends que le travail de détective consiste à suivre des pistes, à trouver des preuves et à utiliser son cerveau, pas seulement à avoir des intuitions. Mais je ne voyais pas qui prendrait la peine de faire un mot comme ça, tu vois ? Je ne voyais pas — et je ne vois toujours pas — quel serait l'intérêt. Faire perdre du temps aux gendarmes ? En quoi cela serait-il satisfaisant ?

— Souviens-toi que tu as trouvé l'endroit sur la porte où le mot avait été scotché, et qu'il était bas ? Probablement un gamin. Et les gamins font des choses qui n'ont aucun sens tout le temps. Ça pourrait être un défi, quelque chose comme ça.

— Je suppose, dit Molly. J'aimerais qu'il y ait un moyen de mesurer la hauteur du mot et ensuite d'estimer la taille probable du gamin, puis d'interroger tous les enfants de l'école dans cette tranche de taille.

— Très scientifique de ta part, dit Ben en tendant la main avant de la laisser retomber.

— Je n'arrive pas à croire que nous ayons passé tout ce temps et fait tous ces efforts sans obtenir la moindre nouvelle preuve, pas le plus petit indice.

— Bienvenue dans mon monde, dit Dufort. Sans aucun doute, Perrault et Maron sont maintenant aux prises avec le meurtre de Caradec. Quand je leur ai parlé, ils n'avaient absolument rien sur quoi travailler.

— C'est une autre chose que je ne comprends pas. Qui aurait quelque chose à gagner en tuant ce pauvre homme ?

— Tu fais l'erreur de supposer que le meurtrier agit de manière logique, dit Ben. Et bien qu'il y ait toujours une certaine logique sous-jacente dans la pensée d'un meurtrier, il y a souvent une folle touche de folie, de chaos. Et c'est cette touche qu'un bon détective capte.

Molly donna un coup de pied dans les feuilles et réfléchit à cela. — Ce n'était jamais aussi frustrant pour Nancy Drew, dit-elle, et cette fois Ben lui prit la main, et ils marchèrent longtemps en admirant la beauté des bois au printemps sans rien dire du tout.

C'EST une simple question de boucler les derniers détails — c'est ainsi qu'Achille voyait les choses alors qu'il conduisait son tracteur autour de Castillac vers le nord, tournant sur la rue des Chênes de l'autre côté du village. La rue n'avait pas d'accotement pour qu'il puisse se garer, alors il dépassa le cimetière et continua jusqu'à un champ, où il gara le tracteur à côté d'un arbre où il n'avait pas l'air du tout déplacé. Achille ne connaissait personne de ce côté de la ville et n'avait donc aucune idée à qui appartenait ce champ, mais il ne s'inquiétait pas que quelqu'un regarde deux fois un tracteur à côté d'un champ. Il se fondrait dans le paysage et n'attirerait aucune attention, tout comme lui-même avait réussi à le faire toutes ces années.

Il partit à pied vers le sud, en direction de La Baraque, où Florence lui avait dit que Sutton vivait.

Molly Sutton, pensa-t-il sombrement. Avec ses fouineries, ses rires et son bavardage incessant : venant directement chez lui et frappant à sa porte ! S'immisçant dans les affaires de Madame Renaud et de son fils ! C'était inadmissible de se mêler ainsi d'une famille.

Par intermittence, il se souvenait d'Erwan Caradec et à quel point le tuer s'était avéré facile après tout, bien plus facile que de tuer un animal de ferme quand on y réfléchit bien ; cette réalisation lui donnait une nouvelle confiance éclatante en sa capacité à faire tout ce qu'une situation particulière exigeait. Même si cela semblait trop difficile quand il y pensait la première fois.

Achille ne pouvait s'empêcher de penser à quel point son père serait stupéfait s'il apprenait qu'Achille avait tué un homme — Achille, qui n'avait jamais pu appuyer sur la gâchette pendant la chasse sans fermer les yeux, qui essayait toujours de convaincre son père de piéger les animaux pour en faire des animaux de compagnie.

Il était un homme maintenant. C'était dommage que son père soit mort depuis longtemps et ne soit pas là pour le voir, mais Achille bomba un peu le torse en marchant le long de la route. Son père aurait probablement abhorré le meurtre, puisqu'il chassait pour mettre de la nourriture sur la table et non par plaisir de tuer pour le plaisir. Mais Achille était sûr qu'au fond, son père aurait été fier aussi. Il avait fait ce qui devait être fait et n'était-ce pas tout le problème avec sa mère — qu'elle ne le pouvait pas ? Qu'elle serait en train de marmonner dans un coin de la cuisine, parlant à des gens qui n'étaient pas là, ne faisant pas ce qui devait être fait ?

Pourquoi, oh pourquoi avait-il dit à Sutton qu'ils étaient encore en vie ? S'il avait seulement gardé sa bouche fermée !

Une voiture arrivait de la direction du village et il bondit dans les bois, restant immobile jusqu'à ce qu'elle soit passée. Où était cette maison ? Il était impatient, attendant avec impatience le moment où il poserait son regard sur Sutton pour la première fois, et pourrait l'observer sans qu'elle sache qu'il était là.

Il savait qu'il pouvait la tuer, il se l'était prouvé à lui-même. Mais il n'était pas si obnubilé qu'il ne puisse voir le potentiel que cela avait d'aggraver sa situation. Si quelqu'un tuait Sutton, peut-être que les Américains enverraient le FBI et qui sait combien de détectives et de policiers, tout le village en serait envahi. Ce n'est pas comme s'il pouvait fuir, pas avec Bourbon et son troupeau à s'occuper.

Ce n'est pas comme s'il pouvait fuir avec Valerie non plus. Sans parler d'Aimée.

Quand il fut à environ cinquante mètres de La Baraque, il se glissa à nouveau dans les bois. Maintenant qu'on était fin mai, les feuilles le cachaient presque immédiatement. Il n'avait pas d'attachement particulier pour les bois, préférant toujours être dans les champs où ses filles paissaient, mais il appréciait la couverture une fois qu'il aperçut la maison.

Il resta immobile, bien caché, et observa.

C'était le crépuscule. Il vit une lumière s'allumer, puis une autre. Une silhouette passa rapidement devant une fenêtre, mais il ne pouvait pas dire si c'était Sutton ou non. Il avait besoin de s'approcher mais il craignait qu'elle n'ait un chien qui pourrait aboyer contre lui ou même essayer de le mordre.

Et bien sûr, Molly avait un chien. Mais au moment où Achille Labiche espionnait la maison de Molly, retournant l'idée de lui briser le cou et de la faire taire pour de bon, Bobo était profondément enfoncée dans la forêt, poursuivant un écureuil roux. Elle aurait peut-être protesté, si on lui avait donné l'occasion de se défendre, qu'elle n'était pas vraiment un chien de garde... bien que s'il arrivait quoi que ce soit à Molly, elle ne s'en remettrait jamais.

Quand il ne faisait pas tout à fait nuit mais qu'il faisait assez sombre, Achille sortit furtivement des arbres et marcha vers la maison. C'était un endroit hétéroclite, pensa-t-il, manquant de la symétrie plaisante de sa ferme. Il était difficile de comprendre où se trouvait quoi que ce soit depuis

l'extérieur — la cuisine était-elle par là ? Sa chambre se trouvait-elle dans cette extension, ou celle qui s'avançait dans l'autre direction ?

Il gardait une oreille aux aguets, à l'écoute du moindre bruit qui pourrait le trahir. Il pensait que son père serait fier de savoir qu'il avait appris à son fils à se déplacer silencieusement, à écouter, à anticiper les problèmes lorsqu'il traquait sa proie.

La voilà.

Achille voyait clairement Molly en train de préparer le dîner dans la cuisine. Autant qu'il pouvait en juger, elle était seule, debout devant le comptoir, en train de mettre de la salade dans un grand bol. Puis elle a coupé quelque chose et l'a ajouté. Elle s'est versé un verre de rosé. Elle a rompu le bout d'une baguette, l'a tartinée de beurre et l'a mangée debout, à côté du réfrigérateur, comme si elle était tellement affamée qu'elle ne pouvait pas attendre une seconde de plus.

Achille la trouvait presque grotesque, avec ses cheveux en désordre et son jean. Sa mère, elle, était discrète, les cheveux en chignon soigné et toujours vêtue d'une jupe, même pour faire les travaux de la ferme.

Molly Sutton n'était la mère de personne. Personne ne la regretterait même.

❧ 35 ❧

W esley Addison était dans sa chambre, assis sur une chaise inconfortable, regardant par l'unique petite fenêtre. Il avait pris un long repos cet après-midi-là, s'étant endormi en lisant une monographie sur les dialectes du sud-ouest de la France.

Il n'aimait pas faire la sieste. Les siestes le rendaient groggy par la suite, ce qui le mettait mal à l'aise.

C'est donc dans un état de somnolence qu'il était assis sur la chaise inconfortable, regardant la prairie et pensant à sa femme. Sept ans, c'est long, mais il avait eu des moments, dans le Dordogne, où il avait l'impression qu'elle venait juste de passer dans la pièce d'à côté. Des moments où le son de sa voix et la sensation de sa peau douce étaient si vivaces qu'il avait failli lui parler à voix haute.

Elle l'avait compris, sa femme. Elle avait été capable de rire de lui d'une manière qui l'aidait à rire de lui-même, et elle avait en quelque sorte été capable d'entendre toutes les choses qu'il voulait dire mais n'arrivait pas à exprimer.

Wesley regarda le chien tacheté traverser la prairie en courant et disparaître dans les bois, et il aurait souri de l'énergie du chien s'il ne se considérait pas comme un amoureux des chats et que sourire à un chien n'aurait pas été une sorte de trahison.

La fenêtre avait été nettoyée récemment, mais le verre était vieux et présentait une zone embuée dans un coin, ainsi que des taches dans le verre lui-même ; sa vue n'était pas parfaitement claire. Peut-être que cette vue imparfaite expliquait pourquoi il crut voir quelque chose dans les bois, juste à la lisière de la pelouse. Pas quelque chose — quelqu'un.

Il se pencha plus près, pressant presque son nez contre la vitre. Le crépuscule tombait rapidement et il plissa les yeux, perdant la forme de la personne puis la retrouvant. Wesley se leva en soupirant. Sa femme aimait prendre un cocktail au crépuscule, et le lui préparer avait été l'une des traditions quotidiennes de leur vie commune, si bien que chaque jour depuis sept ans, il se sentait abattu à l'heure de l'apéritif.

Il pensa : puisque je suis en vacances après tout, je vais prendre un cocktail moi-même pour une fois. Je vais demander à Miss Sutton de porter un toast à Catherine avec moi. Et puis je m'occuperai de faire mes bagages, et serai prêt à partir le matin.

Il descendit lourdement les escaliers. Il passa devant une fenêtre dans le couloir.

— Miss Sutton ! appela-t-il quand il la vit debout au comptoir de la cuisine.

Molly sursauta violemment.

— Monsieur Addison ! Bonsoir, dit-elle, essayant de se remettre. Désolée, je suis un peu sur les nerfs. Avez-vous vu Bobo ?

— Oh oui, elle poursuivait un lapin, partie comme une fusée, dit-il, tout en pensant : bien que je sois un amoureux des chats.

— Ah, elle adore chasser les lapins. Puis-je vous offrir un verre ?

— C'est précisément ce que je venais demander, dit Wesley.

Juste à l'extérieur de la fenêtre, caché dans un viorne, Achille vit le grand homme entrer dans la cuisine. Il ne pouvait pas tout à fait entendre ce qu'ils disaient, mais il voyait la taille du gaillard — ses pieds gigantesques, ses mains aussi grandes que des grille-pain. Achille se faufila le long de la maison, s'éloignant de la fenêtre. Puis il traversa rapidement la pelouse et retourna dans les bois, courant jusqu'à son tracteur, qui mit quatre essais avant de démarrer.

Il savait où elle habitait, et c'était un début. Mais il n'allait rien tenter avec cet ours d'homme dans les parages.

Il n'était pas fou.

GILBERT AVAIT RÉUSSI à empêcher Maman de découvrir qu'il avait fait du vélo jusqu'à Castillac. Réfléchissant rapidement quand il vit qu'elle était rentrée avant lui, il mit son vélo dans le garage et l'essuya avec un chiffon, puis entra par la porte de derrière avec une histoire alambiquée sur un fort qu'il construisait dans les bois et comment il avait espéré que le toit qu'il avait construit soit étanche mais que malheureusement il s'avérait qu'il fuyait.

Il amena Maman à parler des différentes façons de rendre un toit étanche avec des bâtons pendant qu'elle lui réchauffait une tasse de bouillon pour le réchauffer et lui trouvait des vêtements secs.

C'était un miracle que ses soupçons n'aient pas été éveillés, d'autant plus que son amie malade lui avait tout raconté sur Erwan Caradec et comment il avait été assassiné. Une histoire comme celle-là aurait normalement rendu sa mère encore plus craintive et prompte à réagir de manière excessive à la moindre chose, même au fait de se mouiller sous la pluie, mais heureusement pour une fois, elle lui en parla sans ajouter une longue liste de choses qu'il ne pourrait plus faire à cause de cela.

Caradec aurait été une grande source d'excitation à tout autre moment, mais Gilbert était obsédé par Valerie. Sans parler du fait que l'élévation de la mort de Caradec au rang de meurtre allait rendre François complètement impossible à fréquenter.

Dans tous les cas, ni la balade à vélo illégale ni le meurtre de Caradec n'avaient conduit à un resserrement des restrictions pour Gilbert, et il put donc s'échapper ce jeudi-là après être rentré de l'école et avoir fait ses corvées, et se faufiler jusqu'à la ferme des Labiche pour vérifier l'état de Valerie.

Une fois hors de vue de la maison, il ralentit. Gilbert était un garçon qui remarquait les choses, et il toucha l'écorce rugueuse du chêne, vit l'ombre tachetée créée par les feuilles vert vif, écouta les oiseaux. Tous ses sens s'éveillaient dans les bois et il se sentait heureux et libre, et plein de détermination.

Quand il arriva à la lisière des bois bordant la ferme de Labiche, il s'installa dans les feuilles comme il l'avait fait auparavant. Cette fois, il portait une chemise marron, donc il était moins inquiet d'être repéré.

Tout était calme. Les vaches étaient hors de vue, probablement dans le champ ouest. Gilbert pouvait entendre un meuglement occasionnel au loin, ainsi que le chant des coqs de sa mère venant de derrière lui.

D'accord, où pouvait-elle être ? se demanda-t-il. Dans la maison, peut-être dans le grenier. Ou dans une pièce secrète que Labiche aurait faite juste pour elle. La grange est gigantesque, il doit y avoir assez de place là-dedans. Ou que dire de cette cave à légumes, creusée dans la colline juste après la grange.

Sept ans dans une cave à légumes ? Rien que d'y penser, Gilbert suffoquait, imaginant l'obscurité sans fin.

Il observait, le menton dans les mains, guettant le moindre signe de vie et tendant l'oreille pour entendre un quelconque appel à l'aide. Il se demandait si Valérie avait crié au début sans que personne ne l'entende, ce qui lui semblait être la pire chose imaginable.

Le soleil lui chauffait la tête, réconfortant et chaleureux. La journée d'école avait été longue et il avait joué dur au football pendant la récréation.

Ses yeux se fermèrent, et il lutta un instant contre le sommeil, puis s'endormit.

Son sommeil était si paisible, allongé là dans le doux lit de feuilles avec le soleil caressant son visage, que ce fut d'autant plus saisissant lorsque le chien se mit à aboyer tout près. Les yeux de Gilbert s'ouvrirent brusquement et il vit un border collie foncer droit sur lui en remontant la colline, et Labiche se tenant à une trentaine de mètres de là, observant le chien.

Oh oh.

Il savait que c'était sans espoir, mais tout ce qu'il pouvait faire était de se lever d'un bond et de courir aussi vite que possible. Il fila à travers les bois, le cœur dans la gorge, le chien lui mordillant les talons. Il était rapide, pour un garçon de neuf ans, et pour quelqu'un qui dormait profondément quelques secondes plus tôt.

Mais pas assez rapide. Labiche le rattrapa et l'attrapa par le col de sa chemise, puis lui maintint rapidement les poignets dans le dos.

— Qu'est-ce que tu crois faire ? lui demanda Achille, en se penchant près du visage du garçon. M'espionner ? Prendre des notes ?

— Non, Monsieur, bégaya Gilbert. Je cherchais juste des herbes, vous savez, pour les vendre au marché. Et j'ai dû m'endormir...

— Des herbes ? Quelles herbes pensais-tu trouver cachées sous les feuilles sur ma propriété ? Tu crois que je ne sais pas ce que tu fais ? Tu crois que je ne sais pas qui t'a envoyé ?

Ses grandes mains serraient douloureusement les poignets de Gilbert tandis qu'il ramenait le garçon vers sa ferme.

— Quoi ? Personne ne m'a envoyé ! protesta Gilbert, mais il voyait bien que son voisin n'entendait pas ce qu'il disait, et n'avait en fait aucunement l'intention de l'écouter.

Maron fit pivoter sa chaise loin de son écran d'ordinateur et se frotta le visage avec les mains. Il travaillait de longues heures depuis la découverte du corps d'Erwan Caradec, mais n'avait que peu de résultats à montrer. Florian Nagrand avait situé la mort de Caradec quelque part dans la journée de samedi, bien qu'il n'ait été découvert que lundi matin. Son corps n'avait pas été déplacé, il avait donc été tué dans la ruelle où on l'avait trouvé. Il n'y avait pas d'arme et donc pas de possibilité de relever des empreintes digitales. Une équipe médico-légale était venue de Périgueux et avait trouvé quelques fibres de vêtements qui ne provenaient pas des habits d'Erwan, mais cela ne signifiait pas grand-chose — elles auraient pu être acquises lors d'un contact fortuit comme frôler quelqu'un dans la rue ou lors d'une étreinte. Bien que Maron ne puisse imaginer qui voudrait étreindre Erwan Caradec.

Lui et Perrault n'avaient trouvé aucun témoin oculaire, ni personne qui ait entendu quoi que ce soit. Ils n'avaient aucune idée du mobile, pas de suspects, pas de preuves, pas de pistes.

Nous étions déjà jeudi soir. Il était temps de rentrer à son appartement, de cuisiner une petite bavette qu'il avait achetée chez le boucher ce matin-là, de faire sauter quelques champignons, de se verser un verre de son Pecharmant préféré pour accompagner le tout... mais il n'y trouverait aucune satisfaction, pas avec cette maudite affaire qui lui pesait sur les épaules.

Ah, comme il regrettait l'époque où Dufort avait toute la responsabilité. Et dire qu'il avait râlé, n'aimant pas recevoir des ordres. Se faire donner des ordres s'avérait infiniment préférable à cette... cette incapacité à lâcher une affaire parce que le succès ou l'échec reposait entièrement sur ses épaules. Ce sentiment que si l'affaire n'aboutissait pas à une quelconque résolution, il ressentirait une telle honte qu'il aurait du mal à marcher dans la rue sans vouloir se cacher.

Impulsivement, Maron saisit son portable et appela Nathalie, la gérante de La Métairie, pour lui demander s'il pouvait l'inviter à dîner ce samedi soir. Elle parut surprise mais accepta, et Maron se félicita d'avoir sauvé son humeur en passant à l'action. Il se leva, essayant de penser à une direction qu'il pourrait donner à Perrault avant de partir pour la journée, quand le téléphone du poste sonna.

Il continuait de sonner.

— Perrault ! appela-t-il, mais sans obtenir de réponse.

Elle est bien trop indépendante, pensa-t-il. Elle pourrait au moins me faire savoir où elle est partie. Il décrocha lui-même le téléphone.

— Capitaine Maron, dit-il, même si techniquement il n'était que l'officier responsable et n'avait pas le titre de capitaine.

Des hurlements à l'autre bout de la ligne.

— Allô ? Ralentissez, Madame, je ne comprends pas un mot de ce que vous dites... Quoi ?... Votre fils a disparu ? Pouvez-vous me donner votre nom, s'il vous plaît ?

Le corps de Maron se raidissait de plus en plus tandis qu'il se tenait debout au bureau de Perrault, écoutant les sanglots de Madame Renaud. Son dos se redressa comme un piquet, ses cuisses se tendirent, les muscles de son visage se crispèrent.

— Madame, interrompit-il finalement. C'est bien votre ferme avicole juste à la sortie du village, sur la route de Canard ? J'arrive immédiatement.

Ils raccrochèrent et Maron appela le portable de Perrault.

— Thérèse ! Où étais-tu passée ? J'ai besoin que tu me rejoignes à la ferme Renaud... Oui, c'est ça... Son fils Gilbert a disparu... Non, ça ne fait pas longtemps du tout, il était à l'école aujourd'hui. J'ai déjà eu affaire à elle, elle voit des ravisseurs cachés derrière chaque buisson. Il n'a pas disparu depuis plus de quelques heures et elle est hystérique. Je suppose que le garçon est simplement parti jouer et a perdu la notion du temps, mais nous pouvons aller jeter un coup d'œil aux alentours et peut-être que cela calmera la mère... oui... je suis en route maintenant.

Maron se dirigea vers la porte et l'ouvrit brusquement comme si la poignée était la source de ses difficultés. Il décida de ne pas prendre le véhicule de police mais choisit plutôt le scooter, et traversa rapidement le village.

Enfant, Maron avait entendu l'histoire du garçon qui criait au loup, mais il n'y pensa pas en se rendant à la ferme Renaud. Il avait tendance à se fermer quand quelqu'un devenait très émotif. Et il ne s'arrêta pas assez longtemps pour considérer que même une personne qui réagissait de manière excessive encore et encore, s'énervant de façon dramatique quand rien n'allait vraiment — que même une personne comme ça pourrait ne pas exagérer cette fois-ci.

Il faisait sombre. Le genre d'obscurité qu'on trouve à la campagne, sans aucune lueur de villes voisines pour éclaircir le ciel. Il y avait une couverture nuageuse et pas de lune, donc le noir était total.

Gilbert était assis sur le sol en béton de la grange d'Achille Labiche, pleurant par intermittence. Un anneau de fer était fixé au sol et il y était enchaîné, une étroite ceinture de cuir autour de sa petite taille, avec la chaîne reliée directement à un anneau métallique sur la ceinture. Il ne voyait aucun moyen de détacher l'anneau avec ses doigts et la boucle était verrouillée avec un cadenas.

Le sol de la grange était froid et il frissonnait, bien que la nuit ne fût pas fraîche.

Il pouvait voir la porte de la cave, où il supposait que Valerie se trouvait. Mais il avait peur de l'appeler, craignant que Monsieur Labiche ne revienne. Et il ne voulait pas imaginer ce que Labiche pourrait lui faire s'il le mettait encore plus en colère qu'il ne l'était déjà.

Labiche avait traîné Gilbert hors des bois et directement dans la grange. Gilbert n'avait pas crié parce qu'il avait trop peur, et il savait qu'il était de toute façon trop loin pour que quiconque l'entende. Il était possible que sa mère puisse l'entendre, si la brise soufflait dans la bonne direction et qu'elle se tenait dehors exactement au bon endroit... mais la dernière chose que Gilbert voulait était d'alarmer sa mère, bien qu'il sût que lorsqu'il ne rentrerait pas à la maison, elle serait... il ne voulait pas y penser.

Monsieur Labiche avait marmonné que Gilbert était un espion, envoyé par Madame Sutton. Gilbert aurait trouvé cela hilarant, ou même se serait senti flatté d'être considéré comme si dangereux, s'il n'avait pas été si effrayé. Enchaîné au sol de la grange de Labiche, il était terrifiant de comprendre que l'homme le considérait comme une telle menace. Il avait cru que Labiche allait le tuer sur-le-champ, une fois arrivés dans la cour de la grange. Au moins, il supposait

Labiche y pensait, à en juger par le regard ardent dans ses yeux.

Mais ensuite, Labiche avait fait la traite du soir et apporté à Gilbert une tasse de lait, encore chaud.

Peut-être qu'au moins il ne va pas me tuer tout de suite, sinon pourquoi gaspiller du lait ?

La chaîne entre sa ceinture et l'anneau de fer était assez longue, donc Gilbert pouvait se lever et même marcher un peu. En s'appuyant contre la chaîne, il pouvait voir hors de la pièce où il se trouvait, vers le long stand de traite avec ses auges, les caniveaux, tout très moderne et pas ce à quoi il était habitué.

Il essayait de trouver comment communiquer avec Valérie. Il voulait qu'elle sache pour le mot qu'il avait laissé sur la porte de la gendarmerie, n'ayant pas perdu espoir que quelqu'un l'ait vu, que quelqu'un vienne enfin la sauver.

Et maintenant lui aussi.

Tout ce qu'il avait voulu faire était de libérer Valérie Boutillier, et maintenant il était aussi piégé qu'elle.

Il pleura un peu, laissant des vagues d'apitoiement le submerger, ses épaules tremblantes. Mais quand les vagues s'arrêtèrent, il se redressa et s'essuya les yeux avec le dos de la main. Valérie avait survécu comme ça pendant sept ans. Il pouvait le faire aussi. Il n'allait pas mourir — il se battrait si Labiche essayait quoi que ce soit. Et finalement — d'une manière ou d'une autre — il trouverait un moyen de se libérer, et courrait directement à la cave pour faire sortir Valérie. Ensuite, il la ferait se faufiler dans les bois et loin de Labiche pour toujours, et tous les deux rentreraient à la maison et utiliseraient le téléphone portable de Maman pour appeler les gendarmes.

Il aurait dû aller à la gendarmerie et simplement leur dire, pensa-t-il. Il aurait dû le dire à Madame Sutton au marché.

Je ne garderai plus jamais un secret. Quoi qu'il arrive.

❧ 37 ❧

Achille était assis à la table de la cuisine, mangeant des lentilles en conserve et des saucisses qu'il avait réchauffées dans une casserole. D'habitude, il versait son repas dans une assiette, mais ce soir-là, il mangeait directement dans la casserole avec une grande cuillère, les mains tremblantes.

Pendant la traite du soir, le troupeau avait été agité et nerveux, comme si un loup rôdait dans les bois en les observant. Mais Achille savait qu'il n'y avait pas de loup. Il n'y avait que Molly Sutton et les gendarmes, et il avait peur.

Il ne voulait pas du garçon. Le garçon était la dernière chose dont il avait besoin maintenant. Son plan depuis des semaines était de se débarrasser de Valerie — rapidement, sans douleur — et ensuite Aimée pourrait venir à la ferme. Il avait passé d'innombrables heures sur ce plan et croyait qu'il était solide. Il se demandait si Aimée pourrait apprendre à faire elle-même des cannelés et s'ils pourraient les manger ensemble à l'aube avant qu'il ne fasse la traite.

Le plan était simple : Valerie dehors, Aimée dedans. Pas de place pour un garçon.

De plus, Achille savait que Mme Renaud serait hystérique, et il ne voulait pas en être la cause.

Il glissa ses mains tremblantes dans le plastron de sa salopette et sortit dans le champ. Bourbon trottait à ses talons. Il trouva le troupeau et marcha parmi les vaches, caressant leurs flancs et respirant le doux parfum terreux du fumier. Mais rien de ce qu'il faisait n'arrêtait le tremblement de ses mains, ni la voix insistante qui disait *fais-le fais-le fais-le*, si bien que ces mots devinrent la rythmique sous-jacente de chacun de ses pas.

※

MARON ARRIVA à la ferme Renaud vers dix-neuf heures, quelques heures avant le coucher du soleil. Il voulait attendre Perrault mais se redressa et frappa à la porte de la ferme.

— Officier Maron ! cria Madame Renaud en ouvrant la porte. Vous voyez ? Vous voyez l'heure qu'il est et Gilbert n'est toujours pas rentré ? Elle tapota le cadran de sa montre. Je vous le dis, je savais que quelque chose comme ça allait arriver. Je le sentais venir depuis des années ! Les gens...

— Madame Renaud, dit Maron, essayant d'adoucir sa voix rauque. Madame Renaud, s'il vous plaît, j'ai besoin de vous poser quelques questions.

Elle le fusilla du regard et commença à en dire plus, mais ferma la bouche et hocha la tête.

— Quel âge a Gilbert ?

— Il n'a que neuf ans, dit Mme Renaud, éclatant en sanglots.

Intérieurement, Maron maudit Perrault de ne pas être déjà là.

— Allons, allons, dit-il maladroitement, cela ne fait que quelques heures. Il y a de fortes chances qu'il réapparaisse, probablement en train de jouer dans les bois avec ses copains, quelque chose comme ça...

— Non ! Les gens me disaient que j'étais surprotectrice, mais voilà la preuve que je ne l'étais pas. C'est un monde dangereux,

Officier Maron, un monde dangereux. Nous devrions être dehors à le chercher maintenant ! Avez-vous organisé des équipes de recherche ? Pourquoi restons-nous ici à ne rien faire alors que mon petit garçon a été *enlevé* ?

Maron prit une profonde inspiration. Il avait envie de gifler Mme Renaud mais était loin de céder à cette impulsion. — Que portait Gilbert la dernière fois que vous l'avez vu ?

Mme Renaud s'arracha les cheveux et leva les yeux au plafond. — Je ne peux pas vous le dire ! gémit-elle. Je vais vous dire une chose : cette Américaine, Molly Sutton, elle pourrait savoir quelque chose à ce sujet ! Elle est venue ici il y a quelques jours, fourrant son nez là où il ne fallait pas. Elle a même invité Gilbert chez elle, vous pouvez le croire !

Maron pencha la tête. — Vous connaissez Madame Sutton ?

— Non, je ne la connais pas. Je n'ai jamais été présentée. C'est pourquoi je dis que c'était étrange. C'était un comportement suspect ! Qui va chez quelqu'un qu'on n'a jamais rencontré et invite son enfant ? Il y a quelque chose qui ne va pas là-dedans, Officier Maron, vous savez que je dis la vérité !

On frappa à la porte et Maron laissa entrer Perrault.

— Bonsoir, Mme Renaud, dit Perrault, tendant la main pour toucher le bras de la femme.

Mme Renaud fut emportée par une nouvelle vague de larmes.

— Son fils, Gilbert, neuf ans. Disparu depuis... à quelle heure l'avez-vous vu pour la dernière fois, Madame ? demanda Maron.

— C'était vers seize heures trente, je crois. Je ne restais pas collée à ma montre ! Mais il est rentré de l'école comme d'habitude et a fait ses corvées. Je ne l'ai pas revu depuis. Elle s'effondra sur une chaise de cuisine et regarda Perrault d'un air affligé.

— Nous parlons de quelques heures ? dit Perrault, lançant un regard à Maron.

— Oh, bien sûr, minimisez ça ! accusa Mme Renaud. Que sait-elle, une vieille éleveuse de poules ! Je vous le dis tout de suite, quelque chose ne va pas, mon enfant a disparu, et vous devez vous mettre en route, commencer les recherches immédiatement ! Je me fiche de vos règles, voulez-vous servir les citoyens ou rester là à vous tourner les pouces ? Vous savez aussi bien que moi que les premières heures après la disparition de quelqu'un sont les meilleures pour les retrouver !

— Y a-t-il des endroits qu'il aime fréquenter ? demanda Perrault, intimidée d'avoir été prise en défaut. Était-il contrarié par quelque chose, une dispute avec l'un de ses amis, des difficultés à l'école, quelque chose comme ça ?

— Non, non, non, dit

Mme Renaud. — Gilbert est un bon garçon. Il fait son travail et ne cherche pas les ennuis. Je le garde ici à la ferme et il fait ses corvées et ses devoirs sans causer de problèmes.

Une nouvelle fontaine de larmes. — Et elle me posait des questions sur ma famille pour une raison quelconque. *Fouineuse*, a-t-elle dit avec emphase à Maron.

Perrault l'a regardé d'un air interrogateur.

— Molly Sutton, a-t-il dit. Elle est venue ici il y a quelques jours pour une raison ou une autre.

Perrault a reporté son attention sur Mme Renaud. Elle voulait la réconforter, la prendre dans ses bras et lui dire que tout allait bien se passer. Mais d'abord, Mme Renaud était le genre de femme qui n'acceptait pas le réconfort d'une autre femme — elle voulait s'appuyer sur Maron, elle voulait que Maron règle le problème, que Maron écoute ses lamentations.

Et deuxièmement, même si deux heures d'absence n'étaient pas vraiment inquiétantes, Perrault n'avait aucune idée si tout allait bien se passer ou non.

❧ 38 ☙

Le lendemain ne fut pas plus facile pour Achille. Lorsqu'il apporta le petit-déjeuner au garçon, il remarqua ses joues striées de larmes, et cette vue lui retourna l'estomac. Il n'avait jamais voulu ce garçon ! Et ses pensées étaient si fractionnées et désordonnées qu'il n'arrivait pas à élaborer le moindre plan sur ce qu'il allait faire de lui.

Il ne cessait d'avoir des idées — des fantasmes, en réalité, et il le savait bien — comme donner au garçon un médicament qui lui ferait oublier qu'il avait été dans la grange d'Achille. Oublier qu'il était un espion, essayant de tout gâcher pour son voisin qui ne lui avait jamais rien fait.

Achille restait dans son coin, il n'avait jamais causé le moindre problème au garçon. Pourquoi le jeune s'était-il retourné contre lui de cette façon ?

Bon, une chose à la fois. Avec un grand effort, Achille chassa le problème du garçon de son esprit. Il était temps de s'occuper de Valerie.

Le moment était venu de rayer au moins un problème de sa liste.

Les mains d'Achille ne tremblaient plus maintenant. Il se

rendit à la grange, dans l'arrière-salle où il rangeait ses outils, et trouva un pied-de-biche. Il était lourd et légèrement huilé, sans la moindre trace de rouille. Le père d'Achille lui avait appris à prendre soin des choses. Il disait toujours qu'un homme doit faire ce qui doit être fait.

Achille retourna dehors et se dirigea vers la cave à légumes, Bourbon trottant à ses côtés. C'était le milieu de la matinée, un moment somnolent à la ferme, ensoleillé et chaud. L'air était rempli d'abeilles. Des odeurs de pourriture, de terre et d'animaux flottaient.

Au moment même où il posait la main sur la poignée de la porte de la cave, une idée le frappa : si Valerie disparaissait, rien ne l'empêcherait de simplement laisser partir le garçon. Il ne s'en était pas rendu compte avant, mais il voyait maintenant que c'était une situation classique de « faire d'une pierre deux coups ». Car s'il n'y avait plus de Valerie, il n'y aurait rien à voir pour personne. Gilbert pourrait retourner en courant de l'autre côté de la colline, retrouver Sutton, les gendarmes, ou n'importe qui. Il pourrait leur raconter n'importe quelle histoire sur ce qu'il avait vu — et s'ils venaient regarder, qu'est-ce qu'Achille en aurait à faire ?

Il n'y aurait rien à trouver pour personne, et ils penseraient que le garçon avait tout inventé. Achille remplirait la cave de pommes de terre et de caisses vides. Cela signifierait attendre que les choses se calment pour ramener Aimée à la maison, ce qui mettrait sa patience à rude épreuve. Mais sûrement, s'ils venaient chercher et ne trouvaient rien, tout soupçon se dissiperait rapidement. Si seulement il n'avait pas menti à Sutton, pensa-t-il, pour la dix millième fois, son esprit tournant en rond, essayant de trouver une excuse qu'il pourrait donner.

Mais ce n'est pas le moment de s'en inquiéter, pensa-t-il. C'est le moment de Valerie.

— Bonjour, dit Valerie, lorsqu'Achille entra dans la cave, tenant le pied-de-biche derrière son dos.

Ses yeux le transperçaient. Elle semblait plus alerte que d'habitude.

— Bonjour ! dit Achille. Je me demandais si tu voudrais faire une petite promenade. Il fait chaud et le soleil brille.

Ce serait tellement plus facile de le faire ici, pensa-t-il. Mais il faut que ça se passe dehors, où il pleuvra.

Valerie ne répondit pas mais s'allongea sur le matelas et se retourna, dos à Achille. Il sortit la corde et en attacha une extrémité à sa ceinture. — Valerie ? Ma chérie ? dit-il, sa voix se brisant imperceptiblement.

Quelque part au fond de lui, il espérait qu'elle se retournerait et lui sourirait, comme elle le faisait autrefois. Cet espoir était si ténu qu'il faillit passer inaperçu.

— Valerie ? dit-il doucement, resserrant sa prise sur le pied-de-biche, ses yeux s'assombrissant.

— Oh, d'accord, dit-elle, se redressant et se tenant debout à côté de lui pour qu'il puisse l'attacher à lui.

Il posa le pied-de-biche sur le matelas. Valerie le regarda, puis scruta le visage d'Achille, cherchant.

— Tu ne chantes pas aujourd'hui, dit-il.

— Non, dit Valerie.

Achille ramassa le pied-de-biche et la conduisit, trébuchante, hors de la cave. Elle cligna des yeux et leva la main contre le soleil. La chaleur était terriblement agréable contre sa peau après l'humidité froide de la cave ; elle pouvait presque sentir la nourriture des rayons se répandre dans tout son corps.

— Je suis fatiguée de l'obscurité, dit-elle doucement. Si je suis très sage et calme, est-ce que je pourrais revenir à la maison ?

— On en a déjà parlé, dit Achille. Combien de fois ai-je accepté ça, et ensuite tu viens et tu commences à hurler ?

— C'était avant.

— Je sais que c'était avant. C'était avant que je te dise que la cave serait l'endroit où tu resterais pour le reste de ta vie parce que tu n'arrêtais pas de chanter et de crier.

La cave pour le reste de sa vie ? *Non.* Valerie sentit quelque chose comme une couverture douillette tomber sur son corps — une sensation réconfortante et chaude, bien qu'un peu étouffante — parce qu'elle savait très bien pourquoi Achille portait le pied-de-biche, et elle comprenait qu'il allait la délivrer de l'agonie de sept ans dont elle ne voyait aucun autre moyen de sortir.

Peut-être que se faire fracasser le crâne ne serait pas agréable, mais au moins ce serait rapide, et elle n'aurait plus jamais à retourner dans la cave. Elle pourrait au moins mourir dehors, avec une brise sur son visage et le soleil brillant sur elle.

Achille la conduisit à travers le champ de derrière. Il avait l'impression de vouloir que cette chose horrible se produise aussi loin que possible de sa maison tout en restant sur sa propriété. Valerie faisait comme d'habitude, s'écartant de lui, tirant sur la corde et trébuchant, et il se sentait irrité contre elle. Avec un sentiment pesant dans son ventre, il comprit que son plan avait une faille béante —

— il n'avait même pas envisagé ce qu'il ferait de son corps, une fois que ce serait terminé. Il avait trop de choses à penser, et avec Sutton qui le talonnait, il était impossible de réfléchir clairement !

Il devrait simplement le faire maintenant et réfléchir à cette partie plus tard. Il pourrait toujours l'enterrer dans les bois — les bois s'étendaient à perte de vue et il était impossible de tout fouiller. Quoi qu'il faille faire, il trouverait un moyen de le faire. Il était un homme maintenant.

Fais-le fais-le fais-le

Ils passèrent devant les tombes de sa mère et de son père, sous un chêne au milieu du champ, une petite paire de pierres tombales côte à côte à l'ombre. Si seulement ils étaient vraiment encore en vie, comme il l'avait dit à Sutton. Si seulement son père était encore là pour arranger les choses.

Si seulement il était dans la maison en train de manger des cannelés qu'Aimée lui avait préparés, et que tout ce tracas était derrière lui.

Sa prise se resserra sur le pied-de-biche. Devrais-je le faire dans les bois ou dans le champ ? se demanda-t-il. Est-ce que ça fait une différence ?

Valérie marchait derrière lui, observant la main d'Achille sur le pied-de-biche. Son corps était inondé d'adrénaline et cela rendait sa réflexion plus vive. Y avait-il un moyen de lui arracher ce pied-de-biche et de lui fracasser *sa* tête ? Il faudrait que j'aie beaucoup, beaucoup de chance, pensa-t-elle.

— La li la, chantonna-t-elle, avec une expression rêveuse sur le visage. Elle essaya de donner à ses membres un aspect mou et détendu tout en guettant la moindre occasion de s'emparer du pied-de-biche.

Bourbon courait derrière eux, les observant tous les deux. Un loir bruissa à la lisière du champ, mais elle n'y prêta aucune attention.

Pensant à Molly Sutton, Achille s'arrêta soudainement. Il se retourna et leva le bras, brandissant le pied-de-biche au-dessus de sa tête. — Je suis désolé ! dit-il, s'arrêtant un instant avant de l'abattre vers la tête de Valérie.

Mais Bourbon fut plus rapide qu'Achille. Elle bondit entre eux, serrant ses mâchoires autour du poignet d'Achille, si bien qu'il hurla et lâcha le pied-de-biche. Valérie cria et courut mais la corde la ramena en arrière alors qu'elle tirait Achille vers elle.

Achille était sous le choc, se frottant le poignet, incapable de comprendre ce qui s'était passé.

Bourbon courait autour d'eux, faisant des cercles, jappant, les poussant à retourner vers la ferme, et bientôt Achille se déplaça dans la direction que Bourbon voulait, et Valérie trébucha derrière lui, le pied-de-biche laissé dans le champ pour rouiller.

Maintenant que la saison des locations était en cours (bien que les réservations fussent encore un peu clairsemées pour certaines semaines), les vendredis étaient le calme avant la tempête à La Baraque. Le samedi, Molly disait au revoir à un groupe de clients, puis elle et Constance nettoyaient tout juste à temps pour accueillir le groupe suivant. Donc il n'y avait aucun moyen de faire les tâches du samedi à l'avance. Rien d'autre à faire que de profiter du vendredi tranquille en jardinant et en repensant à quel point c'était agréable de tenir la main de Ben lorsqu'ils s'étaient promenés dans les bois l'autre jour.

Non pas que Molly s'intéressât encore aux histoires d'amour. Non, ce chapitre était clos, et c'était pour le mieux. J'ai Bobo pour me tenir compagnie, pensa-t-elle juste au moment où Bobo surgissait en courant autour de la maison avec quelque chose de malodorant dans la gueule, puis bondissait dans les airs avant de filer dans l'autre direction et de disparaître.

Elle avait presque réussi à débarrasser la bordure avant des vilaines plantes grimpantes. Cela avait pris des mois, mais la bordure ne ressemblait plus à une jungle et il était temps de faire un tour dans une jardinerie pour voir ce qui était disponible à planter. Beaucoup de fleurs qu'elle adorait — les pivoines et les coquelicots, pour commencer — ne fleuriraient pas avant l'année prochaine. Molly n'était pas très douée pour retarder les récompenses, mais elle essayait d'apprendre. Ou plutôt, La Baraque le lui enseignait, qu'elle le veuille ou non.

— Molly ? dit une voix hésitante.

Elle bondit sur ses pieds, surprise et sur ses gardes. Mais ce n'était que Thomas, sur son vélo, l'air penaud.

— Bon sang, Thomas, tu m'as fait peur. Elle enleva ses gants de jardinage et les jeta sur la truelle, puis frotta ses mains l'une contre l'autre.

Thomas sourit maladroitement et s'approcha pour faire la bise, Molly se raidissant à son contact. — Désolé, Molls, je comprends ce que tu veux dire, cependant. Les choses sont à nouveau instables dans le village. Je te jure, jusqu'à ce que ces femmes commencent à disparaître, il y a quelque temps ? Avant ça, Castillac n'était qu'une petite ville endormie typique. Pas des meurtres et des ravisseurs à droite et à gauche comme maintenant.

Molly acquiesça. — Ouais, on a un peu l'impression d'être tombé dans le triangle des Bermudes de la Dordogne. Alors, euh, qu'est-ce que je peux faire pour toi ? Elle se sentait un peu mal à l'aise de bavarder avec Thomas après la peine qu'il avait causée à Constance. Bien sûr, ce n'était pas ses affaires. Mais en même temps, elle ne voulait pas non plus agir comme si rien n'avait changé.

— Écoute, Molly. Je... j'apprécie ta... ta sagesse...

Molly attendit. Thomas serrait et desserrait les freins de son vélo, et regardait partout sauf Molly.

— Oh, pour l'amour du ciel, Thomas, crache le morceau !

— Je veux récupérer Constance !

— Ah, vraiment ?

— Oui, vraiment ! Molly, j'ai fait quelque chose de stupide. J'ai laissé Simone... Je veux dire, je ne peux pas rejeter la faute sur elle, je sais que c'était moi... mais bon sang, je ne veux pas être avec Simone. On n'est pas faits l'un pour l'autre, vraiment pas...

— Donc tu as rompu avec elle ?

— Eh bien, pas encore, je veux dire, je suis sur le point de...

Après avoir ostensiblement levé les yeux au ciel, Molly se détourna et remit ses gants de jardinage. — Eh bien, qu'est-ce qui t'en empêche ? Tu veux savoir si Constance te reprendra avant de rompre avec Simone ? Tu te rends compte que ça fait de toi un... Elle s'arrêta, réalisant que sa maîtrise des jurons était incomplète car elle ne connaissait pas le mot français pour ce qu'elle voulait dire. — Et de toute façon, c'est une conversation que tu devrais avoir avec Constance, pas avec moi.

Thomas avait la tête basse. — Je sais, je sais, marmonna-t-il. C'est juste que je pense que j'ai peut-être une dernière chance — peut-être — et j'ai peur de tout gâcher.

Molly haussa les épaules. Elle s'accroupit et arracha une plante grimpante avec plus de force que d'habitude.

— Dis donc, dit Thomas, tu ne connaissais pas ce gamin qui a disparu ? Je crois t'avoir vue lui parler au marché il y a quelques semaines.

Molly s'apprêtait à donner un coup sec à la racine mais elle s'arrêta. — Quel petit garçon ? demanda-t-elle lentement.

— Il s'appelle Gilbert Renaud. Tout le monde en parle dans le village. Pourquoi ne viens-tu plus autant au Chez Papa qu'avant ? J'y étais hier soir — Frances et Lawrence espéraient que tu viendrais.

— Tu dis que Gilbert Renaud a disparu ?

— C'est ce que j'ai entendu. Il était à l'école hier, est rentré chez lui, et n'a plus été vu depuis.

— Merci, Thomas, de m'avoir dit ça. Je dois y aller. Et elle se retourna et courut à l'intérieur de la maison, cherchant son portable pour appeler Ben. Un jeune garçon — c'était une tout autre affaire. Cela ne correspondait pas du tout à leurs théories, ce devait être un autre ravisseur que celui qui avait enlevé Valérie.

Elle devait savoir ce que Ben en pensait, ce que les gendarmes allaient probablement faire.

Oh, ce doux petit garçon. Une lueur espiègle dans les yeux, si elle l'avait bien compris. Il était impossible que quelque chose de mal lui arrive. Sa mère semblait légèrement déséquilibrée mais Molly avait décidé qu'elle était simplement surprotectrice, comme pourrait l'être toute mère célibataire. Et maintenant... soit la mère avait eu raison de s'inquiéter, soit la mère... mais non, Molly ne pouvait pas croire qu'elle y était pour quelque chose.

TÔT VENDREDI MATIN, Perrault et Maron se rencontrèrent à la gendarmerie. Ils avaient maintenant à la fois un meurtre et un enfant disparu à enquêter, et ressentaient cruellement l'absence de Benjamin Dufort.

— Appelez-le, tout simplement, insista Perrault. Je parie qu'il serait ravi d'aider. D'après ce que j'entends, il n'est pas vraiment fait pour le travail agricole.

— Il a démissionné de son poste, dit Maron, d'un air morne. Je ne peux pas...

— Eh bien, moi je peux, dit Perrault. Dites-moi ce que vous voulez que je fasse ce matin et quand je serai en route, j'appellerai et demanderai s'il y a un moyen

il serait au moins disposé à nous consulter. De manière informelle, bien sûr. » Pour Perrault, on restait détective toute sa vie, et elle ne pouvait pas croire que Dufort ne voudrait pas participer à ces affaires intéressantes. Et aussi rétablir l'ordre à Castillac le plus rapidement possible.

Maron serra les lèvres et regarda par la fenêtre. Ils avaient fait tout ce qu'ils pouvaient pour Erwan Caradec, mais jusqu'à présent, cela s'avérait être un meurtre parfait : aucune preuve, aucun suspect, et aucune nouvelle piste pour trouver l'un ou l'autre.

Il se retourna vers Perrault avec un soupir. Elle demandait des directives, mais il n'en avait aucune à lui donner. — L'enquête Caradec est dans une impasse, d'après ce que je peux voir. Tu vois quelque chose que je ne vois pas ? Parce que tout ce que je vois, c'est un meurtre sans motif apparent. Comme si quelqu'un du village ou de passage avait simplement décidé un jour de lui briser la nuque pour s'amuser. Qu'est-ce qui nous échappe ?

Perrault s'empêcha de répondre trop vite. Elle s'assit et ferma les yeux, imaginant les derniers moments d'Erwan. Elle s'imagina être Erwan, debout au soleil près de la ruelle de la rue Saterne, agréablement ivre, heureux que le printemps soit arrivé. Elle attendit, espérant que son imagination guiderait quelqu'un dans son champ de vision, mais elle n'obtint rien.

— Je ne sais pas, dit-elle finalement. Évidemment, celui qui l'a tué l'a fait pour une raison, on n'a juste pas réussi à comprendre laquelle. Et pour le petit Gilbert ? Je ne suis pas sûre qu'on puisse obtenir quoi que ce soit d'autre de sa mère. Je suppose qu'il ne nous reste plus qu'à commencer les recherches ? Je pourrais rassembler quelques amis pour nous aider, et on pourrait au moins couvrir la ferme des Renaud et tous les autres endroits où tu penses qu'il pourrait être.

— Pas encore. D'abord, va à l'école et parle à ses professeurs, au directeur et à ses amis. Voyons s'ils peuvent nous donner des indications sur où chercher plus efficacement.

— Tu penses qu'il s'est simplement enfui ?

Maron haussa les épaules. — C'est possible. Il plissa les yeux en regardant Perrault. — Je sais que tu penses à Valérie Boutillier, maintenant qu'on pourrait avoir un autre enlèvement sur les bras. Mais s'il y a une chose sur laquelle je pourrais parier ma carrière, c'est que ce n'est pas la même personne qui a enlevé Valérie et Gilbert. Des profils totalement différents, si c'est effectivement ce qui est arrivé à Gilbert.

— Comme ce serait charmant si ça s'avérait être une seule

personne qui avait fait tout ça — Valérie, Gilbert et Erwan, dit Perrault.

— Dans tes rêves, dit Maron. Maintenant, vas-y. Vois si Gilbert avait une raison de s'enfuir. N'hésite pas à mettre la pression sur ses amis si tu penses qu'ils savent quelque chose. On commencera à organiser les recherches dès que tu seras revenue.

$$\maltese \quad 40 \quad \maltese$$

Une partie de Valérie avait voulu que cette barre de fer frappe son crâne, avait même prié pour qu'elle s'abatte violemment et en finisse avec elle en un instant. Mais il n'est pas si facile de souhaiter la mort, même quand votre situation est horrible et l'est depuis une éternité. Même si elle priait pour être délivrée, une autre partie d'elle s'est levée pour lutter contre l'agression. Bourbon l'avait sauvée, mais faire l'effort — lutter pour vivre — l'avait réveillée et ramenée à elle-même.

Non plus perdue, non plus à la dérive, mais à nouveau s'accrochant férocement à la conviction qu'elle allait — d'une manière ou d'une autre — sortir de cette cave et s'éloigner de l'homme perturbé qui la retenait prisonnière depuis si longtemps.

Achille est venu le lendemain matin après la traite, comme toujours, lui apportant son petit-déjeuner composé de lait frais et de pain grillé avec de la confiture de fraises, sa préférée. Il ne la regardait pas dans les yeux et lorsqu'elle a tendu la main vers la cruche de lait, il a sursauté violemment.

— Achille, a-t-elle dit doucement, essayant de l'apaiser, pensant à juste titre qu'un Achille nerveux était plus dangereux qu'un Achille calme. Tout va bien. Rien n'a changé entre nous. Je suis toujours ta Valérie.

Elle s'est efforcée d'arranger son visage en une expression affectueuse et il a jeté un coup d'œil dans sa direction avant de détourner à nouveau le regard.

— C'est juste... a-t-il commencé à dire, puis s'est arrêté, car le souvenir de la barre de fer levée au-dessus de sa tête brûlait dans sa mémoire et à ce moment-là, il ne pouvait penser à rien d'autre. Je t'aime vraiment, a-t-il dit doucement, et ces mots semblaient faire s'affaisser son être intérieur, presque s'effondrer, et maintenant, au lieu de la barre de fer, ce qu'il voyait, c'était les épaules affaissées de sa mère alors qu'on l'emmenait vers la voiture pour la dernière fois, la conduisant à l'hôpital où il n'avait pas le droit de lui rendre visite.

C'était la dernière fois qu'il l'avait vue. Elle ne s'était pas retournée pour faire signe, ne lui avait pas donné d'étreinte ni de baiser d'adieu. Il comprenait, maintenant, qu'elle était perdue dans ses pensées et que ses pensées allaient à toute vitesse, c'était comme être passager d'un train fou et il n'y avait aucun moyen de l'arrêter ou de le contrôler.

Et puis, dans un élan de honte et d'horreur, Achille s'est soudain souvenu de Gilbert. Il n'avait pas donné de dîner au garçon ni rien de doux pour dormir. Il avait enchaîné le garçon au boulon dans le sol et l'avait ensuite complètement oublié.

Il a marmonné quelque chose à Valérie et s'est précipité dehors.

Valérie l'a entendu courir vers la grange et s'est demandé ce qui se passait. Je n'ai pas beaucoup de temps, a-t-elle pensé. Il va réessayer, et la prochaine fois, je pourrais ne pas avoir autant de chance.

Et puis elle a vu quelque chose qu'elle n'avait pas vu depuis sept ans. Au début, elle n'arrivait pas à y croire. Achille avait-il vraiment, après toutes ces années de vigilance sans jamais commettre d'erreur, juste quitté la cave sans la verrouiller derrière lui ?

Lentement, elle s'est approchée de la porte. Elle n'était même pas correctement fermée, et un bon centimètre de lumière du soleil se déversait par la fente entre la porte et le seuil. Elle l'a fixé du regard.

Valérie a écouté. Un coq chantait au loin, les vaches meuglaient dans le pâturage ouest, les oiseaux chantaient à tue-tête dans le soleil de mai. Elle a hésité. Elle pensait entendre des gens parler, mais c'était tout aussi inimaginable et elle s'est demandé si tout cela — la porte ouverte, le son des voix, les oiseaux — était une hallucination.

De longs moments se sont écoulés dans la cave humide tandis qu'elle restait là, regardant la porte entrouverte et la lumière qui entrait.

Et puis elle a rassemblé chaque parcelle de force et d'espoir qu'elle avait, a posé sa main sur la porte et l'a poussée. Elle a regardé autour de la cour de la ferme mais n'a vu Achille ni Bourbon nulle part. Mais il y avait le tracteur, son nez pointé vers la route, vers la liberté. Elle n'en avait jamais conduit auparavant, mais elle savait comment utiliser un embrayage. Tout ce qu'elle avait à faire était de courir, de monter dessus et de s'enfuir, sortir de ce cauchemar et retrouver sa vie.

Elle a couru aussi vite qu'elle le pouvait, bien que ce ne soit plus très rapide du tout. Ses jambes étaient faibles et tremblantes et son cœur battait fort. Elle s'est hissée sur le siège assez facilement, presque suffoquant d'émotion. La clé était dans le contact et elle l'a touchée du bout des doigts, puis a rapidement posé ses pieds sur l'embrayage et l'accélérateur.

Elle a tourné la clé.

Le tracteur a craché et puis est mort.

Valérie savait que le bruit ferait accourir Achille d'où qu'il soit. Elle a tourné la clé à nouveau, et de nouveau le moteur a démarré.

Elle a relâché doucement l'embrayage et appuyé sur l'accélérateur, mais trop fort. Il a toussé deux fois et s'est arrêté.

— Allez, *DÉMARRE* ! a-t-elle dit. Elle a tourné la clé encore et encore, noyant le moteur si bien qu'il ne crachait même plus.

Quand elle a levé les yeux, Achille était déjà à mi-chemin dans la cour de la ferme, Bourbon sur ses talons. Valérie a cru entendre quelqu'un crier, quelqu'un à l'intérieur de la grange ? Mais Achille ne permettait jamais à personne d'entrer dans la grange, pas même aux hommes à qui il vendait son lait.

— Qu'est-ce que tu crois faire ? lui a-t-il dit, n'ayant pas l'air tant en colère que blessé. Où penses-tu aller, Valérie ? Tu sais que ta place est ici avec moi. Avec moi pour toujours.

Il a détaché ses doigts de la clé de contact, l'a entourée d'un bras et l'a soulevée du siège comme si elle ne pesait pas plus qu'un sac d'aliments.

En sept ans ensemble, Achille n'avait jamais touché Valérie sauf par accident : la frôlant en se déplaçant dans la petite cave, ou quand elle trébuchait contre lui lors d'une de leurs promenades. C'était une des choses dont elle pouvait être reconnaissante. Mais maintenant, Achille l'a entourée de ses deux bras et l'a serrée contre lui. Sa tête est tombée sur son épaule et elle pouvait le sentir trembler, comme si son intérieur était secoué et ne voulait pas s'arrêter.

Plus que tout, Achille voulait avoir le contrôle de son monde. Et maintenant, tout semblant de contrôle se brisait en un million de morceaux, et il ne ressentait que de la terreur. Il allait perdre Valérie, Aimée, et Bourbon. Ses filles. Il allait toutes les perdre.

Ils viendraient le chercher tout comme ils étaient venus chercher sa mère.

Il poussa un cri d'angoisse et serra Valerie plus fort contre lui avant de la ramener dans la cave à racines, et cette fois, il s'assura que le cadenas était bien fermé avant de s'en aller.

MOLLY PRIT son temps au marché ce samedi-là. Elle était un peu agacée contre Ben, pensant qu'il devait être au courant de la disparition de Gilbert mais ne l'avait pas appelée pour l'en informer ou pour discuter d'un éventuel lien avec leur enquête sur Valerie. Elle savait que c'était puéril, mais elle ne voulait pas l'appeler en premier et espérait le croiser au marché.

Elle eut une longue conversation avec Manette au sujet des derniers maux de sa belle-mère (que Manette était persuadée d'être plus imaginaires qu'autre chose), une autre longue discussion avec Rémy sur le problème de l'appauvrissement des sols et ce qu'il fallait faire à ce sujet, et encore une autre avec Raoul, l'éleveur de cochons, sur la meilleure façon de rôtir le porc, ainsi que sur les dernières décisions du gouvernement qui étaient trop atroces pour être supportées.

Tout au long de ses conversations avec ses amis, elle était consciente d'un courant sous-jacent d'anxiété, ressenti non seulement par elle mais aussi par les autres villageois. Au cours de la semaine écoulée, il y avait eu un meurtre puis un enfant avait disparu. L'illusion de sécurité semblait irrémédiablement déchirée et toutes les conversations amicales du monde ne pourraient pas la réparer, bien qu'ils persévéraient tous, car que pouvaient-ils faire d'autre ?

Après avoir fini ses courses, Molly se dirigea vers la Pâtisserie Bujold, estimant toujours qu'en période de stress, un croissant aux amandes valait bien mieux que rien. — Bonjour Monsieur Nugent, dit-elle, ne remarquant même plus la façon dont ses yeux s'attardaient sur elle. Six croissants aux amandes, s'il te plaît.

Il laissa tomber les six croissants dorés dans un sac en papier blanc. — Dites-moi, dit Molly impulsivement. Que pensez-vous qu'il soit arrivé à Gilbert Renaud ?

Les sourcils de Monsieur Nugent s'élevèrent si haut qu'ils faillirent passer par-dessus sa tête ; il n'était pas habitué à ce que Molly lui dise quoi que ce soit de plus que le strict nécessaire. —

Je ne saurais dire, Madame Sutton, dit-il. Peut-être s'est-il enfui. Mais un garçon si jeune ? Il faudrait que sa vie familiale soit vraiment terrible pour prendre une décision aussi dramatique. Et sa mère — elle est peut-être stricte, mais elle n'est pas cruelle. Elle achète toujours des religieuses le dimanche.

Molly acquiesça. Elle convenait qu'une mère qui achetait des religieuses chaque semaine ne semblait pas être quelqu'un dont on voulait fuir, même si sa propre expérience avec cette femme avait été maladroite. Elle avait l'impression que Monsieur Nugent avait bien réfléchi à l'affaire. Et pourquoi pas ? Quand vos voisins disparaissaient au rythme où cela se produisait à Castillac, qui ne chercherait pas d'explications ?

Il était neuf heures trente. Il était temps de retourner à La Baraque avec ces derniers croissants pour ses hôtes, et de dire au revoir aux De Groots et à Wesley Addison, qui repartait enfin aux États-Unis. Après le déjeuner, Constance arriverait pour leur rituel du samedi de nettoyage frénétique avant l'arrivée des nouveaux invités en fin d'après-midi.

Mais Molly n'avait pas envie de rentrer, pas tout de suite. Elle grignotait un croissant, pour une fois sans vraiment le goûter, et errait dans les rues de son village bien-aimé, pensant à Valerie et Gilbert et gardant un œil ouvert pour Dufort. Elle descendit la ruelle qu'elle appelait en privé l'Allée des Sous-vêtements, et ne fut pas déçue car la corde à linge dans l'arrière-cour de la maison La Perla était bondée de dessous somptueusement extravagants, sûrement secs en un instant dans la chaleur éclatante de la journée.

Rencontrerai-je un jour la femme La Perla ? se demanda-t-elle. Ou l'ai-je déjà rencontrée ?

Elle finit le croissant et entra dans un endroit de vente à emporter pour prendre un café à siroter en marchant. L'image de Gilbert Renaud ne cessait de lui revenir à l'esprit. Faites qu'il se soit simplement fâché pour quelque chose et qu'il se soit enfui, pensa-t-elle. S'il vous plaît, ne laissez rien de terrible arriver à ce garçon. Je ne pourrais pas le supporter.

Laisser partir Oscar avait demandé beaucoup d'efforts et beaucoup de larmes, et Oscar était en sécurité en Australie avec ses parents, heureux et en bonne santé, sans aucun danger. Elle connaissait à peine Gilbert. Quelques brèves conversations, c'était tout. Néanmoins, elle se sentait... pas responsable de lui, mais liée à lui d'une certaine façon, comme cela peut arriver quand on rencontre quelqu'un et qu'on sait qu'on va bien s'entendre. Que s'était-il passé ce jour-là quand elle avait visité la ferme des Renaud ? Avait-il essayé de se retrouver seul avec elle pour une raison quelconque, ou avait-elle imaginé des choses ? Sa mère... était-il possible qu'elle lui ait fait quelque chose ?

Madame Renaud était-elle simplement surprotectrice et méfiante envers les étrangers, ou quelque chose d'autre ? Quelque chose de bien pire ?

Lapin avait été inutile jusqu'à présent dans la recherche de Valerie. Mais il y avait sûrement une chance qu'il connaisse Madame Renaud ; peut-être avait-il aidé avec la succession quand son mari était décédé. Une chance suffisante pour que Molly décide que les invités pouvaient attendre un peu plus longtemps pour leurs croissants du matin.

Elle fit demi-tour vers son scooter, attacha son panier à l'arrière, sauta dessus et arriva à la boutique de Lapin en quelques minutes.

La petite cloche tinta quand elle entra, mais Lapin n'apparut pas.

— Lapin ! appela-t-elle.

Pas de réponse. Il était déconcertant qu'un propriétaire laisse sa boutique déverrouillée et sans surveillance, et un samedi quand le village était plein de gens. Un autre rappel qu'elle n'était plus à Boston, bien qu'elle ricanât de sa naïveté d'avoir pensé que Castillac serait tout licornes et arcs-en-ciel sans un criminel à trouver.

— Lapin ! appela-t-elle à nouveau.

Distraitement, elle regarda les bijoux sur le comptoir de devant. Elle mit un bracelet et tendit le bras pour l'admirer. Elle passa sa main le long des colliers suspendus sur un présentoir.

Et puis, cette fois, elle le vit. Un collier en argent avec un pendentif. Un pendentif en forme d'étoile.

Le collier de Valérie.

Molly retint son souffle en le retirant du présentoir. Le dossier de la gendarmerie avait été très précis : Valérie portait toujours, toujours ce bijou particulier. Le collier était en argent avec de petits maillons. Le pendentif était également en argent, l'étoile avait cinq branches, et les branches étaient longues et étroites. Environ la taille d'une pièce d'un euro.

Dans les moindres détails, exactement comme celui-ci.

— Lapin ! appela-t-elle à nouveau, la voix tendue. Il avait dû récupérer le collier chez quelqu'un, quelqu'un du coin. Pourquoi sinon serait-il dans sa boutique ? Il avait dû l'obtenir de la maison même où Valérie était toujours prisonnière.

Enfin, enfin une piste ! Une fois que Lapin aurait vérifié dans ses registres d'où venait le collier, ils le tiendraient. Et elle aussi !

Molly entendit quelqu'un à la porte et se retourna brusquement. — Lapin ! dit-elle au grand homme. Où diable étais-tu passé ? Écoute, je-

— Bonjour à toi aussi, dit-il avec un demi-sourire. Vraiment, Molly, il n'y a pas besoin d'être toujours pressée.

— Écoute-moi, Lapin. Ce collier, dit-elle en le tendant, d'où vient-il ? C'est important.

Lapin jeta un coup d'œil au collier et haussa les épaules. — Oh, voyons. Je suis très bon dans mon travail, tu le sais, Molly. Ne t'ai-je pas trouvé les meubles pour ton pigeonnier à un bon prix ? Et c'étaient exactement les bonnes pièces, n'est-ce pas, côté style ?

— Lapin, *s'il te plaît*, supplia Molly. Dis-moi juste d'où vient ce collier !

— La tenue de registres, j'en ai peur... ce n'est pas mon fort. Si j'obtiens une véritable antiquité, je garde la documentation, bien sûr. La provenance fait le profit, tu comprends ? Mais un petit bijou comme ça ? Désolé, ma chère. Je ne pourrais pas te dire d'où vient cette petite chose même si ma vie en dépendait.

❧ 41 ❧

Le garçon n'avait pas dit un mot quand Achille lui avait apporté une cruche de lait et une couverture. Un sol en ciment est froid, même en mai. Mais le garçon n'avait ni dit merci ni bonjour ni quoi que ce soit, il l'avait juste regardé sans expression.

Achille pensait à la petite grenouille qu'il avait gardée dans sa chambre quand il était enfant, et comment elle s'était accrochée au bâton qu'il avait mis dans le bocal et l'avait fixé de ses grands yeux. En seulement une journée, la couleur de la grenouille était devenue terne et sombre, et même un enfant pouvait voir qu'elle allait mal.

Achille avait relâché la grenouille, même si cela lui avait demandé toute sa volonté. Mais le garçon ?

Il sait pour Valerie. Et il va parler.

Achille ne doutait pas que le garçon parlerait, et ne se faisait aucune illusion sur le fait que quoi qu'il puisse dire ou faire, cela inciterait le garçon à garder le silence. C'était un bavard, n'importe qui pouvait le voir, même si une fois enchaîné, il avait à peine dit un mot.

Achille imaginait que Gilbert avait beaucoup d'amis, qu'il

aimait jouer et plaisanter avec eux pendant la *récréation*, qu'il pouvait même parler aux adultes et aux étrangers sans crainte.

Il n'est pas comme moi. Il parlerait.

Achille avait été si perturbé qu'il avait oublié de manger quoi que ce soit. Son ventre lui faisait mal. Il n'arrêtait pas d'imaginer toute une flotte de voitures officielles entrant dans son allée avec des sirènes hurlantes, des hommes en sortant avec des armes dégainées. Lui-même étant emmené. Loin de ses filles, de Bourbon et de la ferme.

Il faisait les cent pas dans la cuisine sombre, ses pensées embrouillées et fuyantes.

Il parlerait. C'est ma Valerie. Aimée attend son cannelé. Cannelé, cannelé, cannelé, pensait-il, les mots donnant un rythme à ses pas.

Les épaules affaissées de sa mère dans la robe verte avec de petits brins de fleurs dessus.

Finalement, Achille sortit et marcha jusqu'à la remise à outils de la grange. Il prit une longueur de corde et un couteau de chasse de son père, un couteau court et tranchant que son père avait utilisé pour dépecer des sangliers, un processus qui avait écœuré Achille.

Sa bouche se remplissait de salive.

Un homme doit faire ce qui doit être fait.

BIEN QU'ELLE voulût rester dans la boutique de Lapin et l'interroger jusqu'à la moelle, c'était samedi — jour de changement — et Molly avait trop de choses à faire qui ne pouvaient plus attendre. Elle avait des invités à qui dire au revoir, du nettoyage à faire, de nouveaux invités à accueillir. Elle appela Ben mais n'obtint pas de réponse. À contrecœur, elle dit à Lapin qu'elle reviendrait dès qu'elle le pourrait et fila vers La Baraque avec les croissants légèrement fanés attachés à l'arrière du scooter.

Molly traversa directement la cour et la prairie jusqu'à la porte du pigeonnier. Bobo trouvait que c'était la chose la plus intéressante qu'elle avait vue depuis des lustres et bondissait à côté d'elle.

— Bonjour, Herman et Anika ! cria Molly en détachant la sangle qui retenait le sac de croissants à l'arrière du scooter. Elle se demandait à quelle vitesse elle pourrait régler les choses à La Baraque et retourner chez Lapin. J'ai un dernier petit-déjeuner pour vous avant votre départ !

Silence.

Elle regarda son téléphone pour vérifier l'heure, puis pencha la tête, à l'écoute. Étaient-ils déjà partis ? Étaient-ils encore au lit ? Molly pensa que ce devait être la lune de miel la plus réussie de tous les temps ; les apparitions du couple avaient été aussi rares que celles des pics à bec d'ivoire.

— Il y a quelqu'un ? appela-t-elle. Comment dit-on bonjour en néerlandais ? "*Welkom!*" cria-t-elle. Non, pensa-t-elle, ce n'est pas ça...

Elle frappa à la porte, attendit encore un moment, puis souleva le loquet. Quelqu'un pleurait.

— Oh ! Excusez-moi, dit-elle doucement, voyant Anika assise au bord du canapé, le visage enfoui dans un mouchoir. Que se passe-t-il ?

Anika pleura de plus belle. Molly se tenait juste à l'intérieur de la porte, se sentant mal à l'aise. Elle avait à peine échangé deux mots avec cette femme et avait pensé que le couple passait le moment le plus extatique, caché du monde dans le magique pigeonnier.

Apparemment pas.

— Anika ? Y a-t-il quelque chose que je puisse faire ? Que s'est-il passé ?

— Herman..., dit-elle, la voix brisée.

Je m'en doutais, pensa Molly.

— Est-il à l'étage ? demanda-t-elle doucement.

— Non, dit Anika. Il... il est allé au village seul ce matin. Il est parti depuis des heures. J'ai fait nos bagages et tout préparé pour le départ, et il a juste disparu.

— C'est pour ça que vous êtes bouleversée ? Vous ne pensez pas qu'il est probablement juste en train de faire un dernier tour ?

Anika éclata en sanglots.

Molly savait qu'elle était la première à voir des monstres dans chaque placard, mais cette fois, elle était presque sûre qu'Anika exagérait massivement. — Écoutez, j'ai apporté des croissants. Vous pouvez faire du café avec la cafetière si ce n'est pas déjà fait, et le temps que vous finissiez de manger, je parie qu'Herman sera de retour. Vous avez encore une heure avant que j'aie besoin d'entrer ici pour préparer l'arrivée des nouveaux invités.

Elle mit plusieurs croissants sur une assiette dans la minuscule cuisine, marmonna quelques mots réconfortants, et se dirigea vers la maison pour s'occuper de Wesley Addison.

En parlant de monstres dans les placards, il y avait eu un moment où Molly s'était demandé si Wesley Addison n'avait pas poussé sa pauvre femme du haut de la falaise à Beynac et s'il n'avait pas réussi à faire disparaître Valerie Boutillier par la même occasion. Elle blâmait ces soupçons sur un manque de café, cependant, et heureusement, ils n'avaient pas pris racine.

Quand elle entra par la porte de la terrasse, elle trouva Addison debout dans le salon avec son sac fait à côté de lui.

— Oh ! s'exclama Molly, toujours surprise de trouver quelqu'un chez elle. Bonjour ! Je suis désolée d'être en retard, j'ai été retenue au village...

Elle eut alors un flash du collier de Valérie et dut afficher une expression feinte pour cacher son agitation.

— Mademoiselle Sutton ! tonna Wesley.

— Je vous prie de m'excuser, dit-elle en passant une main sur son visage. Je suis terriblement distraite ce matin. Que disiez-vous ?

— Je disais que la prochaine fois que je viendrai, vous pourriez peut-être mettre un petit réfrigérateur dans la chambre ? J'aime beaucoup les boissons fraîches et ça aurait été très pratique.

Molly sourit et acquiesça, n'ayant aucunement l'intention d'acheter le moindre petit réfrigérateur.

— Le taxi devrait arriver d'un moment à l'autre, s'il est ponctuel, dit M. Addison.

Molly l'accompagna jusqu'à la porte d'entrée, disant tout ce qu'il fallait sur le plaisir qu'elle avait eu à l'accueillir et combien elle serait ravie de le revoir à l'avenir. Christophe apparut au même moment que Constance, et M. Addison fut installé dans le taxi et partit.

— Un dingue, celui-là, dit Constance en agitant énergiquement la main tandis que le taxi tournait dans la rue des Chênes.

— C'est sûr, dit Molly. Mais il a bon cœur. Je n'arrive pas à croire que je dise ça, mais j'espère vraiment qu'il reviendra. Bon, tu es prête ? Les De Groot ne sont pas encore partis. Peut-être des problèmes au paradis, je ne sais pas. Mais en attendant, on peut au moins s'attaquer à la chambre hantée, et tu pourras me raconter les dernières nouvelles.

— J'aimerais que tu arrêtes de l'appeler la chambre hantée, dit Constance. Ce n'est pas une bonne idée de plaisanter avec ce genre de choses, Molly.

Elles rassemblèrent l'aspirateur et le reste du matériel de nettoyage et montèrent les escaliers en bois usés. Elle ne pensait pas que même le potin le plus croustillant suffirait à la distraire assez pour terminer le ménage sans perdre la tête. Après la chambre hantée, il leur restait encore le pigeonnier à faire, les nouveaux clients devaient arriver à seize heures, et tout ce à quoi elle pouvait penser était comment diable allait-elle découvrir d'où venait ce collier ?

❦ 42 ❦

Molly et Constance ont finalement réussi à faire le ménage, même si ce n'était pas aussi minutieux que Molly l'exigeait habituellement. Thomas avait appelé Constance, il y avait eu des réunions, des baisers, des excuses abjectes et de grandes promesses, mais Molly n'avait écouté que d'une oreille distraite. Elle n'arrêtait pas d'appuyer le balai contre un mur et d'appeler Dufort, pensant au collier, à Valerie, à ce stupide Lapin qui aurait pu les mener directement à elle s'il n'avait pas été si paresseux et négligent dans sa tenue de registres.

Herman De Groot était arrivé et tout était à nouveau parfait pour les jeunes mariés, et heureusement, ils ont été récupérés à l'heure. Molly et Constance ont nettoyé le pigeonnier en un rien de temps, Constance est partie à vélo pour retrouver Thomas, et les nouveaux invités, une famille sud-africaine, ont été installés dans le gîte. La journée de changement la plus rapide de l'histoire, pensa Molly avec gratitude. Elle cria à Bobo de rester et courut vers le scooter. Avant de partir, elle essaya d'appeler Ben une dernière fois. Toujours pas de réponse.

Molly conduisait vite mais d'habitude pas de manière imprudente, mais sur le court trajet jusqu'à la boutique de Lapin, elle a failli renverser une vieille dame, a effleuré une voiture qui était garée un peu sur la chaussée, et a grillé un feu rouge (après avoir regardé des deux côtés). Elle se gara rapidement devant la boutique et frappa à la porte, puis l'ouvrit et appela Lapin.

— Molly, dit-il en émergeant de derrière une tour de nouvelles boîtes. Calme-toi, et dis-moi ce qu'il y a de si important à propos de ce collier ?

Il fit un geste vers un petit bol sur le comptoir où elle l'avait soigneusement déposé avant de partir.

Molly regarda le collier puis Lapin. — Ce collier... Elle s'arrêta, ne sachant pas trop combien lui en dire. Écoute, tu le sais probablement déjà puisqu'il semble y avoir peu de secrets à Castillac, vu comment les gens parlent. Dufort et moi cherchons Valerie Boutillier.

Lapin écarquilla les yeux comme un personnage de dessin animé.

Molly secoua la tête avec un demi-sourire. — Tu vois, je me doutais bien que tu étais déjà au courant. Alors écoute, ce collier ? Il lui appartenait. À Valerie. Non, je ne plaisante pas. Tu as la clé de sa disparition juste ici, Lapin. Tu dois bien avoir des registres quelque part ? Tu dois sûrement faire des listes d'inventaire quand tu t'occupes des successions des gens ou je ne sais quoi d'autre, espèce de vautour ?

Lapin eut un sourire narquois. — Pas besoin d'être désagréable, la bombe. Il se frotta le menton d'une main puis haussa les épaules. Je sais que je devrais tenir de meilleurs registres. C'est un défaut, je l'admets. Je ne suis pas du genre à mettre les points sur les i et les barres sur les t. Je suis plutôt un artiste, en fait. Ou du moins un amateur d'art.

— Il ne s'agit pas de qui tu es ! Tu veux dire que tu n'as rien ? Aucune note, rien du tout qu'on puisse vérifier ? Évidemment, tu as obtenu ce collier de quelqu'un dans le coin, non ? As-tu au moins une liste des endroits où tu es allé, des gens qui t'ont engagé ?

— Euh, oui, ça je l'ai, dit-il en la dépassant et se tournant de côté pour descendre l'allée encombrée de jouets anciens. Attends, je vais chercher le carnet...

Molly commença à le suivre mais l'arrière-boutique bondée la rendait claustrophobe et elle décida de rester où elle était. Elle ouvrit la main et regarda à nouveau le collier. L'argent était terni. Elle se demanda pourquoi Valerie l'avait porté si religieusement que tout le monde s'en souvenait. Que signifiait ce collier pour elle ?

Allez, Lapin ! l'exhorta-t-elle silencieusement.

Elle entendit quelque chose tomber par terre et Lapin marmonner. Il revint à l'avant de la boutique par l'autre allée, qui n'était pas moins encombrée.

— Bon, dit-il, je ne suis pas sûr que ça aidera, mais j'ai ça. Quand j'ai un travail, je note le nom et l'adresse au cas où je devrais envoyer une facture ou un chèque. Donc bien que je sois sûr de n'avoir jamais rien écrit à propos de ce collier en particulier, je peux dire qu'il vient très probablement d'un des noms inscrits ici. Parfois, je peux ramasser quelque chose dans un vide-grenier ou un marché aux puces, si ça attire mon œil — mais en toute honnêteté, ce collier n'a aucune valeur. Je ne l'ai dans la boutique que pour qu'une jeune fille puisse obtenir quelque chose qu'elle trouverait chic. Ce n'est rien de spécial.

— Oh, mais si, ça l'est, dit Molly. Si nous avons un tant soit peu de chance, il va nous ramener à Valerie Boutillier après tout ce temps. Dis-moi que tu as au moins organisé les noms par année ?

— Je ne suis pas totalement incompétent, dit Lapin en lui tendant le carnet. Par où devrions-nous commencer ? Il y a sept ans ?

— Oui. Évidemment, plus tôt ne servirait à rien. Et je suppose que tu aurais pu obtenir le collier à n'importe quel moment depuis. Maintenant ouvre ce carnet et jetons-y un coup d'œil.

Lapin ouvrit le carnet à l'année 1999 et le posa sur le comptoir pour qu'ils puissent tous deux voir.

— Comment se fait-il que chaque personne en France ait une belle écriture sauf toi ? Mon Dieu, Lapin, quel gribouillage, dit Molly, utilisant le mot anglais pour « gribouillage » car dans son excitation son français devenait hésitant.

Lapin ignora la pique. — Je ne suis pas sûr de ce que regarder la liste des noms va accomplir de toute façon, s'il n'y a pas de trace de quelle famille m'a vendu le collier, dit-il. Et je suis désolé de ne pas tenir de meilleurs registres. Mais regarde cet endroit, dit-il en faisant un geste autour de la boutique. Les gens accumulent tellement de choses — parfois je peux récupérer des centaines d'objets d'une seule succession. Et la plupart, c'est de la camelote, entre nous.

— Tu t'es mêlé des affaires de ces gens juste après un décès dans la famille — tu les as vus à un moment difficile de leur vie, un moment où leurs défenses n'étaient peut-être pas aussi fortes que d'habitude ? En y repensant, est-ce que quelqu'un — ou quelque chose — t'a semblé un peu bizarre ? Allez, regarde chaque nom, et dis-moi si tu te souviens de quoi que ce soit.

Lapin hocha la tête et se mordit la lèvre, tandis que Molly faisait lentement glisser ses doigts le long de la première page de noms.

— Tu regardes, Lapin ? Et tu réfléchis ?

— Oui ! Calmez-vous, Molly. J'ai une bouteille de pineau dans mon bureau, vous en voulez un petit verre ?

— Non ! Je veux que vous vous concentriez sur cette liste de noms et que vous me disiez ce que vous savez. Pourquoi semblez-vous être la clé de la moitié des meurtres à Castillac, et pourquoi êtes-vous si réticent à en parler ?

Lapin sourit et haussa les épaules de façon théâtrale, essayant de cacher sa réaction à la référence à l'affaire Amy Bennett, qui lui était encore douloureuse.

— Attendez une minute, dit lentement Molly. De quelle année parle-t-on dans cette colonne ?

Lapin se pencha pour regarder de plus près, puis tourna une page en arrière. — 2004.

— Il y a deux ans ?

Lapin hocha la tête.

— Ces noms, dit Molly en montrant Jean-Pierre Labiche et Marie Labiche, route de Canard, Castillac.

— Ouais ? Une ferme laitière juste à l'extérieur du village. Euh, une ferme banale mais un joli bout de terrain. Leur fils l'exploite maintenant.

— Et vous avez été engagé après leur décès ?

— Oui. Un travail ordinaire, je crois, rien de très précieux là-bas. J'ai vendu quelques vieux outils agricoles à des Britanniques qui les ont utilisés comme décorations dans leur jardin.

— Mais alors... Jean-Pierre et Marie, c'étaient les parents d'Achille, et ils sont morts la même année, en 2004 ?

Lapin acquiesça. — Si je me souviens bien, j'ai été engagé en 2004 pour vendre des objets qui faisaient partie de leur succession. Je crois qu'ils étaient morts un certain temps avant cela.

Molly dit lentement : — J'ai rencontré le fils. Achille. Il m'a dit que ses parents étaient vivants.

Lapin et Molly se regardèrent d'un air interrogateur.

— Je ne sais pas pourquoi il aurait fait ça, dit Lapin. C'est plutôt un type timide. Assez inoffensif, je suppose. Il n'aime pas trop venir au village. Il reste seul.

— Auriez-vous pu obtenir le collier de lui ?

— Je vous l'ai dit, je suis sûr à 99,9 % qu'il vient de quelqu'un dans le carnet...

— Que voulez-vous dire par « plutôt un type timide » ?

Lapin leva les paumes. — Je ne veux pas...

— Oh mon Dieu, dit lentement Molly. Il vit... J'ai raison, n'est-ce pas ? Il vit juste à côté de Gilbert Renaud ? Le garçon disparu ?

&a.

— DIEU MERCI, vous avez décroché, dit Molly, après avoir appelé Dufort pour ce qui lui semblait être la millionième fois. Où étiez-vous ? Chez Rémy ?

— Non, dit Dufort. J'étais en promenade, dans La Double.

— J'ai du nouveau, dit Molly. Ben, une *piste*. Pour de vrai. Pouvez-vous me rejoindre au magasin de Lapin tout de suite ?

— J'arrive. C'était quelque chose qu'elle aimait chez lui, la façon dont il ne ralentissait pas pour poser beaucoup de questions mais comprenait qu'elle était sérieuse et venait immédiatement.

Il n'y avait pas de place pour bouger à l'intérieur du magasin, alors elle sortit sur le trottoir et fit les cent pas, Lapin la suivant.

— Dites-moi tout ce que vous savez sur Labiche, dit Molly. C'était il y a seulement deux ans qu'il vous a engagé. À quel intervalle ses parents sont-ils morts ? Est-ce qu'il semblait, je ne sais pas, capable de... de...

— D'enlever Valérie ? Je ne pourrais pas répondre à ça, Molly. Comment est-on censé voir cette possibilité chez une autre personne ? Lapin réfléchit un moment. — Ses parents étaient morts depuis un certain temps avant qu'Achille ne m'engage, j'en suis presque sûr. Peut-être quatre ou cinq ans plus tôt, quelque chose comme ça ? Ce n'est pas inhabituel que les gens attendent un moment après un décès avant de m'engager. Ils veulent garder des souvenirs autour d'eux, ça les aide à faire leur deuil, vous comprenez ? Et puis plus tard, ils commencent à penser qu'ils pourraient peut-être gagner un peu d'argent en vendant des choses dont ils ne veulent pas vraiment de toute façon, et c'est là que je reçois l'appel.

— Évidemment, si j'avais eu l'idée qu'il préparait quelque chose, j'en aurais peut-être parlé à Dufort. Mais pour être honnête, je pense que vous faites fausse route. Et alors s'il a menti ? Peut-être qu'il aime prétendre que ses parents sont encore en vie parce qu'il est seul. Ça ne veut pas forcément dire quelque chose.

— Dites-moi simplement ce dont vous vous souvenez, Lapin. Quel genre de personne est-il ?

— Achille est... voyons voir... plutôt placide. Comme une vache. Je me souviens avoir pensé que c'était un homme qui avait exactement le bon travail. Agriculteur laitier, vous comprenez. La dernière personne que j'imaginerais capable de violence, ou de quelque chose de malsain comme enlever Valérie.

Ils entendirent une moto bruyante et sursautèrent tous les deux en regardant dans la rue pour voir qui c'était, mais la rue était vide. Molly essayait, sans grand succès, de trouver des explications raisonnables pour que Labiche mente sur le fait que ses parents étaient en vie.

Parfois, les gens lâchent quelque chose de stupide qu'ils ne pensent pas, et sont ensuite trop gênés pour admettre qu'ils ont dit la mauvaise chose. Molly l'avait certainement fait, bien qu'elle s'améliorait pour se corriger.

C'était crédible. Cela correspondait aussi au fait que Labiche ait quelques difficultés sociales. Mais... elle ne pensait pas que c'était ce qui s'était passé. Elle se souvenait de son expression quand il parlait, et ce n'était pas le regard troublé de quelqu'un qui a laissé échapper des mots qu'il ne voulait pas dire. C'était... de l'hostilité voilée, dirait-elle. Elle imaginait qu'il avait aimé l'idée que ses parents se présentent et se débarrassent de cette personne gênante — elle — et pas trop gentiment non plus.

Elle pensait que Labiche avait besoin que ses parents gèrent pour lui, même à son âge et dans une situation aussi inoffensive qu'une femme qu'il ne connaissait pas posant quelques questions sur la généalogie. Ses parents étaient morts depuis des années, et pourtant il avait encore tellement besoin d'eux, même pour un simple échange social, quelques phrases échangées.

— Quoi d'autre, Lapin ? Donne-moi plus de détails. Tu te

souviens de ce que tu lui as acheté ? Est-ce qu'il a fait une belle somme ?

— Nan, dit Lapin. Une charrue ancienne, une roue de charrette, il n'avait pas grand-chose. Lapin fit une pause. Bon, il est un peu bizarre, c'est vrai, dit-il finalement. Mais tu sais, grandir avec une mère comme ça, ça n'a pas dû être facile. Il était terriblement timide. Il a probablement été moqué à l'école. Tu sais comment c'est.

— Que veux-tu dire par « une mère comme ça » ?

— Je ne sais pas quel était son diagnostic, mais euh, *totalement loufoque*. *Dingue*. Complètement folle. Elle a été emmenée à l'hôpital psychiatrique plus d'une fois. Il fit un signe à Dufort qui descendait la rue d'un pas vif vers eux.

Molly ne pouvait plus attendre une seconde pour lui dire ce qu'elle avait trouvé. — Ben ! Lapin a le collier de Valérie ! cria-t-elle, en le tendant pour qu'il puisse le voir. Ben se précipita vers eux.

— Quoi ? Laisse-moi voir...

— Et Achille Labiche... il m'a menti à propos de ses parents. Il m'a dit qu'ils étaient dans le pré derrière quand je suis allée le voir, et Lapin dit qu'ils sont morts depuis des années. Il m'a menti en face sans raison. Et — comme je n'ai pas besoin de te le dire — il vit *juste à côté* des Renaud. Il pourrait aussi avoir Gilbert. Elle prononça ces dernières phrases comme si elles étaient le couronnement d'une affaire en béton contre Labiche, mais Dufort semblait peu impressionné.

— Molly, tu dois comprendre. Achille... il a eu une vie assez triste. Sa mère n'allait pas bien et je crois qu'elle est morte à l'hôpital psychiatrique il y a longtemps. Il a eu la chance d'avoir un bon père, mais quand même, comme tu peux l'imaginer, une chose pareille est très dure pour un garçon. Je ne pense pas...

— Mais Ben ! Le *collier* !

Dufort tendit la main et Molly y laissa tomber le collier. Il le regarda longuement, puis le leva, mais il était trop terni pour refléter la lumière.

— Où l'as-tu eu ? demanda-t-il à Lapin.

Lapin haussa les épaules. — Juste un bibelot. Rien à quoi on ferait vraiment attention.

— C'est de l'argent quand même, non ? De l'argent véritable ?

Lapin haussa à nouveau les épaules. — La chaîne l'est. Mais pas le pendentif, qui est en nickel. J'ai dit à Molly que je ne l'avais dans la boutique que parce que c'est quelque chose qu'une petite fille pourrait aimer.

— En effet. Je me souviens que sa mère m'a dit que Valérie le portait parce que son frère aîné le lui avait offert quand elle était jeune. Elle lui était très attachée. Il avait une maladie cardiaque que personne ne connaissait et il est mort dans son sommeil sans crier gare quand il était à l'université.

— Quelle horreur, murmura Molly.

— Oui. Eh bien, trouver le collier est un début, Molly. Bon travail. Il lui sourit et leva son bras comme pour le passer autour de ses épaules, mais le laissa retomber.

— Mais... tu ne vas rien faire ? Et le mensonge de Labiche ? Tu ne trouves pas ça étrange ? C'était comme s'il voulait me faire peur, comme s'il me disait que les adultes allaient arriver et que je ferais mieux de partir.

Dufort regarda Molly. — Ici, à Castillac, dit-il lentement, on essaie de prendre soin de nos membres les plus faibles. La communauté compte plus que tout. Alors quoi si Achille a du mal à parler aux gens et reste dans son coin, il haussa les épaules. Ce n'est pas une raison pour sauter à la conclusion que le collier vient de sa ferme. Pas à moins que Lapin ne le dise.

Molly avait désespérément envie de taper du pied et de crier mais elle se contint. — Le problème, dit-elle, le visage rougissant, c'est que tu as grandi ici, et que tu as cette loyauté envers tout le monde dans le village qui est si profonde que tu ne peux pas vraiment accepter que quelqu'un soit capable de quelque chose de mal. Tu n'as aucune *objectivité*.

Dufort semblait piqué au vif. Cela n'aidait pas que le manque d'objectivité était exactement la raison pour laquelle la gendarmerie ne voulait pas que les officiers servent dans les communautés où ils avaient grandi, et il les avait amadoués pour qu'ils l'autorisent à travailler à Castillac malgré tout.

Molly vit qu'elle avait touché un point sensible, et d'un ton plus doux dit : — Ne devrions-nous pas au moins aller là-bas et fouiner un peu, poser quelques questions ?

— On n'a rien pour le relier au collier ou à Gilbert, dit Dufort. Et aujourd'hui c'est samedi — n'est-ce pas ton gros jour de travail de la semaine, avec les arrivées et les départs des clients ?

— Oui, dit Molly d'un ton contrarié. Tout est réglé — il est presque l'heure du dîner, Ben. Je pense vraiment qu'on devrait se dépêcher d'aller à cette ferme, je le pense vraiment. On ne peut pas juste lui rendre une visite amicale ?

Dufort regarda au loin dans la rue. — Eh bien, je ne suis plus officiel, maintenant que j'ai quitté la gendarmerie.

— Exactement ! Et tu connais Labiche, non ? Ce n'est pas comme si tu débarquais chez un inconnu. Allez, on y va !

— Je ne dirais pas que je le *connais*, Molly. Mais bon, d'accord. Tu promets de ne rien faire qui le pousserait à appeler Maron ? Ce serait gênant, dit-il avec un petit sourire. Pas de course pour aller jeter un œil dans le grenier, pas d'accusations ?

Molly lui sauta au cou. — Pour qui me prends-tu ? Je serai sage.

Dufort hocha la tête et mit le collier dans sa poche. — J'ai des doutes à ce sujet, Molly. Ce n'est pas parce que l'homme ne s'intègre pas avec tout le monde qu'il est capable d'enlever des filles dans la rue. Malgré ses paroles, pendant un instant, il laissa entrer dans son esprit la possibilité que l'affaire soit sur le point d'être résolue. Mais il ne put le permettre que pendant une seconde avant que ses défenses contre la déception ne se dressent, aussi solides que jamais.

— Et si j'ai tort et que Valérie *est*

là-bas, eh bien, personne ne sera plus heureux que moi, croyez-moi. Je vais retourner à mon appartement en courant pour prendre ma voiture. On se retrouve à l'intersection sud juste avant le village.

Molly hocha la tête, fit vrombir le moteur et démarra. Lapin et Dufort regardèrent Molly filer dans la rue Saterne sur son scooter boueux.

— Elle est vraiment quelque chose, dit Lapin.

— Oui, dit Dufort en rougissant. Elle l'est certainement.

❦ 43 ❦

Il faisait frais dans la grange. Il y avait une fenêtre dans la pièce où Gilbert était enchaîné au sol, et il pouvait voir le soleil brillant sans pour autant le sentir. Il étala la couverture qu'Achille lui avait donnée sur le sol et se recroquevilla sur le côté.

Il avait tellement peur.

La plupart du temps, il arrivait à chasser les pensées de sa mère de sa tête. Il savait qu'elle faisait tout ce qu'elle pouvait pour le retrouver — elle n'était pas du genre à devenir hystérique, à tourner en rond ou à abandonner. Non, elle serait hystérique et appellerait les gendarmes toutes les deux minutes, tout en fouillant elle-même les bois jusqu'à tomber d'épuisement. Il essayait d'imaginer Dufort venant à son secours et emmenant Labiche menotté, mais cette image lui semblait factice et ne le réconfortait pas.

De plus, il ne pouvait pas oublier que personne n'avait retrouvé Valérie pendant toutes ces années, alors qu'elle était pratiquement sous leur nez.

Personne ne l'avait écouté quand il avait essayé de leur dire. Et maintenant... Gilbert craignait de ne jamais avoir l'occasion de s'expliquer.

Gilbert se redressa et inspecta à nouveau la chaîne. Elle était reliée à une boucle sur l'épaisse ceinture en cuir que Monsieur Labiche lui avait serrée autour de la taille. Si seulement il pouvait enlever cette ceinture ! Il rentra son ventre pour la desserrer un peu et essaya de retirer le petit bout de métal du trou dans le cuir, mais il n'arrivait pas à le bouger, même d'un millimètre. Il continua d'essayer, encore et encore, mais sans succès, le bout de ses doigts maintenant à vif.

Valérie est-elle aussi enchaînée quelque part, à proximité ? se demanda-t-il.

Il n'avait pas faim. Monsieur Labiche lui avait donné du lait ce matin-là, et des tartines. Depuis la traite du matin, tout était calme.

Il avait peur, mais finalement Gilbert décida de risquer quelques cris d'oiseaux. Au début, il les fit doucement, mais quand Monsieur Labiche ne se montra pas, il les fit de plus en plus fort. Il ne savait pas ce qu'il espérait obtenir, seulement qu'il se sentait mieux d'avoir fait du bruit. Peut-être que Valérie, si elle était encore en vie, l'entendrait et saurait qu'elle n'était pas seule.

Il ne connaissait pas vraiment de cris d'oiseaux, techniquement parlant. Mais il produisait des sons ressemblant à des oiseaux, gazouillant, sifflant et croassant, perturbant le calme tranquille de la ferme. Il s'arrêtait de temps en temps pour écouter, mais n'entendait rien en réponse.

Monsieur Labiche avait gardé Valérie pendant tout ce temps, toutes ces années... mais Gilbert comprenait que ce n'était pas la même chose pour lui. Labiche ne l'avait pas choisi.

Il n'y avait pas de bonne façon de penser à cela.

Quelques bruissements dans la cour de la ferme. Un jappement du chien, puis il entendit les pas de Labiche sur le sol en béton de la grange, s'approchant de lui.

❧ 44 ☙

olly laissait tourner le scooter pendant qu'elle attendait anxieusement que Dufort arrive à l'intersection sud. Mais où est Ben, pensait-elle, en sortant son téléphone tout en résistant à l'envie d'appeler. Elle tendait le cou pour voir les deux rues qui menaient hors du village, espérant apercevoir sa Renault verte cabossée.

L'attente était une torture. Elle mourait d'envie d'aller à la ferme et d'y jeter un coup d'œil. Peut-être que Labiche serait occupé et qu'elle pourrait s'éclipser pour explorer vraiment les lieux. Elle ne se souvenait pas l'avoir remarqué lors de sa première visite, mais la ferme avait probablement de nombreuses dépendances, l'endroit parfait pour cacher quelqu'un.

Molly se sentait survoltée, comme si elle avait besoin de bouger, besoin de vitesse. Son esprit passait rapidement en revue divers scénarios et images comme un projecteur de diapositives sous stéroïdes. Oscar. Les adieux à Wesley Addison. Bobo bondissant joyeusement dans la prairie à la poursuite d'un campagnol. La sensation chaleureuse et solide de la main de Ben lorsqu'il avait tenu la sienne lors de la promenade avec Boney.

Valérie. Gilbert. Le collier. La note.

Finalement, la Renault verte apparut. Molly fit un signe de la main, Dufort lui répondit et la dépassa, tournant sur la Route de Canard. La ferme Labiche n'était qu'à quelques kilomètres.

Molly jeta un coup d'œil à la ferme des Renaud en passant, se demandant si Madame Renaud était chez elle ou si Gilbert était peut-être réapparu, mais son attention se reporta rapidement sur Labiche et Valérie.

Dufort s'était garé à une courte distance dans l'allée, loin de la maison, et Molly descendit du scooter et utilisa la béquille. La cour de la ferme était silencieuse. Ils ne virent ni poules, ni chiens, pas même de vaches. Pour Molly, l'endroit semblait intemporel, les vieux bâtiments en pierre (à l'exception de la nouvelle grange) donnant l'impression d'avoir toujours été là.

— Pas de voiture, mais je ne suis pas sûr qu'il en possède une, murmura Dufort.

Molly tournait la tête dans tous les sens, scrutant tout ce qui semblait anormal, comme elle l'avait fait lors de son faux sondage. Peut-être que je ne suis tout simplement pas douée pour trouver quelque chose quand je ne sais pas ce que je cherche, pensa-t-elle. Elle marchait légèrement derrière Ben, se rappelant de le laisser prendre les devants si Labiche s'avérait être chez lui.

— Monsieur Labiche ! appela Dufort, d'une voix que Molly considérait comme sa voix amicale de gendarme. Il frappa à la porte de la ferme.

Pas de réponse.

— On devrait peut-être vérifier la grange ? dit Molly, espérant pouvoir y jeter un bon coup d'œil.

Dufort frappa à nouveau. — Labiche ! dit-il. Ils attendirent, puis commencèrent à marcher vers la grange.

Ben et Molly venaient juste de contourner la maison quand ils virent le chien. Un border collie, courant de cette façon fluide et professionnelle propre aux collies quand ils ont une tâche à accomplir.

— Salut, toi ! dit Molly, tendant la main. Mais le chien ne s'y intéressait pas. Elle jappa et poussa Dufort à l'arrière d'un mollet, l'incitant à se diriger vers la grange.

— Elle te rassemble, dit Molly.

— Labiche ! appela à nouveau Dufort.

Le chien mordit légèrement la jambe de Molly. — Aïe ! Écoute, j'irai où tu veux, montre juste le chemin ! Le chien fit un large cercle et courut derrière eux, faisant des allers-retours en aboyant, tandis qu'ils s'approchaient de plus en plus de la grange. Une fois arrivés au bout où se trouvait la large ouverture, le chien les dépassa et entra dans une pièce sur le côté, vers l'arrière.

Dufort regarda Molly. — C'est une violation de propriété, si on entre là-dedans.

— Ben, dit Molly, suis simplement le chien !

Alors qu'ils entraient dans l'ombre de la grange, ils pouvaient entendre leurs pas sur le béton granuleux avec un léger écho, puis, faiblement, un autre son. Des gémissements ? Des sanglots ? Le son de l'angoisse. Ben et Molly coururent vers la source. Ils arrivèrent à l'entrée où le chien était allé, et virent Achille Labiche assis sur le sol en béton, les bras autour de Gilbert Renaud.

Les yeux de Gilbert s'élargirent de surprise puis de joie.

— Vous êtes venus ! dit-il à Dufort, qui l'éloigna de Labiche et le poussa dans les bras de Molly.

— Achille, dit-il, tristement.

— Je ne savais pas quoi faire d'autre, répondit Achille. Ce n'est pas comme si je le voulais ici, dit-il, étouffant ses larmes. Prenez-le ! Je ne l'ai jamais voulu, je le jure.

Molly s'affaira sur la ceinture pour libérer Gilbert. C'était un tel choc de trouver le garçon ici alors qu'elle était si certaine que ce serait Valérie, qu'elle n'arrivait pas tout à fait à comprendre ce qui se passait.

— Achille, pourquoi Gilbert est-il ici ? demanda Dufort. Sa voix était douce mais Molly y entendit beaucoup de complexité dans le ton - elle entendait son excitation, son appréhension, son inquiétude que même maintenant, ce pour quoi il avait travaillé si longtemps n'aurait encore une fois aucune résolution.

— Je n'en parlerai pas, dit Achille, se levant. Vous l'avez maintenant, allez chez Madame Renaud. Elle doit être morte d'inquiétude. Il frotta ses mains l'une contre l'autre comme si toute l'affaire était conclue, puis les glissa dans le plastron de sa salopette. — Je dois dîner et ensuite faire la traite du soir. Mes filles comptent sur moi. C'est ma routine. C'est ce que je dois faire ensuite.

Il sortit rapidement de la pièce et traversa la grange, et Dufort le suivit aussitôt. — Appelez Maron ! cria-t-il par-dessus son épaule.

— Devrais-je venir... demanda Molly.

— Non ! Occupez-vous juste du garçon et appelez Maron !

Molly sentit une bouffée d'inquiétude. Ben ne devrait pas être seul avec cet homme, pensa-t-elle en se mordant la lèvre.

— Je suis si heureuse que tu sois sain et sauf ! dit Molly à Gilbert. Tiens bon pendant que j'appelle les gendarmes.

Gilbert hocha la tête, ses yeux ne quittant jamais Molly.

— Thérèse ? C'est Molly. Peux-tu appeler Maron et venir à la ferme des Labiche ? Nous avons retrouvé Gilbert. Elle regarda avec reconnaissance le garçon, qui tripotait la ceinture, ne renonçant pas.

— Oui. Non. Non, nous venons d'arriver. Nous n'avons pas encore eu l'occasion de chercher Valerie.

— Elle est ici ! s'exclama Gilbert, stupéfait d'avoir encore une fois oublié de parler dès que Madame Sutton et le Chef Dufort étaient arrivés.

— Attends, quoi ? dit Molly.

— C'est... je l'ai vue. Elle est ici à la ferme ! Labiche l'a gardée tout ce temps !

Molly resta figée un instant, assimilant l'information. Puis elle le dit à Perrault, leur demandant de se dépêcher car Ben était quelque part seul avec Labiche, et qui sait de quoi il était capable ? Il avait besoin de renforts, et vite.

L'expression « rat acculé » ne cessait de lui revenir à l'esprit.

— Bon, sortons-toi de cet horrible engin, dit-elle à Gilbert, et raconte-moi tout ce que tu sais sur Valerie Boutillier.

❦ 45 ❦

Et puis, comme un château de cartes qui avait miraculeusement réussi à tenir debout bien plus longtemps que les lois de la physique ne l'auraient suggéré, avant d'exploser soudainement dans les airs : le monde d'Achille Labiche, précairement intact depuis sept ans, s'effondra.

Maron et Perrault arrivèrent en quelques minutes, la sirène hurlante comme Labiche l'avait craint. Dufort lui préparait une tasse de thé dans la cuisine, espérant le calmer. Le fermier était assis sur un tabouret, marmonnant pour lui-même, se tordant les mains et fixant le sol.

Molly avait réussi à retirer la ceinture de Gilbert, bien que cela n'ait pas été une tâche facile. Dès qu'il fut libre, le garçon insista pour qu'ils cherchent Valerie, et Molly lui serra la main en acquiesçant. D'abord, ils inspectèrent tout le rez-de-chaussée de la grange puisqu'ils s'y trouvaient déjà.

— Je ne pense pas qu'elle soit ici, dit Gilbert. Du moins, je crois qu'elle aurait appelé. Je faisais du bruit, ajouta-t-il, ne voulant pas admettre qu'une grande partie de ce bruit avait été des pleurs.

— Et les dépendances ? demanda Molly.

Ils coururent dehors et regardèrent autour d'eux. C'était l'heure de la traite du soir et les vaches se bousculaient le long de la clôture, se poussant les unes les autres en meuglant.

Il y avait un petit garage attenant à la ferme, ouvert sur l'extérieur. Il était encombré de barils, d'une tondeuse à gazon et de cartons. Molly ne vit pas d'autres dépendances, à l'exception de la porte cadenassée qui semblait mener directement dans le flanc d'une petite colline, entre la maison et la grange.

— Qu'est-ce que c'est ? demanda Molly en pointant la cave à légumes.

— Valerie ! appela Gilbert, levant son visage pour sentir le soleil. Valerie, on arrive !

Mais ils n'avaient pas de clé et le cadenas était solide. Molly frappa à la porte en bois. — Il y a quelqu'un là-dedans ?

— Oui, répondit une voix. S'il vous plaît. C'est moi. Je suis votre Valerie.

❧ 46 ❧

Cette nuit-là, après que Valerie eut été examinée par un médecin puis ramenée à sa famille, et qu'Achille fut placé derrière les barreaux au commissariat, Molly et Dufort dînèrent chez Papa. Ils savaient que tout le monde serait submergé de questions et pensaient qu'il valait mieux voir tous leurs amis en même temps. Comme cela semblait être courant à Castillac - quand une bonne nouvelle éclatait, les villageois ressentaient instinctivement le besoin d'être ensemble - pour en parler et surtout, pour célébrer.

Le chef prépara les champignons sautés que Molly adorait, ainsi qu'un plat de pommes de terre et d'oignons plein de crème et d'un fromage qu'elle n'avait jamais goûté auparavant et qu'elle trouva absolument magnifique. Lawrence buvait des Negronis, bien sûr, et Frances était assise au bout du bar, acceptant les baisers de Nico chaque fois qu'il avait un moment de libre. Manette était venue de sa maison dans les collines avec l'une de ses filles. L'herboriste de Dufort était là. Même Madame Gervais fit une apparition, bien qu'elle ne restât pas longtemps.

— Je n'arrive toujours pas à y croire, dit Manette. Achille

Labiche, depuis tout ce temps ? Je le connais depuis toujours, dit-elle d'un air songeur.

— C'est exactement ce qui est si troublant, dit Lawrence. On vit au jour le jour, en pensant connaître les gens. Mais, ajouta-t-il, après une longue gorgée de Negroni, nous sommes tous insondables, c'est la vérité inconfortable.

— Je ne vais pas jusque-là, dit Molly. D'accord, peut-être que certaines personnes ont un côté sombre caché du reste d'entre nous. Mais personne ici ne peut prétendre avoir vraiment connu Labiche. On ne le voyait qu'au marché, et c'était rare. Il faisait juste partie du décor, vous savez ? Une personne sur un tracteur, une maison devant laquelle on passait parfois. Ce n'est pas vraiment le connaître, peu importe à quel point il était familier.

— Bien vu, dit Lawrence, en levant son verre pour trinquer avec elle.

Dufort dit : — J'ajouterais que la situation était très étrange aussi. Peut-être que s'il avait maltraité sa victime, comme c'est généralement le cas dans ce genre d'affaires, cela n'aurait pas duré si longtemps. Les gens qui avaient affaire à lui auraient pu remarquer quelque chose. Ou au moins, il aurait été connu comme quelqu'un ayant une personnalité dominante, ou un besoin effrayant de tout contrôler...

— Ou peut-être que c'est une autre fiction que nous nous racontons, dit Lawrence, que si quelqu'un est vraiment déséquilibré et capable d'une cruauté extrême, nous serions capables de le voir d'une manière ou d'une autre.

— Tu es vraiment la voix de l'optimisme ce soir ! dit Molly, en lui tapant dans le dos et en l'embrassant sur la joue. Elle se sentait un peu coupable de ne pas voir Lawrence plus souvent, d'autant plus qu'elle avait l'impression qu'il n'était pas encore remis de son chagrin d'amour.

— Alors c'est vrai que Labiche ne l'a jamais touchée ? demanda Manette.

— Oui, dit Molly. Je suis sûre que Valerie aura beaucoup plus à dire à ce sujet, si elle décide de raconter toute l'histoire publiquement. Mais quand nous l'avons sortie de cette cave à légumes, elle m'a dit qu'il l'avait seulement maintenue prisonnière, mais ne lui avait jamais fait de mal. Elle a dit qu'il avait appris à cuisiner ses plats préférés, ce qui semble tellement... bizarre.

— C'était comme si elle était une sorte d'animal de compagnie, dit Dufort. Il voulait qu'elle reste toujours avec lui, qu'elle lui soit dévouée, toujours disponible pour lui...

Il n'avait pas besoin de rappeler aux autres villageois le sort de Madame Labiche, qui avait été emmenée tant de fois pendant l'enfance d'Achille. C'était le genre d'histoire que tout le monde connaissait, mais dont personne ne pouvait prédire les effets.

— Oh, Ben, dit Molly, ça me fait penser. Je voulais te demander - qui est Aimée ?

Dufort dit aux autres : — Quand Achille était emmené, il murmurait des excuses à Aimée. Je n'ai aucune idée de qui il parlait, et je ne peux même pas penser à une Aimée à Castillac.

La foule était silencieuse, réfléchissant à cela.

— Perrault a fait une fouille approfondie de la propriété, mais je suppose qu'il y a une chance qu'il ait quelqu'un d'autre caché quelque part. Nous continuerons à chercher. Et à parler à Achille aussi. Il aura peut-être plus à nous dire qu'il n'était prêt à le faire ce soir. Maron vérifie la liste des personnes disparues pour la zone plus large, dit Dufort, ressentant un pincement au cœur en souhaitant être encore en uniforme, pour régler les derniers détails qui restaient de l'affaire, maintenant close, de la disparition de Valerie Boutillier.

— Je ne pensais pas qu'on la reverrait un jour, dit Nico. Et honnêtement ? Je ne pensais vraiment pas qu'on la retrouverait vivante. Alors - hourra pour vous deux, pour ne pas avoir abandonné !

Nico avait parlé fort et tout le monde dans l'établissement éclata en applaudissements.

— C'est le courage de Gilbert Renaud qui nous a menés

jusqu'à elle, dit Molly, à genoux sur son tabouret et parlant assez fort pour que tout le monde l'entende, et la foule applaudit plus fort.

Dufort passa son bras autour de Molly alors qu'elle descendait du tabouret. — Gilbert nous a mis sur la voie, dit-il. Mais la trouver - et lui - c'est entièrement grâce à toi, Molly Sutton. Et puis il approcha son visage du sien, et là, devant presque tous ceux qu'ils connaissaient dans le village entier, il l'embrassa en plein sur la bouche.

Et elle lui rendit son baiser.

ÉPILOGUE

Un sentiment de joie débordante s'est emparé de Castillac après la conclusion de l'affaire Boutillier. Valérie était de retour, reprenant des forces, plaisantant avec Michel à la Presse, taquinant Pascal au Café de la Place, aperçue partout dans son désir de revoir ses vieux amis. Gilbert était rentré sain et sauf chez sa mère, bien qu'elle menaçât de confisquer son vélo indéfiniment et de ne jamais le laisser quitter la ferme sans surveillance jusqu'à son départ pour l'université.

Aimée n'avait pas dit à ses parents qu'Achille lui avait donné des cannelés, mais elle se délectait de raconter à ses amis à quel point elle avait été proche de disparaître et de faire partie de la ménagerie de Labiche.

Achille attendait son procès et était interrogé par un panel de psychiatres. C'est lors d'une de ces séances, d'une voix tremblante mais avec une note de défi, que Labiche a avoué avoir tué Erwan Caradec, surprenant (et soulageant) grandement Maron et Perrault.

Molly a envoyé un e-mail à Wesley Addison pour l'informer que Valérie était de retour auprès de sa famille, et il a fait une réservation pour le mois de juin de l'été suivant, s'il pouvait avoir la même chambre à La Baraque.

Les conversations dans le village ne portaient plus sur les enlèvements, la maladie mentale ou ce qui constituait le mal. Désormais, on parlait de Dufort et Sutton, qui avaient quitté Chez Papa ce soir-là main dans la main, et que personne n'avait vus pendant plusieurs jours après.

FIN

ÉGALEMENT PAR NELL GODDIN

La troisième fille (Les mystères de Molly Sutton 1)

La reine de la chance (Les mystères de Molly Sutton 2)

La prisonnière de Castillac (Les mystères de Molly Sutton 3)

L'amour assassin (Les mystères de Molly Sutton 4)

Le meurtre au château (Les mystères de Molly Sutton 5)

Vacances mortelles (Les mystères de Molly Sutton 6)

Un meurtre officiel (Les mystères de Molly Sutton 7)

Ténèbres fatales (Les mystères de Molly Sutton 8)

Pas d'honneur chez les voleurs (Les mystères de Molly Sutton 9)

Œil pour œil (Les mystères de Molly Sutton 10)

L'amère douceur de l'oubli (Les mystères de Molly Sutton 11)

Sept morts sur un rang (Les mystères de Molly Sutton 12)

Madame Tessier, la femme qui savait tout (Les mystères de Molly Sutton 13)

REMERCIEMENTS

Un grand merci à Elizabeth Cogar Batty et Nancy Kelley pour leurs critiques constructives et leurs encouragements. Merci beaucoup !

À PROPOS DE L'AUTEURE

Nell Goddin est passionnée de romans policiers depuis qu'elle a découvert Agatha Christie avec sa meilleure amie lors de longues journées d'été. Elle adore tout ce qui touche à la France et a deux enfants, deux chats et deux chiens (tous deux des bâtards sans aucun sens de la dignité).

www.ingramcontent.com/pod-product-compliance
Lightning Source LLC
Chambersburg PA
CBHW061640190726
48289CB00006B/1678